走向世界的中国作家

寸土寸金

王昕朋 著

文化发展出版社
Cultural Development Press

图书在版编目(CIP)数据

寸土寸金/王昕朋著.—北京:文化发展出版社,2020.4
ISBN 978-7-5142-2971-4

Ⅰ.①寸…Ⅱ.①王…Ⅲ.①中篇小说－小说集－中国－当代 Ⅳ.①I247.5

中国版本图书馆CIP数据核字(2020)第039027号

寸土寸金 CUNTU CUNJIN

王昕朋 著

出 版 人：武 赫
策划编辑：肖贵平
责任编辑：孙 烨
责任校对：岳智勇
责任印制：杨 骏
封面设计：郭 阳
排版设计：辰征·文化

出版发行：文化发展出版社（北京市翠微路2号 邮编：100036）
网　　址：www.wenhuafazhan.com
经　　销：各地新华书店
印　　刷：北京建宏印刷有限公司
开　　本：889mm×1194mm 1/32
字　　数：270千字
印　　张：10
版　　次：2020年6月第1版 2021年9月第3次印刷
定　　价：49.80元
ISBN：978-7-5142-2971-4

◆ 如发现任何质量问题请与我社发行部联系。发行部电话：010-88275710

"走向世界的中国作家"文库编辑委员会

主　编

野　莽

成　员

(以姓氏笔画为序)

王池英（美）	立松升一（日）	吕　华
安博兰（法）	许金龙	周大新
贾平凹	野　莽	

不仅是为了纪念

——"走向世界的中国作家"文库总序

野芒

在一切都趋于商业化的今天，真正的文学已经不再具有二十世纪八十年代的神话般的魅力，所有以经济利益为目标的文化团队与个体，像日光灯下的脱衣舞者表演到了最后，无须让好看的羽衣霓裳作任何的掩饰，因为再好看的东西也莫过于货币的图案。所谓的文学书籍虽然也仍在零星地出版着，却多半只是在文学的旗帜下，以新奇重大的事件，冠以惊心动魄的书名，摆在书店的入口处，引诱对文学一知半解的人。

这套文库的出版者则能打破业内对于经济利益的最高追求，尝试着出版一套既是典藏也是桥梁的书，为此做好了经受些许经济风险的准备。我告诉他们，风险不止于此，还得准备接受来自作者的误会，此项计划在实施的过程中不免会遭遇意外。

受邀担任这套文库的主编对我而言，简单得就好比将多年前已备好的课复诵一遍，依照出版者的原始设计，一是把新时期以来中国作家被翻译到国外的，重要和发生影响的长篇以下的小说，以母语的形式再次集中出版，作为中国当代文学的经典收藏；二是精选这些作家尚未出境的新作，出版之后推荐给国外的翻译家和出版家。入选作家的年龄不限，年代不限，在国内文学圈中的排名不限，作品的风格和流派不限，陆续而分期分批地进入文库，每位作者的每本容量为十五万字左右。就我过去的阅读积累，我可以闭上眼睛念出一大片在国内外已被认知的作品及其作者的名字，以及这些作者还未被翻译的本世纪的新作。

有了这个文库，除为国内的文学读者提供怀旧、收藏和跟踪阅读的机会，也的确还能为世界文学的交流起到一定的媒介作用，尤其国外的翻译出版者，可以省去很多在汪洋大海中盲目打捞的精力和时间。为此我向这个大型文库的编委会提议，在编辑出版家外增加国内的著名作家、著名翻译家，以及国外的汉学家、翻译家和出版家，希望大家共同关心和参与文库的遴选工作，荟萃各方专家的智慧，尽可能少地遗漏一些重要的作家和作品，这个方法自然比所谓的慧眼独具要科学和公正得多。

遗漏总会有的，但或许是因为其他障碍所致，譬如出版社的版权专有，作家的版税标准，等等。为了实现文库的预期目的，在全书的编辑出版过程中，出版者会力所能及地逐步解决那些障碍，在此我对他们的倾情付出表示敬意。

2018年5月12日改于竹影居

目 录

寸土寸金 / 1

金融街郊路 / 58

第十九层 / 103

北京上午九点钟 / 150

我的文二嫂子 / 202

村长秘书 / 243

橼笔总系苍生梦 / 302

王昕朋主要作品目录 / 308

寸土寸金

一

北州市东郊的大龙湖这些天成了北州最吸人眼球的焦点，甚至引起全省和周边省市的关注。用新闻记者出身的市政府秘书长夏天的话说，咱北州是全省最穷的市，只有计划生育一项在全省排得上名次，没想到一个大龙湖让北州出了名。

北州是个农业大市，大龙湖是20世纪50年代后期和60年代初期，为了抗旱排涝两次人工开挖的水库，主要用于农田水利灌溉和蓄洪。过去，只有周边乡村的人们知道这儿有座水库，干旱的时候引水浇地，酷暑的傍晚大人孩子们在靠近堤坝的水里洗澡。乡里有个大龙湖水库管理站，负责平时的日常管理工作。站长和两个工作人员都不是吃商品粮的脱产干部，还得顾着自家的责任田，管理站的门常常是"铁将军"站岗。到了20世纪80年代初期，水库也一度跟着土地一样实行了承包，一下子涌出大大小小上百个养殖场，有养鱼的、养虾的、养鳖的，有种莲藕的、种葫芦的、种芦苇的，整个水库被分成多少个辖区，争水打架的、抢鱼斗殴的，甚至为了占水道打群架的几乎天天不断，水库的水质也渐渐发生变化。到了20世纪80年代中期，湖南部一个村的人们突然发现水下有煤炭。这一发现引起了周边村子抢煤大战，连续几年出了人命。后来，乡里把水库收回来，开办了一个乡煤矿，日夜不停地开采，煤炭是开采出来了，也让周边的几个村子富了一阵子，成为那个年代第一批拆了50年代的草房、盖绿砖红瓦小楼的，而大龙湖的水变黑了，变臭了。湖北一位叫原本的中学老教师给学生上作文课时称其为死亡之水。湖西当时姓韩的村主任背着干粮到省里上访，要求关闭小煤矿，给农民留口饭吃。十几年后，煤炭开采终于停了，因为塌陷，大龙湖也扩大了十几平方公里，但已经骨瘦如柴，没有了湖的模样，仅有湖中央残留点积蓄下来的水，有人称之为一个大坑。有的在湖里种玉米，有的在湖里乱采挖，有的在湖里盖临时仓库，还有的在湖里搭建厂房搞起加工厂。渐渐地，城市生活垃圾向这里集中，又变成了垃圾场。周围的村民因为失去了靠水吃水的资本，有的由开煤矿一夜富起来，而煤矿关停后又一夜变穷。

近年来，随着城市建设和发展需要，东州城区需要向周边拓展。东州地处四省交界，西部和南部与邻省只有十几公里，北部也没有了拓展的空间，经过几番论证，转向城东地区。一段时间，大龙湖北和湖南地区房地产业红红火火，上了几十个楼盘。大龙湖的治理也摆到了重要议事日程。两年前，市委、市政府决定清理、整治大龙湖，得到了全市市民的热烈拥护。市长张金阳本人就收到几百封赞扬他的人民来信。清理整治用了两年多的时间，整个大龙湖面貌焕然一新。湖底的污泥全都迁出用作加宽湖堤，湖堤全都用石头镶嵌，上边是双向四车道、双向行人道、盲人道，还建起了古色古香的楼台亭阁，湖中增加了一座两万多平方米的湖心岛。从大运河引来的清新水灌满湖，绿绿的湖水碧波荡漾，与辽阔的蓝天、湖畔的青山相映成一幅美丽的山水画。原本激动地写了首打油诗：

改革春风吹活了大龙湖水
一湖珍珠鸣一湖翡翠
站在湖边我想放声歌唱
曲儿未响人已陶醉……

从整治大龙湖开始,北州新闻媒体每天都在声势浩大的进行宣传,把大龙湖比作浴火重生,而浴火重生的大龙湖又如何美丽。《北州日报》记者丛琳在报上还开辟专栏,每天发表一篇来自大龙湖的报道。在一篇报道大学生志愿者参加大龙湖义务劳动的文章中,她这样写道:"这些年轻的学子对大龙湖的未来充满了憧憬,尽管每个人心中描绘的图画不一样,但有一样是共同的,那就是未来的大龙湖是北州璀璨的明珠,北州亮丽的风景。"市民们翘首以待竣工这一天。市委、市政府顺应民意,把竣工庆典放在五一节小长假的第一天举行。新闻媒体一周前就做了报道,一大早闻讯而来的市民就把湖堤站满了。来晚的,有的站在自家车上,有的爬到湖边树上观看。带着一群工作人员来回奔忙的夏天,衬衣湿透了,嗓子冒烟了,走路也打晃了,可掩饰不住内心的激动,乐呵呵地向张金阳汇报说,今天前来参加竣工庆典的市民初步统计有10万人之多。

张金阳眉眼都朝外溢着笑意,我沿路看见不少邻省牌号的车呢!

夏天说,高速路收费口统计,周边兄弟市来的车辆比去年多了十几倍。住建局长说,住建局网上有不少邻市的市民咨询大龙湖周边有没有新楼盘,房价多少?

张金阳说,噢,还有这事?他看了看表,整了整红色领带,庆典开始吧!

张金阳一行刚出指挥部的门,一群记者就围了上来,纷纷向张金阳抛出准备好的问题。

记者甲:张市长,大龙湖整治今天竣工,请问您作为整治工程总指挥,有什么话要对全市民众说吗?

张金阳:我一会儿在庆典会上要说。

记者乙:张市长,在这两年里,您每天早上六点就到工地,晚上忙完市政府的工作无论多晚都到工地检查进度,大龙湖的水里有您的汗滴。请问您此刻感到自豪吗?

张金阳看了那位记者一眼:同志,大龙湖水里有全市人民的汗水,不要把成绩归于某一个人,尤其是我,我只不过是一位普通劳动者。我相信每一个北州人此刻都会感到自豪。

《北州日报》女记者丛琳突然从张金阳身后发问:张市长,大龙湖整治竣工,只是万里长征第一步。请问市委、市政府对大龙湖下一步的开发规划出来了吗?

张金阳在昨天的市政府常务会议上的确说过这句话,当时丛琳和一些媒体的记者就在现场采访。但是一天之间,让他说出具体规划,实事求是地说为难他了。夏天见状,赶忙给张金阳解围:记者同志们请到会场去,庆典马上要开始了。

庆典仪式在大龙湖水库北岸小广场举行。这个小广场取名为龙腾文化广场,象征着北州市在改革开放大潮中腾飞。张金阳自认为小广场是其得意之作,昨天晚上十点多他还独自到小广场来过,在小广场一条石椅上坐了一会。广场周边几十座雕塑,分别是20世纪50年代以来北州市各个历史阶段、各个行业领域为北州发展做出过突出贡献、受到省部级以上表彰奖励过的先进人物。一座高大塑称丰碑的石碑上刻着碑文，记载着大龙湖从一个抗旱排涝的小型水库到现在全国二线城市城中湖排名第一的发展过程。当初，不少人建议碑文请张金阳撰写，张金阳严厉地拒绝了。他说，我张金阳只是千千万万个参加过大龙湖治理的普通一员，而且是个后来者，我有什么资格在这座丰碑上留下自己的名字！最后，他建议请原本执笔撰写碑文。这件事在北州传为佳话。这个小广场大约能容纳一万人，所以也有人称之为万人广场。张金阳一行到达广场庆典台时，台上已经站满了人，西装革履的大多是北州机关干部、周边省市负责旅游的领导、为大龙湖治理提供过赞助和援助或者承担施工的企业界领导，唯独老教师原本穿着一件淡蓝色的对襟衣服，一副布衣形象。张金阳和台上的人一一握手，握到一个身材瘦小但精明干练的中年人时，中年人把头伸到他的耳边说了两句悄悄话：市长，赵常委说他本来打算亲自过来捧场，省委临时有会走不开。他让我给您捎个信，说他想尽快看到整个大龙湖开发规划！不知是广场上音乐太响没听清，还是对中年人的话不感兴趣，张金阳只是象征性地点了点头，又去和下一位握手。

　　庆典在欢快的乐声中开始，又在欢快的乐声中结束，前后仅用了40分钟的时间。这也体现了张金阳喜欢开短会的工作作风。会后庆典主席台上的人合影时，张金阳把排在最后一排的原本拉到中间和自己站在一起。丛琳在台下感动地说，张市长这人做事就是注意细节。往往是细节看出人品，领导干部尤其是这样！丛琳说这话时，还看见一个在场的人们不易发觉的细节：那个身材瘦小但精明干练的中年人想拉张金阳单独合影，张金阳扭过头假装和原本说话没有接受。站在丛琳身旁的市电视台一位记者也看到了，嘲讽地说了句，这个孙家祥也真够不要脸了，硬把热脸往张市长冷屁股上贴，还大老板呢，恶心！她回头又问丛琳，哎丛姐，张市长专访你拿到了吗？我们约了他几次，他的秘书回话说他太忙没时间，让我们多采访大龙湖整治工地的劳模人物。我这样空着手回去，肯定要挨台领导批！

丛琳不以为然，你们台领导也在场，他为什么也没说动张市长？张市长要真是好大喜功的领导，咱想要的新闻稿不早就到手了。

两人再抬头朝庆典主席台看去，张金阳不知什么时候已经走了。一些市民在喜气洋洋地拍照。

二

张金阳是和夏天同车回城的。

车上的电台正播放着庆典新闻。女播音员的声音兴奋而又激动：大龙湖的整治竣工，不仅给北州和周边城市增加了一道美丽风景，更重要的是为北州带来新的商机，新的经济增长点。在庆典现场，本台记者采访了几位企业家。他们纷纷表示，一定借大龙湖整治竣工的东风，抢抓商机，加大投资力度，为北州的经济腾飞做出新的贡献。下边，请听本台记者采访天大置业集团董事长孙家祥的现场录音。

夏天看见张金阳的眉毛皱了一下，赶忙拍了拍司机的肩膀，关了关了，让张市长好好休息休息。

张金阳摆摆手，欸，听听，听听这些企业家怎么说。

记者：请问孙董事长，你此刻的心情怎样？

孙家祥：我和北州市广大市民一样，心情十分激动十分兴奋。整治大龙湖，我们天大集团公司先后出动一千多台次挖掘机，赞助了一百多万资金。我们希望北州城市更美丽,北州人民生活更幸福。为此,我们已经做好了参与大龙湖开发建设的准备。

记者:孙董事长,北州人民谢谢你!请问,你对大龙湖下一步的开发建设有什么建议?

孙家祥:我是一个商人,对商机十分敏感也十分看重。我认为,大龙湖的整治竣工给大龙湖甚至整个北州市带来了新的商机。据我了解,在全国二三线城市中,城中有大龙湖这么大水面的屈指可数。这绝不仅仅是一湖水而是一湖黄金珠宝。大龙湖周边可以说寸土寸金。

记者:孙董事长,请你说得更明白点。

孙家祥:我是搞房地产开发的,这些年一直在北州搞地产。北州的好地方是不少,但我认为大龙湖最有前途,沿湖开发高档商品房,一定会把北州的房价拉动上提升。不知你听说了吗,大龙湖周边的房价这一个月上涨了不少……

张金阳朝夏天点点头。夏天会意,立即让司机关闭了电台。

夏天说,这个孙家祥倒是会抓商机,也会造舆论。

张金阳不以为然地笑了笑,他能看到的,其他那些房地产商也能看到。大龙湖寸土寸金,恐怕早有人在做开发梦了。

夏天也笑了,听这话市长早已胸有成竹了?下一步大龙湖就是咱们北州的新的经济增长点了,我也觉得信心百倍。

张金阳拍了一下夏天的大腿,老夏咱是一个班子的,你这话说的有点见外。接着又说,李书记去中央党校学习走之前,我和李书记碰过。李书记昨天回来后,还没顾得上商量。

夏天一愣,李书记回北州了?怎么没出席今天的庆典?

张金阳平静地说,今天省环保督察的来北州,李书记说他在家负责接待和汇报。

夏天听了很感动，发自内心地赞叹，张市长，咱全省和邻近的外省几个市都称您和李书记是"黄金搭档"。有您和李书记两个"一把手"同心同德，北州这几年才有这么好的发展速度，这么大的变化。

张金阳脸上的笑容瞬间消失了，神情变得严肃起来，沉默了一会儿才说，夏秘书，夏老弟以后不要再这样说，北州市就一个"一把手"，那就是市委李书记。"黄金搭档"也不是指我和李书记两个人，而是市委、市政府和市人大、市政协几套班子。没有大家共同努力，北州怎么会快速发展？对不对？说到最后，他开怀地笑了。他这一笑，让夏天紧张的心情一下子放松了，连说，那是，那是！

从大龙湖到位于市中心的市政府只有十多公里，但由于道路狭窄、拥堵，车子行走了将近一个小时。到了朝市政府拐弯的十字路口，张金阳脱口而出地说，憋死我了！秘书长啊，庆典现场连个临时公共卫生间也不设，不注重细节呀！夏天忙检讨，我的工作失误，我的工作失误。

突然，一直沉默不语的司机惊慌地叫了一声：大院被堵了！

张金阳和夏天伸头朝前看，果然发现市政府大院里三层外三层围了很多人，门外整齐地停放着农用小卡车、摩托车、电动车、三轮车。司机说八成是来上访的。夏天说，可能是大龙湖周边村子或社区的。他们可能是看大龙湖周边的地价要涨了，觉得自己过去拆迁补偿低或者卖房的房价低，想着让政府给点好处。

张金阳突然笑了，我看是李苏书记在开门办公。他见夏天用疑惑的目光看着自己，又说，你看院外停放的那些车辆井然有序，门口的大路畅通无阻，不就说明问题了。夏天点点头表示同意。

司机已经在路边停下车，回头看了一眼夏天，秘书长咱们现在怎么办？

没等夏天回答，张金阳解开领带，和西服一起放在座位上，然后拉开了车门，一边侧身下车一边对司机说，你去停车吧，我和秘书长也过去听听他们的意见。

渐渐走近市政府大门口，夏天发现那里的人群果然安静。他的个子高，眼也尖，比张金阳早些看见站在台阶上的一个留着小平头、正在讲话的中年男人。他低声对张金阳说，是李书记。

张金阳点点头。他这时也看见了市委书记李苏。

43岁的李苏比张金阳小两岁，在省委机关工作时还曾一度做过张金阳的下属，张金阳当副厅长时，他是处长。六年前，张金阳到北州来做市委常委、常务副市长，他接替张金阳当了副厅长。又过两年，他从副厅长的岗位到了北州邻近的一个市当市长，张金阳同年也当选为北州市市长。今年初，原北州市委书记离任，省委决定他到北州任市委书记。他开始心里还有点打怵，怕和当过自己上级、年龄比自己长的张金阳不好和睦相处。两年多过去了，事实证明张金阳还是过去他了解的张金阳，忠诚担当，正直坦荡，不计较个人得失，工作起来敢"玩命"。两人住在同一个公寓，同一张桌上吃饭，吃的还是同一锅饭，心往一处使，劲往一处用，在工作上配合得非常愉快。当然，有时也因为意见不同在常委会上发生争执，甚至在宿舍里拍过桌子。但从来没有因此产生间隙和隔阂。有时是他认识到自己错了，主动到张金阳那里检讨。事实证明是张金阳错了，张金阳也会主动向他认错。在他和张金阳的带动和影响下，北州官场这几年风气日渐好转。今天上午，他向省环保督察组汇报完工作，就赶到了市委市政府主要领导接待日现场。

市委市政府主要领导接待日制度过去也有，但用北州市民的话形容"是挂在墙上好看的画，给人看的"。丛琳曾写过一份"内参"，反映市民对接待日的意见，原任市委书记看后大发雷霆，说丛琳是在歪曲事实，污蔑市委领导。李苏来北州后，主持市委常委会对这个制度进行了修订和完善，同时制定了考核细则。他和张金阳率先垂范，带头执行，只要是他俩的接待日都不落下，有时因公差在外推迟了，回来也尽快补上。听说今天来的人多，他建议把接待放在院里。一位工作人员给他搬来把椅子，想让他坐着。他看见湖西五区的老韩头在人群中，搬着椅子走到老韩头面前。老韩头说，李书记，这是你的位子，我怎么敢坐？李苏笑了笑说，您是长者，在这里只有长幼之分。说着，他扶着老韩头落了座。

老韩头觉得坐着不舒服，又站起来，平静地对周围的人说，各位，咱们有话好好说。谁也不许来歪的邪的。

李苏满面微笑，阳光般的目光是亲切的、真诚的、谦恭的，让面对他的目光的人不能不对他产生一种信任感。

一位穿着中式丝绸旗袍、脖子上佩戴着珍珠、手腕上戴着和田玉手环、脸上像抹了一层粉的中年妇女走到李苏面前，两手上下摆动，一张口唾沫星子乱飞。李书记，我们几代人都住在大龙湖边上，前年天大置业集团在我们那儿搞开发，征了我家的地，拆了我家的房，一亩地才赔偿四万元钱，房子一平方米也才补偿一平方米半。这才两年，听说下一步大龙湖周边开发，一亩地赔偿费已经涨到二十万，房子一平方米补偿二十平方米，那我们不就亏大了吗？我们要求重新给我们赔偿和补偿！

不赔不补就把我们的地和房子退给我们！一位中年男人跟着那个中年妇女后边喊，我们支持马二嫂子。

人群中有些骚动。

老韩头瞪了马二嫂子一眼，欲言又止。

李苏说，大家都说说，有什么意见和要求尽管提出来。

马二嫂子有人支持，好像信心更强了，没等别人说话又开了口，李书记，听说大龙湖四周要盖许多新楼盘。我们也不过分要求，给我们每户补一套房子，我们出租出去，挣点房租钱，这样亏得少一点。

住都不够，还出租呢，你们家房子多吧？人群中有人讥讽马二嫂子，谁不知道你们家上次就要了底商房子开了药铺。

马二嫂子回头恼怒地朝人群中看了一眼，又看了看老韩头，低声叫了句：舅老爷。她的意思是请老韩头替她说话，帮她助助阵。老韩头犹豫片刻，缓缓地走过来，指着马二嫂子，不紧不慢地说，李书记，我们村和她的要求不一样。我们是想听听市委、市政府对大龙湖沿边开发怎么规划的？是不是会征求我们老百姓的意见？

李苏正要开口，已经挤进来的张金阳抢先回答道，老韩大叔请放心，大龙湖周边的开发规划一定会听取你们的意见和建议。我们这几年的所有城市规划都是通过各种方式广泛征求市民意见的。比如大龙湖整治，就在你们周边村贴了告示征求意见，镇上和居委会还开过会征求意见，对吧老韩大叔？

老韩头见一个是市委书记、一个是市长，都这么尊重自己，这么平等待人，心里既高兴又激动。对，对，这几年老百姓对北州的发展变化很肯定，都说市委的决策越来越民主越科学，办事都以人民为中心……

马二嫂子对老韩头的话显然不满意，手指着老韩头发难，韩村长你不要倚老卖老。你是三十多年前的湖西村长，现在湖西村已经没有了，你也代表不了任何人。你们湖西村欺负我们湖北村的日子早已过去了。

马二嫂子的话立即引起在场的原湖西村、现在的湖西社区居民的不满，针锋相对地和她吵起来。有的说，你马二嫂子也是湖西嫁到湖北村的，连湖西的人话也不会说了吗？长者为大，老韩大爷还是你舅老爷，就是你爹你妈在他面前也得规规矩矩。有的说，前年拆迁时就你领头湖北村的人闹，拆迁困难户、钉子户都出在你们村，大龙湖周边十几个村谁不知道你闹到最后得到的补偿最多。你给我们说今天是市委领导接待日，来找市委、市政府领导说大龙湖下一步开发规划，没想到来闹补偿。现在讲法治，讲规矩，你还以为会哭的孩子有奶吃呀？！有的说，你只说当年的补偿费比现在的低要二次补偿，咋不说当年的各种成本也低，你们上房时费用也低……

湖西社区一些人针对马二嫂子说的这些话，让在场的湖北社区的大多数人心服，连马二嫂子也一时哑口无言。可是，也有几个跟着马二嫂子、坐着马二嫂子的宝马车来的湖北社区人反驳湖西社区的人。两边互相指责，甚至翻出了多年不和的老账。李苏和张金阳眼看着两个社区的人争执在升级，矛盾在加剧，赶忙低声交换了一下意见。张金阳说，李书记，我和湖北社区的一起回去，有些问题到现场再说。李苏想了想，点点头，好吧，我再听听湖西社区的意见。

征得李苏同意后，张金阳对马二嫂子和湖北的人说了去社区调研的意见，湖北社区的人一听市长要去社区都很高兴，噼噼啪啪给张金阳鼓掌。马二嫂子的眼珠子转了转，眉头皱了皱，一时找不到再坚持下去的理由，也勉强答应了。不过，马二嫂子临走撂下句话：市委、市政府不能给湖西的吃"小灶"，给他们什么政策，也得给我们什么政策。

张金阳他们走后，李苏又和老韩头聊了一会。临走，老韩头邀请李苏到湖西社区他的家里坐坐。李苏说，我一定去。老韩叔，听说您那个院子瓜桃李枣样样尽有，整个一个小果园。老韩头哈哈大笑，这事您也知道呀？！停了一下，又看了看李苏，犹犹豫豫，好像有话要说。李苏拉着他的手，恳切地说，老韩叔，还有什么话尽管说。原本在一旁接上说，李书记，老韩头怕你笑话他。他是想说，能不能把他那个村、他家那个小院完整地留下……

三

大龙湖周边下一步开发的规划摆到了市委、市政府的议事日程。

张金阳受市委和李苏的委托，连续召开几个不同部门、不同人员参加的座谈会，就大龙湖下一步开发规划征求意见。

其实，大龙湖周边的开发早在张金阳还没来北州上任时就开始了。那些年，北州和全国一些地方的城市一样搞"土地财政"，大举开发房地产，上一届市委书记甚至提出，让北州的土地资源由死变活，由长庄稼变为长钱，不仅北州一些企业转型做房地产，外地的一些开发商也纷至沓来，曾有一年北州卖地的收入高过省会城市，受到省委的批评，上一届市委书记也因收受开发商的巨额贿赂落马。当时，大龙湖虽然还没整治，但因其地处北州东郊上风上水地区，而且拆迁成本低，除了湖东集中连片丰产农田被上级明令不得出让，湖西被煤矿开采时破坏较重开发成本高以外，湖北、湖南基本上都被用于房地产开发了，全市最大的拥有十万人口的经济适用房小区就在湖北，眼下的大龙湖实际上就剩下湖西大部和湖北

寸土寸金　13

一小块，用孙家祥的话说是最后一块堪称黄金之地，寸土寸金。因而，北州市委、市政府对这一片的开发相当重视。

这些年干部交流的力度加大，市一级的干部尤其是主要领导干部中人多来于外地，有来自省直机关的，有来自兄弟市的，还有中央机关来挂职的。这些市级领导大多住在同一个宾馆，同一餐厅吃饭，但是能碰到一起吃饭的机会相对较少，因为大家的工作都很忙，有的一早起来就出去了，有的则是到省里开会或学习，晚上下班的时间也不一样，有的在办公室加班，有的在分管的部门开会，有的下乡。张金阳已经两天没和李苏碰上面，今天早上早早来到餐厅，果然在餐厅里等到了李苏。

有个好消息！张金阳开口就报喜，全国排前几名的房地产大佬东方欲晓看上了咱们北州大龙湖，要来投资！

李苏点点头，听说了。你见过他们了？

张金阳和李苏端着盘子在自助餐桌前打饭，两人的对话不时被一些吃早餐的机关干部打断。于是，张金阳找了张没人坐的桌子先坐下等着李苏。

李苏落座后，两人的对话才继续。那些机关干部包括夏天看到书记和市长像在私下沟通，都没有过来打扰。

张金阳：东方欲晓管市场的副总和市场部老总在咱们北州已经考察一周了，方案出来了才和我见面。他们还是打品牌，想用他们在全国开发地产项目的统一模式。

李苏笑了笑，东方欲晓的总裁我见过几次，都是在会上，很能讲，也有思想。

张金阳：胃口也很大。张口就是1000亩。

李苏刚刚塞到嘴里一小块馒头，一下卡在喉咙里，嗡嗡嗡发不出声。张金阳起身给他倒了杯白水,他把馒头咽下才重又开口,张市长,整个湖西才有多大地儿啊?

张金阳:他们就是想把整个湖西全包了,包括湖西的大龙山。他们还建议把市委、市政府从城里迁到大龙湖来,建个新的北州行政区。

李苏沉默了一会,问:还有别的房地产公司有意向吗?

张金阳笑着点点头,多了。全国排名靠前的十几家都来了。咱北州更不用说,都摩拳擦掌,跃跃欲试。我昨天还和夏天开玩笑,一个变得美丽的大龙湖让北州成了房地产投资的热土!

李苏面前掉落了几粒馒头渣,他用右手食指沾起来。餐厅服务赶忙端着盘子过来想清扫。李苏笑着说,小时候吃饭,不小心把馒头掉地上,捡起来拍拍土嚼巴嚼巴就咽了,这餐桌上有台布,不比地上干净呀?说着,把馒头渣放进嘴里。然后又问张金阳:到湖北走一趟有什么收获?

张金阳说,社区党工委开了个座谈会,大多数群众不支持马二嫂子的意见,认为此一时彼一时,现在的地价、房价和五年前怎么能比呢,这明显不合理。但是有一个意见比较一致,就是当年建了那么大一个社区,承建的开发商只顾赚钱,恨不得把每一寸土地都盖上房子,社区绿地面积小、公共活动面积小,几万人的大社区连个文化活动室也没有,停车车位更是少得可怜,天天都发生车辆剐蹭、碰撞、拥堵的情况,交警支队的同志开玩笑说,湖北社区可以单独成立一个交通事故处理办了……

李苏沉思片刻,点点头说,这在北州的社区中恐怕不是个别现象。前些年的开发,在这方面欠账太多。所以,下一步的规划非常重要。

他看了看表,我今天到几个乡村小学去看看,明天下午市委常委会上先议议。

张金阳也吃完了,跟着李苏一起往外走。到了餐厅门口,李苏又叮嘱一句,所有项目打包上会吧。

张金阳点点头,好的,我今天就开个各部门的协调会调度一下。

李苏上车走后,夏天才从餐厅出来。张金阳把召开调度会的事给他说了,让他安排一下。两人一边向市政府办公大楼走一边说着工作上的事。不过基本上是夏天汇报,张金阳听。当夏天说到天大置业集团的孙家祥想在大龙湖湖中心岛上投资建个六星级宾馆时,张金阳突然停下了脚步。

张金阳直截了当地说,湖心岛那可是寸土寸金,他孙家祥的眼光倒挺贼!他在那建个宾馆,游人还能去吗?当初扩建湖心岛的初衷是建个供市民游玩的花园。

夏天说,是!

夏天接着把话题转到其他工作上,有关于环保的,关于社保的,关于财政的……张金阳偶尔停下脚步,打断夏天的话,表达一下自己的意见。一直到了张金阳的办公室,夏天的汇报才停下,说要安排调度会的事就出去了。张金阳看了看表,时间刚到七点十分,离八点上班还有将近一小时,于是拿着文件夹坐到沙发上,想利用这个机会看看文件。刚打开文件夹看了一眼,他的眉头就皱了起来。

这是一封用省委的信笺纸写给他个人的信函,落款是省委常委、省委秘书长赵刚。全部内容加上抬头和落款只有四行字,推荐的是让他看网上的一篇短评。他打开电脑,按照赵刚信上的提示,很快就找到了那篇短评。说是短评,其实不是短评,充其量是一个帖子。全部内容约200字,说听大龙湖周边百姓议论说,北州市委、市政府之所以整治开发大龙湖，目的是把现在位于市中心交通拥堵、没有发展空间的市委、市政府搬到大龙湖，而且在大龙湖整治之初规划就出来了。市委、市政府的大院就建在湖畔，湖西依山建一个公务员公寓，现在公务员不分房了，但要把北州最好的地方建供公务员优先的经济适用房，算是给公务员的福利，因为湖西要建商品房，价格一定是北州最高的。市有关部门把方案都做好了，不少公务员已经拿到了房号……张金阳看到这里拍案而起，骂了句：卑鄙！

夏天这个时候突然进来了。他看到张金阳站在电脑前一幅怒气冲冲的样子，好像马上明白发生了什么事，劝慰说，张市长，这个短评我昨天就看到了，之所以没给您和李书记说，一是怕影响您的心情，您现在工作那么忙，哪有闲心生这气；二是我看了直想笑，连我都不知道的事情，大龙湖周边的村就已经知道而且还议论纷纷？一看就是造谣惑众。我原想让公安局网络中心查一查发帖的是什么人，后来一想算了，爱怎么说怎么说去，他能把白说成黑，但不能把白变成黑。

张金阳的火气也消了。他指着椅子让夏天在自己对面坐下，问：你觉得发这帖子的人什么目的？

夏天很坦诚，哟，我还真没想发帖子人的目的。现在网络那么发达，每天帖子看都看不过来。我也就把它当作一般的帖子，看了就翻过去了。说完，他挠了挠头皮，皱着眉头，好像真的响应张金阳，在动脑子想问题。张金阳随手收拾着桌子上的东西，看上去不想给夏天什么压力，其实他眼角的余光一直没离开夏天的神情。夏天想了想说，两种可能。一种是道听途说，发个帖子发泄一下；一种是蓄谋已久，达到个人或一个利益集团的目的。张金阳问：什么目的呢？夏天笑了笑，市长，您心中肯定早有答案了，故意考我吧？张金阳没笑，而是严肃地说,我认为目的很明确,一个字:地!

张金阳说着,拿起笔记本往外走。夏天抢先一步上前开了门。他没想到张金阳一脚门里一脚门外时突然转过头来,用询问的眼光看着他,意思等着他表态。他毫不迟疑地说,张市长您说得对,我完全赞成!如果李书记看了,也一定会和您的意见不谋而合。

李苏听到这个信息时的第一反应的确和夏天所说的一样。当时,他正和住建局长、教育局长、扶贫办主任一行在湖西最大的社区小学调研。在同师生座谈时,一位女教师当面提到了这个问题。她说,按照市委、市政府这个规划,恐怕我们的学校也要搬迁了。我想问问李书记,打算把我们搬到哪儿去呢?大龙湖整治开发完成了,难道我的学生连一张放课桌的地方也没有了吗?在场的人包括李苏,当时就闹了个大红脸。原本作为退休老教师代表也参加了这次座谈会,他一听这话也按捺不住着急,话里带着火药味,李书记,这不是真的吧?您能不能给我们师生一个如实的回答?

如果在其他场合、其他会议上,在座的局长都会严格遵守官场不成文的规矩,即市委一把手不说话或者不发话不指名道姓,谁也不会轻易抢话说。可此刻不同,几个局长都清楚看见李苏手中的茶杯已被他转了几圈,眉宇间也隐约透露出一股怒气。教育局长挺身而出给李苏解围,抢先解释说,这绝对是造谣!请师生不要轻信。他指着原本问:原老师,您老人家的孙子就在市委机关工作,是公务员,他领到房号了吗?

原本被问得张口结舌,脸一下子红了。

教育局长抢了先,住建局长、扶贫办主任等一行人个个不甘落后,都想在李苏面前表现一下。李苏没给他们机会,向他们做了个停止的手势,然后站起身,心平气和地对在场的师生说,请各位老师和同学们相信，大龙湖是北州寸土寸金的地方，市委、市政府一定尊重广大市民的意见，拿出一个科学合理的规划。只要不符合广大市民的愿望，我们寸土不让！

座谈会场出现了短暂的沉寂，接着响起一阵暴雨般的掌声。

这次座谈会被《北州日报》记者丛琳用半版的篇幅作了报道，标题就是《寸土不让——市委书记李苏与市民谈大龙湖开发》。张金阳看后在市政府办公会上深有感触地说，李书记的话代表了市委市政府的意见，生态文明建设就要有寸土不让这种担当！

四

市委常委会议是在吃罢晚饭，看完中央电视台《新闻联播》之后召开的。

位于南北交界的北州，初夏的夜晚夏天的特色并不明显，加上下午突降一场小雨，气温有所下降，会议室里有点凉意。有几个与会的年龄偏大的列席人员穿上了外套。

按照会议议程，张金阳首先发言。他汇报了大龙湖周边开发规划征求意见的情况。市机关各部委办局、各县市（县级市）区、企事业单位、基层社区共征求上来意见18000多条，市报社、电视台、电台等新闻媒体以"我为大龙湖开发献一策"有奖征稿活动收到来信、微信、邮件等3万多件。他兴致勃勃地说，全市上下对大龙湖的开发投入了极高的热情，为我们科学决策奠定了基础。据市委、市政府办公室分类统计，意见大致分为五大类，分别是高档商品房、市委、市政府行政中心、湖山园林一体的市民文化公园、新大学校区、市中心医院。五大类中，高档商品房票数最高，有的甚至给出了两万一平方米的房价……

会议室里响起一片笑声。只有李苏镇静地听着，不时在笔记本上记着。

张金阳也笑了笑，接着往下说，湖北、湖西的万户居民联名，强烈要求多开发高档商品房。湖北社区工委书记说得很干脆，有些居民意识到马二嫂子代表的要求市里不可能满足，改为支持建高档商品房，希望高档商品房房价能带动自己的房价上涨。

刚改任常委副市长的夏天分管城市建设，兼任大龙湖开发总指挥。他征得张金阳同意后插话说，马二嫂子在社区里对居民说，咱现在房价七八千一平，如果新开发的高档商品房卖到两万，咱怎么说也能超过一万二三。这话很有鼓动作用，有的家有两套三套房的居民，已经在做盘算了。

不过，我听到一个信息，有个别房地产商在社区居民中做工作，还用了非常手段。市委吴常委说，我是会前听到的，还没来得及调查。

李苏惊愕地盯着吴常委，脸上掠过一丝不快。

张金阳也停下汇报，问：你的信息来源可靠吗？

吴常委打开手机，读了条短信，接着又说，这条短信是机关一个青年干部发给我的。他是原本老先生的孙子。

会场出现了短暂的沉默。

张金阳首先打破沉默，直言不讳地表达了自己的意见。我个人认为，大龙湖适当开发几个高档商品房项目应当是可行的。第一，大龙湖整治竣工后，这一片水而且是好水自然成了房地产开发的优势资源；像我们这样的二线城市，城中有这么一片水的不多。第二，我们北州这几年的房价比起周边的城市略显低了些，主要是缺少高档的、高品质的小区拉动和带动，如果有这么几个支撑性的项目，北州的房价起码可以做到稳中有升。第三，房价与地价始终是连在一起的，大龙湖整治开始后，周边的地价就开始出现提升，有的在建的楼盘价格一平方米涨了20%～30%。现在大龙湖西岸、大龙山脚下更是寸土寸金，有的地产商估价……他看见李苏皱眉头，就止住了话头。

夏天接上说，有的地产商故意漫天出价。

李苏从张金阳的话里听出他对大龙湖开发规划的基本倾向。他没有马上发表意见，而是请与会的常委和列席的部门负责人讨论。与会人员都是在官场摸爬滚打多年的，了解官场不成文的规矩，像这样的大事，市委书记和市长一般都事前交换过意见，达成了共识才会上会，以免会上因意见分歧影响双方的威望，影响班子团结。北州市市委书记、市长人称"黄金搭档"，工作配合默契，他们身处北州官场感受深刻。所以，列席的部门负责人几乎都对张金阳的意见投了赞成票，市委常委们中大多数对张金阳的意见也表示支持，只有吴常委和夏天提出不同意见。

吴常委说，我先不对张市长的意见发表评论，而是说两组数字请在座的考虑。第一组数字是关于老人的。现在全国老龄化趋势明显，北州也不例外，据市老龄办统计，全市60岁以上的老人已占到全市人口的20%；第二组数字是关于孩子的，全市少年儿童占全市人口比例也接近20%，这两组数字加起来就是40%。但是，全市供老年人休闲健康、供少年儿童娱乐活动的场所相当贫乏。前些年的市委主要负责人热衷于房地产开发，还名正言顺、理直气壮地说，衣食住行，老百姓住房问题还没解决，要那么多绿地草木干什么？不少房地产项目挤占了绿地，甚至迎合房地产开发商的需求，把大街两边的树都砍了，弄得市民怨声载道。现在再说说我个人的意见。我认为，应当沿大龙湖多建一些绿地、公园，可以考虑在湖西建一个大公园，既保护绿水青山，也造福广大百姓。

会议室里出现了短暂的沉默，很多人的目光聚焦在李苏和张金阳脸上。李苏从容镇定，张金阳面带微笑，仅从神情上看不出两个人各自的心思。

夏天说，老吴，规划建议里把湖心岛建成市民公园。那个公园建成了，是咱北州目前最大的公园。

吴常委说，夏副市长说得对，建成了是目前北州最大的公园。可是这个最大也就1万多平方米呀！又是在湖中心……他下边的话没说出口，但在座的都知道什么意思。

夏天说，我个人觉得老吴的意见有道理。他看了张金阳一眼，发现张金阳的表情有些不悦，停顿了一下才接着说，咱北州前几年房地产发展太快，造成空置率比周边城市高，房价却比周边城市低。固然，商品房品质、档次是一个因素，但与生态环境、生活环境也密不可分。目前，大龙湖开发之所以成热点，一是地产商炒地，二是部分人炒房，都突出表现在一个"炒"字上。这与"房子是用来住的，不是用来炒的"新发展理念背道而驰。再者，北州几百万百姓、这么大个城市就一个大龙湖，如果房地产开发一拥而上，后果不堪设想。

张金阳问：夏天同志，怎么不堪设想呀？

夏天说，湖西水下和山下当年也开采过煤炭，这一片的水面是当年的煤炭塌陷形成的，龙山的植被也被破坏严重，我认为首先要恢复生态……

会议里再次出现短暂的沉默。李苏环顾了一下会场，问：还有没有其他意见？

一位常委说，李苏同志，我个人有个不成熟的意见。

李苏微笑着说，今天就是先议一议，大家都是不成熟的意见，成熟了就不用再议了。

那个常委说，我还有一年就退休了，所以我不担心别人说我为个人着想。我们现在市委、市政府办公的地方，是20世纪50年代末建起来的，可以说已年过半百，像人过半百一样，身体各个零部件都不同程度出现损伤，每年维修费用很高。加上这些年城市建设发展，周边不断盖新房子，交通拥堵，部委办局来办事的同志多有抱怨停个车要花半小时。市委、市政府的办事机构也增加了不少，有的在附近租房子办公。这几十年来尤其是近十几年来，几届市委、市政府都有过搬迁行政中心的考虑，我个人认为在湖西划出一块地方建设新行政中心很有必要。

张金阳说，这个就不议了吧。本届政府换届后就明确表示过不考虑搬迁行政中心。李苏同志来北州工作后也鲜明地给予支持。现在，已经有别有用心的人在网上发帖说这件事了。

那个常委说，张市长，我们不能被一两个帖子左右决策。这确实是工作需要嘛！不知在座的同志注意到没有，那楼梯的木板踩上去都咯咯响，让人心里发慌。

会场上有人笑出声。

那个常委说，在座的都到兄弟城市学习考察参观过，还有几个像北州这样老古董的市委、市政府办公楼、行政区？就咱们西边邻省那个比北州财政收入差了快一倍的市，也早在八年前就建了新行政区搬进新办公楼。机关干部中有人说了，铁打的营盘流水的兵，现在的市委、市政府主要领导都是外来的，干个三五年，升的升走

寸土寸金　23

的走，谁还管你营盘是铁打的还是纸糊的。

　　这话听起来有些刺耳，也有点嘲讽的味道，所以会议室里一下子又沉默了。张金阳看了一眼李苏，意思是要他说话。李苏轻轻摇下头表示不同意。接着，李苏说话了。这也是一个方面的意见，应该提到会上议一议。我说一下我个人的意见，不影响同志们畅所欲言。我在省里工作时多次到过北州，实事求是地说，我对北州市委、市政府办公环境也有过微词。来到北州以后，想没想过建一个新的行政中心呢？想过。可是，看到咱北州还有那么多群众住在棚户区里，看到有的群众一家三代挤在三四十平方米、过去多年建设的所谓两室一厅里，这个想法很快就打消了。我和金阳同志交换过意见，只要北州棚户区改造不完成，决不搬迁新的行政中心……

　　会场里响起一阵掌声。

　　李苏礼貌地站起来向大家鞠了个躬，摆摆手示意不要鼓掌，然后接着说，今天所议的六个方面的意见，我个人倾向于多建绿地、公园，沿大龙湖大堤200米不安排房地产项目，湖西那片地方建一个北州文化主题公园。我们要向党中央看齐，一切以人民为中心，把人民的利益放在首位，把北州的生态文明建设好！看到有人想鼓掌，他没给机会，当即宣布：今天的会议就到这里，希望同志们再进一步征求各方面的意见，下次会议再讨论。

　　会议室里的人们开始向外走，李苏对板着脸的张金阳说，金阳同志，请你留步。

五

大千世界，芸芸众生。每个城市、每个社区、每个单位甚至到每个家庭，都有利欲熏心的人梦里都在盼望个人的目的实现。马二嫂子这些天一直在社区内外忙碌奔波，呼唤和联络一些和她一样有着炒房梦的人。内，是指她住的湖北一个社区；外，则是她的娘家湖西社区，还有她认识的同学、朋友。她的目的只有一个，大龙湖周边建几个高档社区，房价上去了，她手里几套房子的价格也会水涨船高，既挣上一笔钱，再换个新房子。

马二嫂子八年前就在北州出了名。当时，天大置业公司在湖北搞房地产开发。马二嫂子凭着过人的精明，听到风声后第一件事就让全家上阵，仅用了两天两夜时间就在原来的二层小楼上临时搭建了一层。天大的老板孙家祥自然不会认账，于是发生了对峙。马二嫂子在楼上堆了几个汽油桶，放上几堆干柴，扬言谁要是敢拆她家，她就带全家老少十几口人自焚。为此，她上过报纸、上过电视，成了北州有名的"钉子户"、难缠头。孙家祥原来想改规划，把她家甩下不管了，一来改规划就要增加投资成本，二来马二嫂子扬言你孙家祥房子建成当日，就是我马家告别这个世界之时，孙家祥在全村拆完后还是让了步，多给了马二嫂子家两个两居室的房子。等到合同签完，动工拆迁时才发现，马二嫂子放在二楼上的是两桶水。孙家祥走到哪里骂马二嫂子到哪里。马二嫂子得意地说，骂呗，你能把我骂矮了不成？她把那两套两居室的房子出租，其中一套是一层，被她改造成底商出租，每月坐收房租几千元。村里人说，会哭会闹的孩子有奶吃，马二嫂子就是例证。

寸土寸金 25

马二嫂子娘家在湖西,如果湖西搞房地产开发,她又摊上拆迁。所以,她不会舍得这最后一次机会。开始,她撺掇当过村领导的舅老爷老韩头在湖西居民中做工作,没想到老韩头在市政府上访时突然变了主意不再支持她。她和老韩头大吵大闹一顿后,左思右想又盯上了孙家祥。她找到孙家祥,寒暄两句后直奔主题。孙老板,咱俩过去当过冤家。这俗话说冤家路窄,我看得改改了。咱俩现在碰上了,还要合作,这不叫冤家路宽吗?孙家祥抽了一口雪茄,眯着眼上下打量了她一会儿,讽刺地说,看看这身材养的,哪姓马呀,该改姓熊了吧?马二嫂子平时最讨厌别人说她胖,就连她亲儿子说她胖劝她少吃也被她打了一耳光。此刻在孙家祥面前她好像没了脾气,扯着衣襟撒娇说,是呀孙老板,看你妹子连替换衣服都买不起了。孙家祥有点厌恶她,说话也不客气,有话就说,有屁就放,别在我面前掀衣服露肚皮的撩骚!我没沦落到那一步。孙家祥的话虽然很难听,马二嫂子不恼。她说你不是琢磨着湖西那片地方吗?你知道我娘家是湖西的吗?孙家祥这才重视起眼前这个老冤家来。怎么,你又想汽油桶里装水讹人?马二嫂子说你想歪了,妹子这回是想帮你!孙家祥警惕性很高,一边咄咄逼人地审视着马二嫂子的眼神,一边大模大样地抽着雪茄,没有马上表态。马二嫂子半推半拉地把孙家祥弄到自己的宝马车上,和盘端出了自己的想法。

孙家祥耐心地听马二嫂子说完,立刻明白了她的心思,就是想占便宜。不过,这次她不是想占他孙家祥的便宜,是想搭他的顺风车占房价的便宜。他压根儿不想和马二嫂子这样的人沾上,一旦沾上了就像蚂蟥吸进肉里很难拔掉。但是,他的天大置业要想顺利地把湖西那片风水宝地拿到手,马二嫂子倒是可以利用的对象。他掐灭了雪茄烟，推开车门跳下车，还拍了拍落在马二嫂子车座上的烟灰。马二嫂子也跟着下了车。二人凑到一起时，孙家祥还装出一副亲热的样子拍了拍马二嫂子的屁股。二嫂，你听说了吗？市委常委会上对大龙湖下一步开发有争议。李书记和张市长两人针尖对麦芒，意见不统一。马二嫂子翻了翻眼珠，唏，都想好处呗，这不明摆着。前边那个书记怎么进去的，不就是收了几百万还有两套房子！这些当官的……她突然盯着孙家祥看着，哎孙老板，听说你给那个贪官也送了？孙家祥脸红了，摆着手说，没那事没那事。咱不说前任，就说眼前。二嫂子你有多大把握？马二嫂子神气活现，捋了捋头发，万民信听说了吗？那就是你妹子的杰作。我就不信他们现在还敢违背民意？孙家祥说你那万民信是湖北社区的居民，湖西这边的呢？马二嫂子说，你不知道吧？湖西那个最老的村主任是我舅老爷。孙家祥一下子振奋起来，你是说老韩头？见马二嫂子点头，他伸长脖子在马二嫂子的脖子上吻了一下。我的好大姐来，我正想找老韩头呢。你牵头请他吃饭，我买单。马二嫂子身子朝车上一靠，两腿交叉，伸出一只手。孙老板，我登门请我那个舅老爷，总不能空着手吧？孙家祥二话没说，到了自己的车上取来一盒茶叶，一盒冬虫夏草，又放了个红包，递给马二嫂子。说定了，就这两天，我等你信！

马二嫂子带上东西开车走了，孙家祥冲着她的车背景狠狠地呸了一口。他上车后打的第一个电话，喜气冲冲，强子你抓紧给老爷子说，北州已经有两份万民书。对方问，不是一份万民书，怎么冒出两份了呢？孙家祥一下子火了，妈的，又出了份万民书，一加一等于二，还要我教你吗！

孙家祥以为他和马二嫂子在一起谋划很私密，没有人发现，万万没想到有一个人清清楚楚地看到了他们俩在一起密谋,同时也看到他给马二嫂子礼品和红包。这个人就是老教师原本。

原本虽然干了一辈子中学教师,但一个知识分子骨子里的正直和正义,让他始终关注着社会热点和社会治理。他认为社会治理是一篇大文章,这篇文章要写好,必须一遍遍修改。退休以后,他大多数时间用在社会调查和社会治理的研究上,先后给市委、市政府和有关部门写过上百篇调研报告、民间信息、百姓意见,也在报刊上发表过一些针砭时弊、抨击腐败、批评社会不良现象的文章。前任市委书记曾怀疑原本一篇文章影射自己,在全市宣传干部会上大骂原本是"害群之马",影响北州安定团结的祸根,私下还命令公安机关对原本采取"非常措施"。公安机关认为市委书记的命令不符合法律程序,没有按他的命令办事,为此他还到省里申请撤换公安局长。李苏来北州上任后,仔细研究了原本的文章,认为原本是出于一个知识分子的良知说了些真话,不是帮倒忙,而是帮正忙;不是传播负能量,而是传播正能量。他登门拜望原本,与他促膝谈心两个多小时,耐心听取他对城市管理和社会治理的意见……从此二人成了好朋友。这次,市委、市政府就大龙湖开发征求广大市民意见,原本一方面积极参与,一方面在社区和民众中广泛听取意见。湖北社区第一个"万民书"出现后,原本敏锐地认识到有人暗中操纵。他经过几天的了解,初步掌握了一些证据,准备继续深入了解,没想到在去湖北的路上碰见了孙家祥和马二嫂子躲在两辆汽车的夹缝里鬼鬼祟祟的场面。他知道马二嫂子和孙家祥过去因拆迁闹得不愉快,现在突然混在一起必定有隐情。他在大龙湖大堤上坐了一会,让湖面掠过的带着温度的风吹着,整理了一下前前后后的思路。他意识到马二嫂子下一步的目标是湖西社区,采用的无怪乎还是鼓动居民写联名信或者上访的老一套办法。这次不能让他们再得逞！他想着想着，马上骑上自行车赶往湖西社区。

湖西村老王仕老韩头和原本是多年的老朋友。原本知道他在原来的村里、现在的社区威信很高，有一定的影响力和号召力。所以，他直接去了老韩头家。

老韩头住在一座具有北方特色的四合院里。四合院坐北朝南，有一排堂屋，东厢房是客房和库房，西厢房是厨房、卫生间和存放杂物的小库房，院子里有两棵上了年纪的银杏树，高大魁伟、枝繁叶茂，仿佛天然的遮阳伞。院子另一隅种的是桃树、梨树，还有一片菜园，整个院子里仿佛一片绿洲，生机勃勃。原本到时，老韩头正坐在银杏树下边喝茶边听着收音机里播放的地方戏。

原本说，老哥你真有福呀，快活像神仙。

老韩头等原本坐下，边给他倒茶边叨唠：我劝过你多少次，让你和我一样过快活的日子，你呢，老是觉得天降大任，一会儿也不愿停歇。你活该！

活该活该我活该。原本呵呵笑着说，老哥，人的体质不一样，你呢是静养型的，我呢是活动型的，要是让我和你一样，我肯定活得不舒服！

老韩头说，好好，我过去说不过你，现在说不过你，这辈子恐怕没有说过你的机会了。说吧，你这个大忙人无事不登三宝殿，今天来找我什么事？

原本把凳子朝老韩头身边挪了挪，正准备和他说正经事，门口汽车喇叭响了两声，接着马二嫂子粗大嗓门的声音响起，舅老爷，我就猜着您在家。看看，还是孙女了解您吧。

马二嫂子看见原本和老韩头并肩坐着，惊讶地瞪大了眼睛，说

寸土寸金　29

话也有点结巴：原老师也在呀！说着，她把一只西瓜放在石桌上。然后进了卫生间。原本盯着那只西瓜心里想，这马二嫂子对她舅老爷真够意思，半路上把孙家祥的礼品调了包。又想，假如马二嫂了半路上不去买西瓜，可能会在自己之前见到老韩头。她来老韩头家，十有八九和孙家祥见面所谈之事有关。

马二嫂子好像是在卫生间里打电话。这个电话一打就是十几分钟。她出来后大大方方搬了把椅子坐在老韩头和原本对面，手机放在面前的石桌上。不等老韩头和原本开口，她就开门见山地说明了来意。舅老爷，您老人家听说市里边的规划了吗？老韩头不太高兴地摇摇头，你这孩子说话从来是颠三倒四。市里的规划多了，你说的是什么规划？再说，我这退休多年的老头子怎么能知道市里的规划。马二嫂子被老韩头劈头盖脸一顿训，脸上一阵红一阵白，眼睛忽闪忽闪地好像要掉泪。可是，她的目光不敢正视原本，原本看她时，她就转过脸，不想让原本从她的眼睛里看出什么秘密。原本很镇静，慢腾腾地喝着茶，仿佛对这爷儿俩的话不感兴趣。老韩头的话说完，马二嫂子没有马上回答，而是对原本说，原老师，您今天怎么得闲了？您要是有事先忙去吧，我和舅老爷说点儿家里的事。原本对马二嫂子的逐客令正愁没法回答，老韩头却抢先发了火。你这孩子怎么越大越没规矩，越大越不懂礼貌？原老师是我多年的老朋友老哥儿们，他来找我聊天陪我喝酒关你什么事？你找我能有什么私事？有事明儿再说，我今天陪原老师，没空！眼看马二嫂子下不了台，原本赶忙接过老韩头的话，老韩哥，你亲外孙女来看你找你说事，你何必对她发火呢。咱哥俩聊天的时间还多着呢，改天我再来找你。他说着慢慢起身，摆出一副要告辞的架势。老韩头发了脾气，用手杖挡住了原本。你要走，咱哥俩的交情就此一刀两断，你以后别再来找我，我也不想再见到你。然后挥着手杖对马二嫂子说，你先回去吧，回去吧，别搅了我们老哥俩的雅兴！

马二嫂子的手机恰在这时响了。她拿起手机就向外走。到了门口又回过头狠狠地瞪了原本一眼。

又想拉我和她一起折腾事！老韩头等马二嫂子出门后，亲自去关上大门，回到石桌前就抱怨开了。就她那点出息，还想让我上当，哼，老子吃的盐比你吃的饭都多。

原本问：老哥你知道她来的目的？

老韩头说，她一开口我就猜到她想说什么话想做什么事。规划规划，不就是大龙湖开发的事吗？市领导尊重咱老百姓的意见，咱们也得出于公心，提出合理化建议。她呢，就是为自己想得多，只要自己得好处。上次去市政府上访就是她给我装的药，回来我后悔死了。咱是几十年的老党员，怎么到了关键时刻就立场不稳了呢？唉……老韩头擦了擦眼睛。

原本听了老韩头的一席话，心里既感动又惭愧。见到老韩头之前，自己还曾怀疑他会站在马二嫂子和开发商一边呢！他反客为主，主动给老韩头倒了杯茶。老哥，这两天有房地产开发商在湖西转悠吗？老韩头摇头，没有，最起码我没见到。你听到什么了吗？原本如实相告：我今天看到你外孙女和那个孙家祥在一起嘀咕了半天。这个姓孙的，从大龙湖整治一开始就盯上了湖西这块地，据说私下里连盖房子的规划都做好了。

老韩头正要说话，门外响起一个熟悉的声音：老韩叔在家吗？

老韩头和原本几乎同时站起身，异口同声地说，李书记！

老韩头慌慌张张去迎李苏，李苏却大大方方地推门进来了。

李苏：老韩叔，我来赴约了！他看见站在石桌旁的原本，又上前一步和原本握手。然后四下环顾一眼，闻了闻，赞叹道：花香鸟语，方寸江南！

老韩头听了十分高兴，一一指点着院子里的树向李苏介绍。可能是他故意安排，最后才介绍银杏树。他动情地说，我们这祖上就有种银杏的习俗，家家户户院前或院后或院里都有，我这两棵树的树龄50年，最多能排个儿子辈。龙山的山前山后，银杏古树少说两百棵。

原本插话说，这几年成了北州一景，不说游客，就是来照相的都源源不断。

李苏问：老韩叔，这么多年别的村新房子换了好几茬，草房变瓦房，瓦房变小楼，您们村却没有多少家换新房，听说就是舍不得和古银杏分开是不是？

老韩头擦了擦眼睛，连连点头，不好意思地说，李书记不怕您笑话，我的老辈子就说过，银杏，银杏，杏……

李苏和原本跟着笑了。

落座后，李苏看了一眼马二嫂子临走留在石桌上的半瓶矿泉水，漫不经心地问了一句，老韩叔，还有客人呀？

老韩头哼了一声，我那个外孙女！让我骂跑了。老韩头说着，把马二嫂子留在石桌上的半瓶矿泉水扔到垃圾桶里。

没等李苏开口问，老韩头就和原本你一句我一句地说开了。

原本说，那个孙家祥的心思就是想盖龙湖花园高档别墅。

李苏问：老韩叔您们五区的居民什么想法？

老韩头端起茶杯从石桌边站起来，边转着圈子边说，我支持建个大公园。大龙湖周边的房地产项目太多了。又说，过去我主政时开煤矿、水上养殖、办小化工厂，对大龙湖要得太多，把生态环境搞得太差，现在想想，"绿水青山就是金山银山"这话说得太好了，咱得留下一块绿地给老百姓和子孙后代。

原本高兴地扑腾站起来，由于起身急，膝盖碰到了石桌边沿，疼得直咧嘴。他上前一步紧紧握着老韩头的手，喊了声老哥，就哽咽着说不出话来。

李苏微笑着点点头。

六

马二嫂子出门刚上车，看见一个穿着白色连衣裙子的姑娘带着一群小学生在村子里参观，正在一棵古银树前向小学生们讲解什么。她想了，噢，这不是那个和张金阳关系特好的《北州日报》记者吗？

马二嫂子摁了几下汽车喇叭。丛琳扭头看了她一眼，有点不高兴，这是些孩子，别吓着他们！

换在平时，马二嫂子哪能接受丛琳这样小姑娘家的批评。可是今天她忍住了，从车上跳下来，走上前张开双臂做出一副要拥抱丛琳的姿态。大记者妹子，我是你马姐。怎么，不认识了？丛琳嘲讽地说，认识，北州的大名人岂能不认识。马二嫂子哈哈大笑。我还以为你把姐姐忘了呢。我可没忘，那年第一个称我为钉子户的就是你和你那个《北州日报》！你知道吗，当时还有不愿拆迁的人到村里来找我，见面叫我钉大姐，笑死我了，哈哈，哈哈。

丛琳知道被马二嫂子这种人缠上，就像蚂蟥叮咬在身上，不是一会儿半会儿就能脱身。同时，她也想了解一下马二嫂子现在的心态，从这个嘴无遮拦的女人那里得到点新闻线索。所以，她对那些小学生的班长叮嘱了几句，让他们先自由活动，然后才和马二嫂子坐在车上聊了起来。马二嫂子说，我今天不在这碰见你，这两天也会去单位找你。丛琳一惊，二嫂，找我有事？马二嫂子说，又是拆迁的事。你听说了吗妹子？咱市的市委书记和市长吹胡子瞪眼、拍桌子摔板凳地干起来了！丛琳故作惊讶，眼睛瞪成小灯笼，问：为啥？马二嫂子瞪着丛琳看了一会，一拍丛琳的大腿，妹子你给我装是不？北州的啥新闻你不是抢在姐前边知道。丛琳说，你说的这事我就不知道。马二嫂子可能不想和丛琳耽误时间，就直言不讳地说，还不是为大龙湖开发那点儿事嘛！张市长支持开发高档商品房，李书记却要建绿地建公园。丛琳说，这都为工作，不至于像你说的干起来。马二嫂子十分精明，马上改口说，这就形容，形容你还不懂吗妹子？丛琳装作不明白，看着马二嫂子的眼睛，问：马二嫂子，这和你找我有啥关系？马二嫂子说，这太有关系了妹子！我知道你和张市长很熟，和张市长能说上话。丛琳嘿嘿笑了，马二嫂子，谁说我能和市长说上话。说上的都是工作上的话。马二嫂子又使劲拍了下丛琳的大腿兴奋地说，我想让你给张市长捎的话也是工作，而且是支持张市长的工作。他听了一定很高兴。丛琳好像没听明白，又好像来了兴趣，目不转睛地看着马二嫂子。马二嫂子说，你转告张市长，我们大龙湖周边的居民都支持他。公园再好那叫公园，姓公；绿地再大那上边长的是树，不是房子。妹子，姐给你说句掏心窝子的话，我就想让咱北州，准确点说让我家那房子的房价像火箭一样呼呼地往上蹿……

丛琳说，我听明白了。问一句马二嫂子，你这是大龙湖周边居民的意见吗？

马二嫂子愣了一下，点点头说，是，是。我过两天把居民签字的东西给你送去。

丛琳已经弄清了马二嫂子的心思,不想再和她谈下去,借口说孩子们等得太久了,就和马二嫂子告辞了。

马二嫂子等丛琳带着孩子们走远了才从包里掏出手机看了一眼,又急又气地差点儿跳起来。她的手机屏幕上排列着没接的来电20多个,没看的信息十多条,而且全是孙家祥一个人的。她低声骂了一句,该死的手机招呼不打就静音了!接着,她赶忙给孙家祥回电话。孙家祥的手机传来的声音是"你拨打的电话正在通话中,请稍候再拨"。她等不了稍候又拨了过去,接连拨了20多次,孙家祥的手机一直占线,气得她跳下车,对着汽车轮胎踢了两脚。半小时过去,马二嫂子终于打通了孙家祥的电话,说出的话火辣辣的,给哪个女人打电话呢?我还以为你一口气上不来,正打算帮你叫救护车呢!孙家祥说,马二媳妇你少他妈给我说话带刺。我干啥还轮不到你来管。马二嫂子听出孙家祥真生气了,忙嘿嘿笑着赔礼道歉,孙老板你来真的了,我不是觉得咱俩近给你开玩笑嘛!要是换了外人,就是市长请我给他开玩笑,我也不搭理。孙家祥停顿了一下,我就是想给你说市长的事,半天找不着你。马二嫂子的神经兴奋起来,一脚蹦到车上,一边发动车一边问孙家祥:孙老板孙兄弟你在哪,我现在就去找你。孙家祥有点不耐烦,你到哪找我?我正往大龙湖赶呢。给你说吧,绝对可靠消息,张市长和李书记两个领导现在都在那儿。马二嫂子刚喝了一口可乐还没咽下去,噗地一下子全吐在方向盘上。她用袖子随便擦了擦,又喝了口可乐才问:孙老板你说吧,你让我现在咋办,你让我咋办我都听你的。孙家祥火了,你是三岁孩子,啥都叫人教啊?你动脑子想想书记市长怎么同时去那,就知道自己该做啥了。马二嫂子还想再问什么,孙家祥的电话

寸土寸金　35

里传来嘟嘟嘟的声音。她气得把手机往副驾座位上一扔，骂骂咧咧地开着车掉头往湖西社区走。

张金阳确实来了湖西社区。他是和市住建局、环保局等部门的领导和几个专家来现场办公的。他们从龙山上来到湖西大堤上，浑身上下像被雨淋过一样，头发上往下流着汗滴，衣服前后胸都湿透了。一行人就地坐在大堤上休息，不熟悉的人看上去还以为是一群维修大堤的工人。张金阳招呼大伙往一起凑了凑，把一张规划图放在地上，怕风吹跑了，就用石头块把四个角压上。张金阳说，来，来，咱们一起给这个规划评头论足，都说说。

规划局长说，张市长，从这个规划看得出东方欲晓房地产开发集团的老板的目光早盯着这地了。

住建局长说，市长，我要说的话可能得挨你批评。要是这个规划能实施，你明年的《政府工作报告》肯定会多得几次掌声！

张金阳笑笑，畅所欲言，想说啥说啥。

突然，两辆奥迪轿车在不远处停下。前后车上下来五个人。他们好像没看见张金阳一行，下车后就在那指指点点。住建局长悄悄对张金阳说，那个胖胖的中年人就是东方欲晓房地产集团的副总。张金阳点点头，认识。规划局长有点不高兴，我去叫他过来。看不见北州市长在这？！张金阳拉了他一把，算了，人家忙人家的，咱忙咱的。话刚落音，那边又过来两辆车。前边车上下来的是孙家祥，后边车上下来的是马二嫂子。他俩和东方欲晓房地产开发集团的副总握手后，挨着站在了一起。张金阳眯着眼看了看，觉得有点稀奇，心想：这几个人怎么混到一起了？规划局长心直口快，感叹地说，竞争对手握手相欢了！是不是想联合开发呀？不对吧，东方欲晓不缺资金。住建局长说，强龙压不住地头蛇，一个孙家祥，再加上一个马二嫂子……

几个专家也在猜测、议论着。

张金阳突然站起身，拍了拍屁股上的土，好像已经胸有成竹，走吧，过去会会他们！

看到张金阳一行人说说笑笑着朝自己这边走过来，孙家祥不知为什么突然紧张起来。他一边往后退一边对东方欲晓的副总说，你们正面谈，我在后边辅助，先走了，先走了。他向马二嫂子招招手，示意她也赶快走。马二嫂子走到车跟前，不解地问：你不是想找市长当面谈吗，怎么见了市长像老鼠见了猫？孙家祥说，你不懂你不懂。上车，车上通电话说。

孙家祥在电话里开门见山告诉马二嫂子，这个张金阳和东方欲晓的老总关系不一般你不知道吧？赵强那小子让我不要和东方欲晓争，而是要与他们和，这样才能从他们那里分一杯。这张市长眼光多尖，让他看穿了就不好办了。马二嫂子说，都知道张市长不是那种贪官。我听说咱北州有个房地产商给他送过一幅名画，他怒气冲冲地说，你要不拿走，我就把你送检察院去，行贿是犯罪你懂吗？孙家祥听了挂断了电话。因为马二嫂子说的那个给张金阳送画的地产商就是他。他不想让马二嫂子这样的女人嘲讽他，嘲弄他。

孙家祥挂断马二嫂子的电话不一会儿，东方欲晓房地产集团副总的电话就打了过来。他对孙家祥说，老孙呢，你不是告诉我说，张市长对我们的规划很感兴趣吗？可张市长闭口不提我们的那个规划，是不是还有实力比我们更强的竞争对手呢？孙家祥说，不会不会，我说得一点儿也不错。你就放心吧。现在不是市委市政府关于大龙湖开发的方案还没定嘛！那个副总噢了一声，沉吟了片刻说，好吧，咱们随时保持联系。孙家祥说，喂，喂，妈的话还没说完呢！他想了想，又拨通了马二嫂子的电话。

七

李苏和张金阳在大龙湖开发规划问题上意见产生了分歧。上次市委常委会结束时，两人交换意见，谁也没有说服谁。

张金阳认为，房地产不是污染行业，对大龙湖未来的生态保护不会产生影响，如果增加绿地可以要求开发商在容积率上考虑。北州缺少标志性建筑，对招商、吸引高科技人才都有影响。再说，高档别墅区在北州也是刚性需求，不仅北州市，周边城市也有不少人想过来买房。李苏则坚持大龙湖山水园林一体的生态文明规划。将大龙湖和沿边尤其是湖西的大龙山总体建成北州最大的园林，将全市绿化率从目前的不到百分之三十提高到百分之四十以上。两人争得面红耳赤，激动时还拍了桌子，但双方心中并没有因此产生隔阂。张金阳最后表示，只要市委定了，我保证坚决执行。

市委书记和市长工作上正常的意见分歧，到了下边却一下子变成激烈的矛盾，被扩大到几倍甚至几十倍，有的干部开始琢磨如何站队。这种官场上的诟病在党中央全面从严治党的情况下虽然有了较大改变，但毕竟根深蒂固，或者说阴魂不散，在某种程度上影响那些想干事创业的干部的积极性。夏天就是一个典型。上次市委常委会后的第二天，他就因病住进了医院，市委常委会、市政府常务会、市长办公会都请了假，更不用说其他一些部门的会议了。张金阳琢磨着不对劲，在一天晚上突然一个人到医院登门看望。他想和夏天开个玩笑，借了医生的白大褂、白帽子，又戴上一只白口罩，完全像个医生打扮。

夏天正躺在床上看电视,见医生进来,微微一笑,啥时给我做手术呀大夫?

张金阳假装没听见,拿起桌上的病历仔细看着。

夏天突然哈哈大笑,我的市长来,别再演了,你又没学过表演,怎么看都不像。张金阳摘下帽子和口罩,转了个圆圈,是吗,我刚才对着镜子可没认出自己是冒牌货。

坐下后,张金阳指着病历严肃地说,我的副市长同志,你的病不轻啊!夏天知道一顿严厉的批评躲不过了,于是主动检讨说,张市长,我这胆结石手术一年前医生就建议我做了,我都给拖了下来。我承认手术并非最近必须做,可是,可是我考虑规划还没定下来,正好这段时间……他的话没说完就被张金阳打断了。张金阳说,你是想躲是非、躲清闲,说严重点你这就叫没有担当!夏天呀夏天,你这个级别的干部对我和李书记之间意见分歧都看得如此严重,怎么去教育、说服其他干部呢?夏天说,市长我错了。我的确怕支持你的意见得罪李书记,支持李书记的意见得罪你这个市长。我是想等你们意见统一了,规划定了,拼命干,交一份合格、完美的答卷,而不是自己也去当出题人。张金阳手指着夏天,气得正要往下说,突然门被推开了,首先沁人心脾的一阵香气。接着进来两个人,前边的那人捧着一束鲜花,后边的那个一手拎着一盒礼品。前边那个人看见穿着白大褂的张金阳惊得目瞪口呆。张……张市长您也在啊?这么巧。夏天问,孙家祥你怎么找到这里的?孙家祥哼哧哼哧没说出话,只是把身子朝墙边靠了靠。后边那个见躲不过去了,硬着头皮走到病床前。夏叔,我爸听说您病了,让我来看看您。然后又向张金阳点了点头,张叔好!夏天指着他对张金阳说,这个是……张金阳摆摆手,不用介绍了,我认识,赵强嘛,几年前就打过交道。接着指了指孙家祥,开门见山问赵强,你们认识?没等赵强回答,孙家祥抢着说,张市长,我和强哥认识好多年了,他是天大驻省城办事处经理,负责我们公司在整个省城的业务。赵强瞪了孙家祥一眼补允说,就一办事的。

张金阳不愿和孙家祥、赵强多聊,转过脸对夏天说,夏天同志,明天上午要开市委常委会,一会办公室会通知你。我先给你说一声,别误了参会。张金阳脱下白大褂搭在胳膊上,起身向外走。夏天赶忙从床上跳下来,一直追到走廊上,向张金阳解释说,张市长,这两个人平时和我没交往,我也不知他们今天为什么突然来看我。张金阳回头看他一眼,拍拍他的肩膀。

张金阳走后,夏天在走廊里徘徊了很长时间,不想回到病房去。其实他心里十分清楚孙家祥和赵强一起来看他,目的就是为了大龙湖的地。这是件让他为难的事。一方面他多年来坚守一条规则,就是不和民营老板特别是民营房地产开发商交往过深,前任市委书记、再往前任的副市长,还有经常曝光的腐败分子,都是在他们面前中枪倒下的。别看他求你时哥长哥短,信誓旦旦,有什么事他担着不会牵连你,而一旦接受调查,第一个就把你咬出来。一方面他有自知之明,大龙湖开发那么大的事,市委书记、市长都不敢一个人说了算,你一个刚上任的分管副市长不过是抓落实、干活的,说难听点,你一寸土地的家也不当。你如若答应了人家,那和骗子有多大区别?可是,不回病房也不是办法,总不能半夜三更办出院手续出院吧?眼看半个小时过去了,他心生一计,到医生值班室向值班医生作了交代,然后才回到了病房。

孙家祥和赵强不知因为什么事闹得不愉快,两个人都红了脸,眼光里透着怒气,赵强上衣的扣子好像被扯掉了一个,漏出一个洞。孙家祥的头发有点像刚扫在地上用过的扫帚蓬乱。夏天回到病房后，两人虽然都笑脸相迎，但目光里仍互带怨气。夏天出于礼貌先问了赵强父亲身体健康，扯了几句与他父亲赵刚交往的事，接着又问了赵强现在的工作，没等赵强说话，值班医生和护士进来了。值班医生二话没说就给夏天做检查，护士却不留情面地冲着孙家祥和赵强嚷嚷：都几点了，病人需要休息，你们快点走吧！夏天顺势对他二人说，谢谢你们来看我，既然医院有规定，你们就先回吧。

孙家祥和赵强对视一眼，无奈地告辞了。夏天指着他俩带来的礼品，对护士说，护士，麻烦你帮我登记一下，我出院后上交。

护士提起礼品盒，突然一封信掉在地上。护士弯腰捡起交给了夏天。夏天一看，信封是省委办公厅的，上边是他熟悉的省委常委、秘书长赵刚的字体。他没有马上拆开看，而是顺手放在床头柜上。他能想得出赵刚信上所说的内容，至多是几句问候的话。在当前中央全面从严治党的形势下，哪个身居高位的高官敢给自己的子女谋私利而且留下痕迹呢？所以，看与不看一样。不过夏天也清楚，这封信话虽不多但分量不轻。他想了想，拨通了李苏办公室的电话。

李苏正在办公室里和张金阳交换意见。张金阳告诉李苏在医院遇见赵刚的儿子赵强和天大置业老板孙家祥去看夏天，感叹地说，这个赵强不是省油的灯，总打着他老子的旗号在外边做事，交友也不慎重不谨慎。

夏天的电话就是这个时候到的。他在电话里向李苏汇报了张金阳走后的情况，最后对李苏说，这个孙家祥上蹿下跳没有闲着。湖北那个"万民书"与他有关系，赵强肯定也是他拉来的。看来他对湖西那块地是志在必得！

李苏嘿嘿笑了，夏天啊，我看他连你这一关也过不去。

　　放下夏天的电话，李苏思考了片刻，问埋头看材料的张金阳：金阳同志，你对湖北社区那封"万民书"怎么看？张金阳抬头看了李苏一眼，笑了笑，哪有什么万民，分明就是一些人打着万民的旗号。《北州日报》记者丛琳已经在几个社区和部分居民那里做过深入调查，"万民书"上的名字里有相当多是小学生有相当多的幼儿园的孩子，更荒唐的是还有已经死亡几年，户口都已经注销了的。天大置业开发公司的员工拿着签名用的空白纸在社区转悠，谁签个名字当场就给二十元钱。即使这样问，大多数居民仍表示很反感，不愿签……

　　李苏走到窗口，伸了个懒腰，活动了几下胳膊腿脚，回到椅子上坐下后认真地说，金阳同志，东方欲晓最近有什么消息吗？张金阳也很认真地回答，据我了解，东方欲晓开发集团没有做小动作，很本分也很规矩。他们就等着咱们规划定下，如果是搞房地产项目，他们就投标参与竞争。李苏递给张金阳一份材料，在手里掂了掂说，他们公司的股票这几天涨得很快。张金阳接过来看了看，眉头一皱，这算不算披露虚假信息？李苏笑了，人家只说下一步投资计划，又没说在北州拿了多少地，怎么虚假呢？张金阳没吭声。

　　北州地处南北方交界，整个城市既有南方的秀雅，又具北方的雄健，气候也兼具南北方融合的特点，初夏夜晚的风中已经有了轻微的热浪。张金阳看着看着，起身把外套脱了。李苏问：热了，要不要打开空调。张金阳摇头，你感冒还没好透，可别传染给了我。两人都笑了。笑罢，李苏把话题又转到大龙湖开发上。他说，我来北州工作的第二天，你在给我介绍北州市情时说过，北州前些年没有生态红线，大量的无序开发，建设上随意性大，人口资源环境严重失衡,与党中央新发展理念有很大差距。此后,我一直在调研、在观察、在思考。咱俩也多次交换过意见。我想利用大龙湖竣工后开发规划,彻底改变一下这种状况,用实际行动贯彻落实党中央新发展理念。所以,请你再认真考虑考虑。

张金阳见李苏的话虽然说得很轻松,很平淡,好像在拉家常,但话中的分量很重,道理很深,直入他的心灵深处。他庄重地点了点头,边收拾材料边说,走吧,到大龙湖边透透气,回去好好睡一觉。李苏说,好吧,咱俩打一辆出租车就够了。

虽然已经是晚上九点多钟,大龙湖湖畔依然是人潮如涌,停车场连个空车位也没有,这让市委书记和市长的他俩感到惊讶。出租司机一边找零钱,一边高兴地说,从大龙湖竣工到现在快一个月了,一直是这样。仁者爱山,智者爱水,大龙湖有山有水,老百姓都爱来这里。最多一个晚上我从城西和城北来回送了七八趟客人。李苏和张金阳下车后,他又故意补充一句,这么一个有山有水的风水宝地,要是给了一些有钱人盖别墅,老百姓心里多难受呀!

李苏和张金阳对视了一眼。

大龙湖大堤的几个观景台上站满了人,两边的人行道上隔几步就是人,湖边的沙滩上更是人流稠密。李苏和张金阳仔细观察了一下,这些人中多以家庭为主,有老少三代,有夫妻带着孩子,青年恋人、青年朋友也是主体之一。大堤上下的灯都亮着,映着一张张欢快的笑容,与倒映在湖面上犹如繁星点点的灯光相映生辉;大龙山挺拔雄健的身姿在湖面上印出的暗影,仿佛一幅仿古的山水画;沿湖四周的各种花卉散发的香气随风飘落在湖面上,又被风吹散弥漫开来,空气中的味道湿润而又清香,让人精神清爽,心情愉悦。远处,有人吹着笛子,悠扬、动人的乐声让人的情思更加悠长……

夜晚的大龙湖，仿佛欢乐的海洋。李苏情不自禁，脱口而出地说了一句，都说苏杭是仙境，谁知龙湖别有情。张金阳好像也感慨万端，但没有说出口。大堤上遛弯的人有的看见市委书记和市长，亲热地和他们打招呼。

有的胆子大点儿的，还主动上前说上一两句话。老韩头和闺女女婿外孙一起来的。他告诉李苏和张金阳，看完中央电视台的《新闻联播》节目就过来了，现在准备回家休息。他说，这儿空气好，视野好，又干净卫生，让人心里舒坦。这些天几乎天天晚上过来待一会，睡觉踏实多了。李书记、张市长，感谢市委、市政府为老百姓办了件大好事！

韩大叔，您多提意见啊！张金阳说。

老韩头犹豫了片刻，嘿嘿笑了几声，我的意见给李书记都当面说了。我觉得吧，是不是还得多种点花草，多建几个公园。又说，老夫的一己之见，书记市长别见怪。

张金阳一愣，问：老韩大叔，假如拆迁把您安置到湖北或者湖东，您同不同意？

老韩头好像早就考虑过这个问题，不假思索地回答道：如果是在湖西建个大公园，把我安置回一百公里的老家农村，我都没意见。

李苏和张金阳一人握着他的一只手，异口同声地说，谢谢，谢谢！

人最多的地方是露天浴场，用人山人海形容一点儿也不过分。李苏的脚步突然迟疑不决，情绪也有些昂扬，好像跃跃欲试。张金阳笑了，怎么着，游一圈？李苏说，游一圈。李苏比张金阳麻利，下了水一个猛子钻出去二百米。张金阳习惯地先在水里适应一下，正要游的时候，一个穿着游装的姑娘游到张金阳跟前，张市长你想游泳啊？张金阳认出是《北州日报》记者丛琳，开玩笑地说，怎么着，比一比吗？丛琳说，比就比，保证你第一。张金阳说，你要故意让我那可不行，我赢了不光彩。丛琳说，看你美的，我说的是倒数第一。

上岸后，丛琳坚持用自家车送李苏和张金阳。路上，她把马二嫂子给她说的话原原本本给李苏和张金阳说了一遍，最后恳切地说，书记市长都在，我提个建议，大龙湖开发的规划早点定下来。

李苏和张金阳都听明白了丛琳话中的含义。

八

吃早餐的时候，李苏陪着一位客人共同进餐。张金阳本来就晚了一会，见李苏有客人，就和夏天坐到同一桌上。夏天说，市长，东方欲晓的湖西开发规划图你看了吗？张金阳打开手机微信，翻到一个页面上，收到了，纸质的、邮件，还有微信，全方位、立体。

夏天笑了，都一样，我也是受到他们全面轰炸。

张金阳说，昨天我和几个同志议了一下，都觉得东方欲晓可能早就有战略规划了。

张金阳扭头看了一眼李苏，李苏正在给客人看手机微信，还边指指点点，不停地说着。张金阳会心一笑，对夏天说，北州市领导可能都享受了一样的"待遇"。夏副市长，还有什么信息？夏天悄声说，有一条没经证实的信息，东方欲晓和孙家祥的天大置业联手了。中间牵线搭桥的是赵强。张金阳大吃一惊，手中的筷子竟然不知不觉地落在桌子上。我说呢，东方欲晓前些年在北州一直没有投资,这次在很短的时间里竟然把北州的情况尤其是大龙湖周边的情况摸得如此清楚,就连大龙湖的水文地质情况也了如指掌。昨天在湖西大堤上,我看见孙家祥和他们在一起,原来是这样。孙家祥为什么要这样做?

夏天给张金阳说了两件事。

马二嫂子是晚上偷偷摸摸到的湖西社区。她手里拿着孙家祥精心设计的联名信。信的标题就很有鼓动性——《坚决支持一心为民的市长的英明决策》。

张金阳说,这是经过策划的。现在写人民来信和发帖子的人智商越来越高了。

她先找了几个她的发小签名。其中一个发小在她刚出门就追上她,死活把签了名的信要回,当着她的面把名字涂了。那个发小对她说,马姐你别怪我。你前脚出门,我爸我妈就骂我上你的当。他们说得很简单,好事咋不让你舅老爷先签名?到时候好事都让你落了,我们连口汤也喝不上。马二嫂子气得踢了那个发小两脚,转身去了老韩头家。老韩头刚从大龙湖遛弯回到家,准备洗洗睡觉。马二嫂子拎着礼品往老韩头面前一放,直言不讳地说,舅老爷您当村官的时候我年纪还小,您没帮过我们家。我记得我爸晚上弄了一麻袋煤炭回家,让人发现告诉了您,您把我爸从煤矿给开了。我爸到死都没原谅您。我从没求过您,这回得求您帮帮我。您要是还认我这个外孙女的话您就答应,如果不帮我,那咱从此就是路人。老韩头那是经过风雨见过世面的,一边泡着脚,一边不动声色地听她说完,冷淡地说,说吧,让我帮你做啥事?马二嫂子扑通一下跪在老韩头面前,舅老爷外孙女求求您救我。老韩头这下子慌了,你犯了什么事?马二嫂子边抹着眼泪边说,人家开发商送给我两套房子,都是一百四十平方米的,其中有一套是让我转送给您老人家,我没经您同意就帮您收下了。老韩头急了,顺手捡起拖鞋朝马二嫂子砸过去,骂道,我一世英名都让你给我毁了!他踢翻了洗脚盆,连脚也没擦就拉着马二嫂子往外走。你带我去找那个开发商,把房子给我退了。马二嫂子解释说,房子还没盖呢,现在只是开发商的设想。他们想在咱湖西这地盖高档别墅区,再盖些高档商品房,您和我妈我姐就地安置。张市长替咱老百姓着想很支持,省委有个秘书长也全力支持,可那个姓李的书记太霸道……老韩头没等她说完,顺手摸起桌子上的电视遥控器朝马二嫂子砸去,滚,你给我滚,从今往后我不想再见你!……

老韩头的电视遥控器也摔坏了吧?张金阳问。

夏天:是呀,第二天他孙子帮他买了个新的。

第二件事呢?张金阳又问。

夏天看见李苏向他招手,就停下话头走了过去。

李苏说,夏副市长,你的饭卡借我刷一下。我请客人吃饭,卡里没有钱了。

夏天帮着李苏刷了卡,想送李苏和客人出门。李苏拦住他,你和张市长说话吧,我先走一步。

夏天回到餐桌前,看了看表对张金阳说,市长,饭都凉了。你看李书记也早走了,咱们吃完也走吧。

张金阳猜出夏天要说的第二件事可能与自己有关,心里更沉不住气。他也看了看表,开会的时间还早,说完再走。

夏天无奈,只好又给张金阳说了第二件事。

赵强回到省城,在家里的饭桌上,把他知道的李苏与张金阳在大龙湖开发规划上的意见分歧一五一十地说给了赵刚。赵刚边听边思考，搞房地产项目也没错，毕竟大龙湖整治竣工后的地价提高了。再说，东州也的确需要标志性的地产项目，不然房价会一直低于周边城市。赵强说，那个李苏太专横跋扈，会上不让张市长讲话。赵刚瞪了他一眼说，胡说八道，李苏就不是你说的那种人。

张金阳插话说，赵秘书长是了解李苏和我的。

夏天接着说，赵强接着就提出让赵刚帮孙家祥。爸，天大置业在北州房地产商里排名第一，那个孙老板想参与大龙湖开发。赵刚很警觉，摆摆手说，那他就凭实力投标吧！赵强说，可是张市长早已内定了东方欲晓那家房地产商。赵刚哼了一声，吓得赵强低着头不敢说话。过了好大会儿，赵强见赵刚的脸色好了些才又壮着胆子说，北州人说，张市长平时对李书记言听计从，两人是"黄金搭档"，为什么这次在大龙湖开发问题上敢和李苏叫板，就是他收了东方欲晓的一大笔好处……赵刚问：你见到了？赵强听出父亲话里不是好意，吓得不敢再往下说。赵刚严厉地训斥了他一顿，警告他不要再和孙家祥来往，不要插手本省任何工程。我要是听说你打着我的旗号在外边招揽生意，不等别人来查，我亲自把你送到该去的地方。赵强一听吓坏了。

张金阳耐心地听完，好像没放在心上。他抹了抹嘴唇，擦了擦手，对夏天说，走吧，开会去。

根据李苏的建议，这次市委常委会放在大龙湖大堤上召开。张金阳和夏天一上车，他的手机就响了。他看了一眼来电显示，说了声：赵秘书长电话。接着，他就打开接听。

赵刚：金阳同志，方便接电话吗？

张金阳：方便，秘书长，请讲吧。

赵刚：你们马上要开会了吧？我想请你说说你现在对大龙湖开

发的意见。

张金阳非常明白，话是赵刚问的，但绝非赵刚的意思，肯定是省委主要负责同志委托赵刚打的这个电话。他略一沉吟，实事求是地说，秘书长，我现在还没有改变观点。今天的市委常委上，我还要坚持我的意见。赵刚在电话那边停顿了一下，平淡地说，金阳同志，作为老同事老朋友，我送你也是送李苏同志一句话，一定要保持生态空间山清水秀的红线意识。

放下赵刚的电话，张金阳感到非常气愤。他从赵刚最后一句话中分明听出是在给他敲警钟。尽管赵刚说得很艺术，把李苏也捎上了。听话听音，锣鼓听声，明摆着有人在省委告了他张金阳的状。有话为什么不当面锣对面鼓？就因为我张金阳支持在大龙湖开发高档房地产项目，生态红线意识就不够强吗？我来北州这几年，关闭了多少个小化工小煤矿等有污染的企业，停建了多少个环评不合格的项目，大龙湖东的万亩园林化农田就是我张金阳推动的，北州城中的景观大道也是我张金阳来后建起来的。短短几年时间，北州的绿化率提高了近10个百分点……"绿水青山就是金山银山"的理念在我张金阳心里也是千金重。没想到有人拿生态告了我一状！张金阳快速地在心里浏览了一遍可能告状之人，有一个人被他坚定不移地第一个排除，这人就是市委书记李苏。

夏天看出张金阳的情绪变化，也猜出他的心思，一时不知说啥好，只好假装翻看材料。

夏副市长，你今天又是有备而来吧？张金阳突然问了一句。

夏天冲张金阳笑了笑，张市长，咱们彼此彼此。

张金阳还没来得及说话，车已停在大堤上。

李苏和吴常委等几个常委已经到了。他们站在大龙湖西的大堤上，面对大龙湖，背对大龙山，一边指指点点一边交谈。张金阳和夏天到后，李苏宣布会议开始。

李苏首先介绍了这两周在湖北和湖西社区的调查情况。根据在民间的调查，绝大多数居民尤其是大龙湖周边社区的居民支持将湖西和大龙山建设北州文化公园。这些调查数字中，有来自市有关部门的，有来自大龙湖周边社区的，有来自原本等民间之士的，也有市新闻媒体公开征集来的。接着，夏天也介绍了几个专家座谈会、论证会、研讨会的意见，专家学者们建议北州下一步要遵循人口资源环境相均衡、经济社会生态效益相统一的原则，划定生态红线，控制开发强度，调整空间结构图，促进生产空间集约高效、生活空间宜居适度、生态空间山清水秀。

李苏说，金阳同志，谈谈你的意见。说着，把手里的一瓶矿泉水递给了张金阳。张金阳喝了一口矿泉水，清了清嗓子，淡然地说，我和各位一样，听广大人民群众的。又补充说，市委一旦决定了，我和夏天同志一定抓好贯彻落实。

李苏和张金阳的手紧紧握在一起。

当天晚上，北州电视台就播出了市委市政府决定在大龙湖西龙山脚下建设文化公园的开发规划。

九

省委巡视组组长、省委常委、省委秘书长赵刚与张金阳的谈话是在张金阳的办公室进行的。

赵刚开门见山地问：金阳同志，大龙湖文化公园作为大龙湖开发的一部分，请你给我们介绍一下招标的过程和中标单位的情况。

张金阳一听，心里咯噔一下。不过，他马上就平静下来，从大龙湖文化公园的决策过程、招标过程作了介绍。最后，他坦诚地表示，我作为总指挥，参与了整个过程。我认为没有什么问题，如果说问题，就是我个人在决策形成之前，不舍得丢了这块房地产的黄金之地，曾力主开发高档房地产项目。

赵刚说，金阳同志，中标文化公园建设项目的园林公司情况你了解吗？

大龙湖文化公园建设中标单位，是李苏曾经工作过的江南某市的一家民营园林公司。赵刚开门见山地提到这个问题，让张金阳感到有些不平。他说，赵刚同志，这个公司的情况我当然了解，因为整个招标过程都是我在主持，市纪委、市监察局也全程参加监督。

赵刚说，有人反映，李苏同志一直关心招标工作，曾经引见那家公司老板和负责招标的同志见过面。这个情况你知道吗？

张金阳一听就激动起来。赵秘书长、赵组长，你看看，这是造谣中伤，诬蔑陷害！

赵刚神情很严肃，但没有马上表态。一位副组长有点不高兴，张市长，请你不要激动，把你了解的情况如实说出来。群众有反映问题的权利。我们也必须了解清楚。张金阳确实有点不冷静，接着那位副组长的话说，党中央再三要求保护干部改革的积极性，支持干部担当作为，对那些故意诬蔑陷害干部的要严厉打击。赵刚说，金阳同志，请你和北州的广大干部放心，如果调查是诬蔑陷害，对当事者一定会严肃处理。

张金阳渐渐平静下来。我把我了解的真实情况向你们汇报一下。如果调查的事实与我所讲的不符，证明我对组织隐瞒事实真相，或者故意包庇李苏同志，我愿意接受组织的任何处分。

那家专业做园林的民营公司老板姓李，和李苏同志同姓。李苏同志在那座城市工作时和他认识，已经有几年了。这些都是李苏同志告诉我的。在我和李苏同志关于大龙湖开发规划上产生意见分歧，常委会上发生过争执的第三天，李苏同志去省委开会。散会后，他人还没回到北州，夏天同志就告诉我说，有人在省城看见李苏同志坐在那个李老板的车上，是李老板用车送李苏同志回家的。我当时就批评说这是在造谣中伤李苏同志……

你为什么会这样肯定？副组长问。

张金阳说，凭我对李苏同志的了解。我在省厅就和他一起工作，后来到北州又一起工作了两年多。对他我还是比较了解的。

如果你看到的是表面现象呢？副组长毫不留情地问，不要忘了党内有些"两面人"。

张金阳非常理解副组长的心情，对他笑了笑，摇摇头说，李苏同志是一位对党忠诚老实、襟怀坦白的同志。这不是我张金阳一个人对他的评价。夏天同志对我说这件事时也表示，即使李苏同志坐了李老板的车，也不会出卖原则和李老板搞权钱交易。李苏同志回来后就给我说了与李老板见面的事。他丝毫没有隐瞒，说是他主动联系的李老板，问李老板愿意不愿意到北州投资。

赵刚问：这是不是说，李苏同志在招标之前就认定了李老板的园林公司。

张金阳说，李苏同志也给我谈了他的想法。他主要考虑那家园林公司做了二十多年城市园林，全国一些城市标志性园林不少是他们规划和建设的。而且这家公司不保守、不守旧，园林规划和建设理念时刻创新，特别擅长结合建设所在城市的历史文化、人文景观、地理特点、生态空间创造性地规划和建设。第二点是这家公司非常敬业,具有工匠精神,而且技术力量雄厚、资金雄厚,投资一个项目就会做好。最重要的一点是这家公司守法经营,廉洁经营,二十多年上百个项目招投标没有一次行贿记录,虽然是民营公司,但公司党的建设搞得有声有色,是省委多年表彰的先进党组织。

张金阳这番话引起赵刚和那位副组长的重视。赵刚说,这一点我是了解的。那个李老板本人也多次被表彰为优秀党员。但即使这样,李苏同志和那个公司老板在招标之前来往也属于不正常。那位副组长接着说,不符合组织原则。张金阳说,招标开始后,李苏同志从来没打过招呼。赵刚同志,我能不能谈谈我个人意见?赵刚点点头。张金阳说,中央领导同志对勇于改革、敢于担当的干部很关心很支持。我觉得在李苏同志邀请那家园林公司来北州投标的问题上,应当坚持实事求是,把正常的招商和以权谋私、权钱交易区分开来。我是大龙湖开发总指挥,我以党性证明,李苏同志在这次招标中没有问题。你们可以调查,如果调查证明我说得与事实不符,我张金阳愿接受党组织任何处分。

谈话结束,送走赵刚一行,张金阳想给李苏打个电话,约他到大龙湖遛弯,转念一想又放弃了。他相信李苏知道有人在大龙湖开发问题上告他的状,更相信李苏不会趴下。这时候给他安慰,从某种意义上说是对他的不信任。

张金阳确实太了解李苏。就在巡视组与张金阳谈话的时候,李苏正在大龙湖文化公园建设工地上,在中标的那家园林公司的李老板陪同下视察。李老板深怀歉意地说,李书记,给您添麻烦了。李苏扭头看着李老板,严肃地问:你是不是想打退堂鼓?李老板连连摇头,不是不是,李书记您误会了。我是说有人告黑状。李苏笑了,我都不怕,你怕什么?然后抬头看了看天空,意味深长地说,

寸土寸金　　53

李老板，你看看这太阳多明亮，我们只要心中无愧，就可以尽情地享受阳光。李老板点点头，李书记，请您和北州市委放心，我们一定把北州文化公园建设好，让您和市委满意！李苏拍拍他的肩膀，不单是我和北州市委满意，而是北州人民满意。二十年甚至五十年后，希望北州的这片绿水青山能继续为北州的百姓造福。

几个头戴红色安全帽的人迎面走过来。李苏一眼就认出走在前边的是副市长、大龙湖开发副总指挥夏天。夏天大概已经来了很久，上衣的前胸被汗水湿透了。李苏和他握手时，感觉他的手有些烫，忍不住伸手摸了下他的额头，吃惊地说，夏天呀，你发烧了自己还不知道呀？夏天抹了下额头上的汗水，不在意地说，我来之前服过药，很快就退烧了，不碍事。李书记，请你到老村子，不，是老社区看看。那边快竣工了。

李苏说，好。又对李老板说，一起去看看你的作品。

夏天说的老村子，又叫老社区就是老韩头所在的湖西五区。这个湖西五区是大龙湖西最早的村子之一。据北州志记载，早在明末清初，大龙山还是荒山野岭时，几个从北方逃荒而来的人就在这里落户了。一开始是两三户，后来越来越多，到20世纪50年代后期已形成一个上百户人家、四五百人口的大村庄。按照当时的建制叫生产大队，下边分了五个生产队，改革开放后改为村民小组，再后来改为社区。五个社区中，五区是历史最老的，房子也是最老的。这些最老的房子又是最有特色的。家家有院子，只是大小不同；家家院里种树，且都是银杏树；房子的结构也大体相当，下半部分是条石，上半部分是青砖，屋顶是灰瓦。由于村子顺山势而建，一排排错落有致，自然而然地又形成了排与排之间的大街、小巷。到了夏秋两季，古老的银杏树枝繁叶茂，从绿到黄，让这个社区激情四射，充满了魅力。最近几年，每逢周末和节假日，来这个小小社区旅游的人流不断。大龙湖开发规划一出来，李苏就提出这个村子保留在文化公园里，一砖一瓦、一草一木也不动，只是对公共基础设施进行改造。老韩头等五社区的居民都非常拥护。中标的园林公司根据北州市的大龙湖开发整体规划，结合五区的历史沿革、风俗习惯、民风民情进行了综合设计，更加突出了北州一带传统村落的特色。李苏一行人一进村，迎面碰上老韩头和原本。

李苏说，老韩大叔好，原老师好！

原本和老韩头也热情地与李苏、夏天打招呼。

没等李苏开口问，原本主动说，我是应老韩大哥和五社区居民之邀，来帮着他们整理村志的。

李苏高兴地说，好啊，这是件大好事。这个村子历史悠久，出过状元、将军、教授、书法家，最近这些年又出了十几名博士、硕士。村风好、民风好、家风好，是北州多年的文明村。如果编一本村志既可以教育当代，又可以留给后人。

听到市委书记夸奖，老韩头有些得意，对李苏说，李书记，我已经在居民会上说过了，村志的纸张费、印制费，包括原本老师的稿费全由我个人承担，不要居民掏一分。

原本对老韩头说，我也说过了，一分稿费不要你的。你要给稿费，那就另请高明。

老韩头说，别、别呀老弟兄。没谁比你更了解我们村的历史了。我答应你，不给你稿费，请你喝酒。

他俩的对话，引得李苏、夏天一行人哈哈大笑。

与老韩头和原本分手后，李苏一行继续往社区里走。迎面是一座拱形石桥，桥下左右是单向人行道。夏天告诉李苏，这是园林公司精心设计的。石桥是仿古建筑，也可以算作一处景观。但它的价值不仅在于旅游，而且起到护村作用，向人们明示这里是生态保护地，到此下车。李苏连说了两声：好，好！接着目光落在桥边竖立的一块石碑上。他走进一看，上边只有两行字。一行小字是：子孙后代铭记，一行大字是：绿水青山就是金山银山。一种神圣的使命感在李苏心中油然而生，同时也让他觉得肩头十分沉重。他指着石碑对夏天说，传承绿色发展理念，这其实也是村风民风的体现啊！

夏天点点头说，这是老韩头建议立的。

在五区参观了大约一个多小时后，李苏一行人又到了正在拆迁的三、四社区。按照规划，这里将建一座青少年图书馆。李老板告诉李苏，图书馆的建设单位是东方欲晓公司。他说，这是他们的强项，我们比不上。

夏天称赞说，这叫强强联合，优势互补，符合市场经济规律。

李老板见李苏充满深情地朝大龙湖眺望，心怦然一动，李书记，我同你和北州人民保证，大龙湖开发完成后，虽然在江北，但绝不逊于江南的园林景色。

李苏和夏天与李老板告别后，上了同一辆车。夏天犹犹豫豫，好像有话要说又不敢说。李苏拍拍他的手，夏副市长，我知道你要问张金阳同志工作调动的事，是吧？夏天点点头，李书记，现在有人说张市长是因为在大龙湖开发规划上和你意见不一致……下边的话他没有说，因为他相信李苏也听到了这些流言。他对张金阳的调动心里不痛快，又不好发牢骚，才故意在李苏面前说了这么一句。

李苏沉思了一会，认真地说，金阳同志调任省环保厅党组书记、厅长，恰恰说明省委对他在北州抓生态文明建设工作的肯定！现在党中央对生态文明建设越来越重视，环保厅的任务十分艰巨，相信金阳同志不会辜负组织的信任!

夏天听了,心胸一下子亮堂了许多,情不自禁地拍了拍李苏的手。他发觉自己有点失态时,不好意思地看了看李苏,李苏也在看他,两人不约而同地笑了。

十

一个月后,省环保督察组进驻北州,对北州环保问题进行巡察。一时间,北州各种传言纷起。孙家祥在电话中幸灾乐祸地对马二嫂子说,看看,张金阳一上任就杀了个回马枪,找李苏讨债来了。督察组说北州的生态环保问题欠账太多,空气污染在全省倒数第一,要对市委主要负责人问责!

《北州日报》记者丛琳在采访完李苏后,用开玩笑的口吻把传言告诉了他。李苏听后坦诚地一笑。

丛琳在自己的微博上写道:市委书记阳光般灿烂地一笑,让我坚信北州的明天会天更蓝、水更绿、山更青、地更美……

2018年6月20日于北京官园

金融街郊路

一

说完了吗？哭够了吗？小桂问大桂。

大桂皱着眉头，不满地看了小桂一眼。她在说的时候哭的时候，小桂一直在洗衣服。小桂洗衣服用的是一只红色大塑料桶。桶里的水已经变得非常浑浊，各种不同颜色的衣服混淆在一起，几乎分不清了。小桂的老公两年前收废旧品时，花了15元钱收了一台洗衣机，只用了两次又成了废品，现在放在门口的楼道上。小桂说这是给左亲右邻看的，装装样子，免得人家嫌咱穷气扑面。

大桂说，小桂你听我说了吗？听清楚我说什么了吗？小桂把毛巾扔给大桂，让她擦眼泪。然后，一边晾衣服一边回答，就你那点破事，我还要竖着耳朵听啊？不听我都明白怎么回事。不就是你那个老板天天让你给她孩子买瓶奶不给你钱吗？你都说八百遍了……

大桂火了，吼了起来，这次不一样！她委屈我冤枉我欺负我！我说了半天你就一句没听进去。说完，她猛地起身，拍拍屁股就走，随手把毛巾扔在小桂的脚下。

小桂这才发现姐姐真的生气了。她紧走几步赶到大桂前边拦住了她，笑容可掬地赔礼，姐，怪我。你别生气。来来来，你慢慢给我说。她拾起毛巾，擦干了手，想帮大桂掸下屁股，发现大桂屁股上并没有尘土，就把毛巾递给了大桂。她不去晾衣服了，就和大桂面对面站着。

大桂一边擦着眼泪，一边哼哧哼哧地向小桂诉说她的委屈。

今天，有辆车停在停车位上两个小时。按照二环内的收费标准，第一小时十元，第二小时十五，两小时应当交二十五元钱。可那个司机却只给大桂十元，说是不要票。司机说，我给你二十五，你给我二十五的票。给我票你就得交税，就得交给你老板。我给你十元不要票，你往口袋里一塞，就是你的，谁知道啊？再说，二十五多难听的数字？大桂想老板没这样教过她，小桂没这样教过她，所以她不能这样做。她说，我不能违反规定，你得交二十五。那个司机火了，扔下一张十元的票子，说你爱要不要。不要你就撕了吧！一边说，一边踩油门，没等大桂反应过来就把车开走了。大桂下班后向老板交账时，把那十元钱交给老板，还把那个司机的话原原本本地对老板说了。老板眯着眼上上下下看了她半天，看得她心惊肉跳。老板吐了个烟圈，突然单刀直入地问：大桂呀，你收了多少次这样的钱？大桂连忙摇头摆手，没有，没有，这是第一次。老板明显不信任，斩钉截铁地说，还有十五元钱从你工资里扣。说什么也不能让公家吃亏。大桂说着又委屈地哭了，十五元，十五元啊，够我一天的饭钱……

小桂不知是不耐烦还是不舒服，又去晾衣服。她使劲扯着衣服上的皱褶，嗔怪地说，这就怪你了大桂。

大桂不服气地问：咋怪我？我真的是第一次。我要真有这事能不告诉你吗？我是什么人你不知道吗？

小桂说，你想歪了。我的意思是说，你千不该万不该，不该把那十元钱给老板，不该给老板说实话。你没听人家说电视台办那个

金融街郊路　　59

实话实说的栏目，说得也不全是实话。

大桂一脸惊愕，张了张嘴，好像上下嘴唇被什么东西粘住了，又好像喉咙里塞了什么东西，有话要说又说不出口。

小桂说，老板每天是凭票给你结账吧？

大桂点点头。

小桂说，那人不要票的钱，就像他给你说的那个样子，你不说又没票对账，老板压根就不知道。你给老板干啥呢？

大桂仿佛触电了一样，腾地一下站起来，怎么，你是让我自己装腰包？那我成啥人了啊？

小桂转过脸看着她，嘴角撩了起来，嘲讽地说，哟，我的亲姐来，你以为你是啥人？当代活雷锋？拾金不昧的好人？你就是一个从河南来北京打工的乡下妇女。打工是干啥，挣钱！最后，又加重语气说，你两个闺女还在家等着你挣的钱交学费呢。

大桂不服气地说，那，那……我再困难，那也不能腐败！

哈哈哈哈……小桂笑得腰弯下了，眼泪也出来了，说话的声音也变得飘了。腐败，腐败。你说这也叫腐败？

大桂被小桂笑得莫明其妙，理直气壮地说，把公家的钱装自己口袋不叫腐败叫啥？电视里讲的那些贪官不都是这样子吗？你看看那个刘什么军，那个……大桂这几年喜欢看电视新闻，特别是哪个贪官又被查处了、法办了，不管小桂知不知道她都要给小桂津津有味地说上一会儿。

小桂板起脸，认真地说，我没空给你啰唆。这样吧，我老板不是个东西，看我肚子一天比一天大，找个碴子赶我呢！等我把老板欠我的一分不少要回来，办完了辞职手续，先跟你去看车。

大桂急了，我一个人一天一百元，你去了不等于咱俩……她怕把下边的话说出来小桂生气,就咽了回去。毕竟,她现在看车的活还是小桂给她找的。

　　大桂和小桂是同母异父的姐妹,她们的母亲在大桂两岁时,从原来的村子改嫁到十几里外的另一个村子,一年后又生下小桂。所以,两姐妹从小不在一个村,不在一个家,又是不同的父亲,性格也不一样。大桂性格温顺,胆小怕事,遇事没有主见。小桂性格倔强,大胆泼辣,做事风风火火。虽然不在一个村一个家,但毕竟是一母同胞的姐妹,从小来往不少。大桂的父亲和大桂的继母在城里打工,大桂在家跟着爷爷奶奶生活,隔三岔五到小桂家吃住。读完小学,大桂就辍学了,经常到小桂家帮忙做点活。大桂十岁、小桂七岁那年,两人去镇上卖梨。一位买梨的老奶奶张口夸奖,哟,这姐俩长得真俊,像两个小瓷娃娃。大桂听了,羞答答地不好意思。小桂则用警惕甚至怀疑的目光盯着老奶奶,好像人家夸奖她俩就是为了贪图她俩的便宜。称梨时,小桂瞪大眼睛看着称星,生怕大桂少算斤两。平时,两姐妹在一起商量事,大主意都是小桂拿。大桂听她的。就连找对象这事,大桂也让小桂做主。母亲让她去相亲。她说,要去让小桂去。她说行就行。母亲生气地骂她没脑子。小桂还一高中生,小女孩,懂个啥?再说是你找男人,你要跟人家过一辈子。小桂说行就能行?大桂怕惹母亲生气,当面答应了母亲。可是去相亲那天,她还是拉上了小桂。小桂也没推辞,而且颇有经验地问了那个和大桂相亲的男人一大串问题。谈过女朋友吗?父母亲身体好吗?生了孩子能帮着带吗?家里的房子旧吗,打算什么时候盖新房?在城里打工收入咋样,婚后能在城里给大桂找个活做吗……大桂在一旁几乎一言没发。后来小桂对大桂说,这些我也不懂。我是上网查了相关方面的知识。不过,大桂的老公的确是个

金融街郊路　　61

称职的男人，对大桂好，对孩子好，对大桂母亲也好，顾家。她老公也给她不止一次说过，小桂有文化，有头脑，咱听她的没错。前不久，小桂让大桂到北京来打工，大桂开始还犹豫：我没文化没能力，到北京咋混下去？还是她老公劝她，去吧！小桂让你去，保准没错。大桂这才来了北京。到北京第二天，小桂就给她找了个看车的工作。

小桂明白大桂的心思，大大方方地说，大桂你别担心。该你挣的我不争不抢也不占。这时她已经晾完了衣服，洗了只苹果，拿起菜刀一切两半，给了大桂一半。大桂接过来，撩起衣襟就要擦苹果，被小桂伸出的胳膊挡住了。哎，哎，我洗过了。你就放心吃吧。以后别再拿衣服擦，让人一看就乡下来的。

大桂偷偷地瞪了小桂一眼。心里想，你以为别人拿你当城里人、北京人呀？

二

大桂看车的地方离金融街不远。那地方不是停车场，只是一条不宽的马路。其实，北京城里专业停车场本来就不多。据民间传说，20世纪90年代北京城市建设方兴未艾之时，车辆还没有那么多，尤其私家车凤毛麟角。有人曾提出专业停车场的事，不知哪位位高权重的领导瞪了眼睛，再过50年北京也不会车满为患。建那么多停车场没车停，水泥地上又种不了庄稼，多浪费呀，浪费是犯罪！没想到时间未过50年，北京城却已车满为患，大街小巷都变成了停车场。

大桂看车的那条路因为挨着金融街，有人戏称为金融街郊路。

全长200多米，宽约5米。路的两边用白线画出一块块长方形的框框，这框框就是停车位。在北京这样的大都市，那条白线不是什么人都敢往地上涂的。停车位的白色框框就是钱袋子，车往里一放就等于放进钱去——车主就得交钱。凡是没停在框框里的车，不知哪会儿就会被贴上张罚款单。而这条路两边收停车费的不是一家。路东归一家管，路西归一家管。大桂管路东。路西是一个五十岁左右的男人，高个，壮实，短头发像被风刮过的雪地。两个看车人的服装也不一样。大桂是红色上衣，上边印着公司的标志。那个男人是蓝色上衣，印着保安的标志，臂上还有臂章，不认真看还以为是协警。他比大桂来得早，见识广，经验也多。一开始，他对大桂说，妹子，北京人邪乎呢！那些"二北京"更邪乎。大桂问，啥叫"二北京"？他轻蔑地哼哧一声，唏，连这也不懂。电影电视里的二鬼子看过吗？大桂老老实实地回答，看过，就是给日本鬼子当狗腿子夜里带着鬼子烧咱老百姓房子杀咱老百姓的。他点点头，"二北京"是我的发明。就是那些跟咱一样给北京人打工，只不过干的事和咱不一样，在咱面前还抖擞的那些人。穿着西服，隔肚皮照样看得清小时候吃的山芋疙瘩呢！说着哈哈大笑。大桂乐得眼泪都出来了，扶了一下路边的树才没弯腰。大哥你这也太会损人了。小时候吃的啥还不早消化变成屎尿排到大海里去了。他一本正经地说，我就是看不起他们。又说，大妹子，这些人挣了钱买了车，装着富哥富姐的样子，可交停车费时使着劲儿压价。你千万别让他们给欺负了。大桂似信非信，咋，他们还欺负人？他说，嘿，就这本事大！大桂觉得他人挺好，能主动帮助人，问他：大哥你姓啥？他说姓伍，队伍的伍，单人旁加个一二三四五的五。你就叫我老伍哥吧！有老伍哥罩着你不会让你吃亏上当。

大桂来的时候是三伏天，北京城里热气腾腾热浪滚滚，仿佛一口蒸馒头的大锅。人站在树底下不动，汗水一个劲儿地往下流，钻到脖子里黏糊糊的，伸手一抹就一灰泥蛋子。大桂看见老伍的自行车后座上放着一台简朴的电风扇，是用电池发电的。他有空闲就往那一站，敞着怀露着胸对着电风扇吹。他身上还背了只铁皮大水壶，不像是买的，像是自制的。他喝水时总是把脖子仰得很高，往喉咙里咽的时候声音特响，咕嘟咕嘟，几米外都能听见。

老伍没少欺负大桂。他第一次坑大桂，是大桂去卫生间，让他帮着看一眼。大桂没敢久留，出来一看，有辆红色轿车走了。她问老伍，老伍哥，你替俺收钱了吗？老伍摇头，我刚要伸手呢，那人说给过你钱了。大桂说，他放屁！老伍说他放屁我没放屁！他那么说了，我怎么敢再收人家二次钱。人家要是投诉，不把你我的饭碗都给砸了。大桂急了，老伍哥，这也得把饭碗砸了。老板要知道我没收费能饶了我？老伍安慰她说，没事，老板怎么会知道。难道你老板长了千里眼。就算他有千里眼，这么多高楼大厦隔着也看不见。

大桂看了下时间，那辆红色小轿车停了两小时。按第一小时十元，第二小时十五元算，二十五元钱。二十五元呀！她一天的伙食费也就二十五元。她在心里咬牙切齿地骂那个司机缺德。

山不转水转。没想到第二天那辆红色轿车又来了，而且来得最早，是第一辆车。老伍那会儿也去了卫生间。大桂这边有空车位，那辆车就停在了她那边。她虽然学历不高，但有一个让小桂从小就佩服得五体投地的本事，就是记数字的能力特别特别强。那个司机是女的，三十五六岁，长得白白胖胖，很富态，也很精神。她本来一肚子怨气，站在车边等司机下车。那个女的下车后，冲着她笑了笑。那笑很光明，很亲切。她问大桂，昨天我走的时候，想给你打个招呼呢，你怎么没在呀？

大桂开门见山地问：你昨天说我收过你钱了，我没收过。

那个女的一脸惊愕，没有啊！我还问了你去哪里，给了你那个同事10元钱。他说不要票10元就够了。

大桂一听气得脸发青。可是她没敢骂老伍，怕老伍还会变着法儿欺负她。那个女的看出了其中的奥秘，安慰大桂说，你也别往心里去，以后小心点就是了。我也知道怎么回事了，你要一会儿不在，我等你一会儿。你要是走了，我第二天再给你。

大桂听了她的话非常感动，真诚地给她鞠了个躬。她拉过大桂的手，笑着说，以后咱俩天天见面，一个在楼上一个在楼下。你帮我看车，我给你停车费。你有什么事也尽管给我说。

大桂的眼圈红了，激动得一时不知说什么好。直到那个女的快进大厦了，她才在背后大声问了一句：大姐，你贵姓？

那个女的回头冲她一笑，我胖，你就叫我胖姐吧！

胖姐那天晚上下班时，给了大桂一袋牛奶，说，别老空着肚子，时间长了伤胃。

大桂向小桂说过胖姐的事，当然也说过老伍欺负她的事。小桂说要是换我，保证抽那孙子两个大嘴巴，让他把钱一分不少吐出来。

也许是小桂听大桂讲老伍的不是太多，对老伍成见很深，来金融郊路的第一天，就和老伍干了一架。当时，大桂这边车位空出一个，老伍那边也空出一个，一辆黑色奥迪车开过来。老伍赶忙迎上前几步，指挥奥迪车倒进他那个空位。大桂无动于衷，小桂却不干了。操，这不是争生意吗？她上前用身子挡住奥迪车，指着自己这边的空车位，理直气壮地说，你往这个车位上倒车顺。奥迪车上坐着一男一女。男的50多岁，又黑又瘦，一张长方脸像刀片。他开

金融街郊路　65

车。坐在副驾驶座上的女的20多岁，看年龄像刀片脸的女儿，看长相却完全背道而驰，因为她又白又胖，就像刚出笼的发面饼子。她狠狠地瞪了小桂一眼，摇开车窗破口就骂：干吗干吗，拉客接客呀？不要脸。说着，她硬是把那个男的推下车，自己把车倒进老伍那边的车位。

老伍也过来推小桂，小桂也推他。老伍一手插在挂在胸前的包里，一手和小桂拨拉，两个人推推搡搡，突然听到哐当一声，车碰上了。

在北京这种地方停车，对司机的技术是严峻考验。像这条马路两边的停车位。前车位和后车位之间往往只有几厘米的空间，技术好的有时一不小心就可能剐蹭到前边或后边的车，技术不好的更不用说了。大桂第一天上班，就差点赔了钱。她不懂方向，看着倒车，左打，左打。谁知开车的是个新手，听她的指挥左打方向，咣当，撞到后边车上。司机下了车就骂大桂，你他妈怎么指挥的？后边车也不答应，要赔500元。大桂吓坏了。老伍在旁边说着风凉话。小桂接到大桂电话就赶来了，指着那个人嚷嚷，她让你往左打你就往左打。方向盘在你手里，是听你的还是听她的？

那人说，就赖她。她让我往左打方向盘。赔钱得她赔。

小桂说，她让你撞死人你也撞呀？

争吵了半天，交警来了。摩托车还没停稳就指着小桂嚷。大桂挺身挡着小桂，说，没她的事，她是来走亲戚的。交警笑了，你把这当家了，好，好！接着又讽刺挖苦了大桂几句，但责任确实不属于她，不用她赔钱。不过，从那以后，她就偷偷地向老伍学习指挥别人倒车。她不敢明着让老伍教，怕老伍向她伸手要学费。这孙子啥事都干得出。她这样想老伍。

这回不同了，老伍没指挥，大桂没指挥，小桂也没指挥，发面饼子脸自己倒车撞到后边的车上。可是，她下了车就骂骂咧咧冲着小桂过去了。她手里拎着一只很值钱的包，举起来就砸向小桂。一开始是你卖弄风骚，接下来又是你寻衅滋事，这撞车的事故是你惹起的，你得赔车。

小桂第一次用胳膊挡了一下她砸过来的包。第二次干脆抓住包的带子，用劲给夺了下来，扔在地上，狠狠地踩了一脚。包里的东西声嘶力竭地哭喊了几声，好像七零八落碎了。发面饼子一边跪在地上拾包，一边发了疯地叫喊，我的手机，我的化妆盒，我的口红，我的……她把包往地上一倒，里边的东西哗啦哗啦全出来了。果然，手机破了，化妆盒破了，口红也破了。她跳起来又去抓小桂，被刀片脸抱住了。算了，算了，别给这种女人一般见识！你把她卖了也不值你那支口红钱，刀片脸说。接着，他又对老伍说，打电话让车主下来，我赔他，现金！

大桂也把小桂拉开了。大桂说，小桂你别惹事，咱惹不起人家。

小桂累得大声喘息，却对大桂不满。你拉我干吗？你该上去帮我抽那个女人几巴掌。

大桂又说，咱惹不起人家。

小桂说，屁！她惹不起咱。

大桂还没弄明白小桂的话，事实却给了她一个证明。刀片脸不知在发面饼子耳根说了几句什么，发面饼子眼睛瞪得没刚才那么大了，声音没刚才那么高了，脸上的怒气变成了委屈。小桂指她，骂她，她也不还击了。老伍不知是得理不饶人，还是故意讨好发面饼子，嘴里不干不净地骂小桂。小桂当然不让他。他说一句，小桂还一句。大桂劝也劝不住。她把身上的水壶递给小桂，小桂一仰脖子咕噜咕噜喝了大半壶。老伍气得在一旁指着大桂骂：你也别装老实人。

大桂没理他。她四下望了望，发现刀片脸和发面饼子都不见了踪影。她心里奇怪：唏，咋就走了呢？

　　小桂和老伍的吵骂这时也渐渐进入尾声。因为到了下班的时间，来开车的停车的人多起来。老伍爱钱，小桂也爱钱，都怕对方抢了挣钱的生意。不过，两人隔着马路，不时地你指着我骂一句，我指着你吼一嗓子。大桂跑到这头收停车费，那头的汽车喇叭响了，催着过去收费。要不是小桂帮忙，她还会像过去那样累得气喘吁吁、大汗淋漓。老伍有辆破自行车，两头来回地跑，稀里哗啦地响，还得躲闪着行人，身子一会儿左歪，一会儿右歪，头一会儿前伸到车把上，一会儿低到轮子边。大桂想，还不如俺轻松呢。

三

　　这天晚上，不知大厦里哪家公司搞什么庆典活动，车来得比较多，有一阵子，大桂小桂和老伍都忙得不可开交。车多了，车位不够，老伍开始指挥着又增加了一排。小桂不干了，这孙子增加了一排临时车位得多挣多少？她对大桂说，走，咱找他说理去。他要是打算独吞，那咱就不客气。

　　大桂说，不客气又能怎么着？

　　小桂说，你看我的不就行了。

　　那天晚上出奇的闷热，没有一丝风，树叶儿仿佛都被蒸干了。小桂累了的时候朝水泥地上一坐，扑腾又站起来，唏，水泥地咋变成烙铁了！

　　大桂朝胖姐的车上洒了点水。小桂嫉妒地说，胖姐这车交点钱值了！接着又说，我过去了，你看着办。大桂犹豫了一会，大概是怕小桂一个人过去吃亏，磨磨蹭蹭地跟了过去。

夏天天长夜短，到了下午七点半，太阳还在西天边悬着，一会儿沉下半张脸，一会儿又露出一张脸，就像动漫一样。金融大街高楼大厦一座挨着一座拥挤，四面八方的来风吹不进，更显得闷热。站在阳光里的老伍，仿佛刚从水里爬上来，浑身上下都湿透了，头发上也冒着热气。小桂刚朝他面前一站，他马上明白了她的来意，没好气地说，你们两个娘们想干啥？刚才你抢的那辆车赔了被撞的车一千二，是我帮着从你俩身上拨拉掉的。要是赖到你俩身上，你俩还不……

小桂针尖对麦芒，毫不客气地说，他想赖也赖不到俺俩身上。你也别在这充好人。

老伍白了她一眼，又忙着去指挥停车了。

车多了起来，两边的停车位满了，大桂和小桂都觉得松了口气，可以歇一歇了。大桂要去买个烧饼，今晚还不知忙到啥时候呢！小桂见老伍还在那头忙着，挺着大肚子晃悠晃悠走了过去，指着老伍那边多加的一排车，直截了当地问：这排停的车都免费啊？

老伍踌躇片刻，回答：怎么，大妹子想收费啊？

小桂点点头，认真地说，不是我想收费，是咱俩家共同收费。

老伍的眼睛一下子睁大了，眉头一皱，咧了咧嘴说，共同收费，凭啥？

小桂的右手在空中画了个圈，然后指着马路，义正词严地说，这条路上的停车位可是两家收费……

什么两家？老伍激动地跳起来。我占的是我这边，没占你们那边。凭什么钱要两家分？说着，他走到马路中间，故意叉开腿，好让小桂看明白两边的距离。

金融街郊路　69

小桂的左手又在空中画了个圈，然后又指着马路，理直气壮地说，大哥你睁大眼睛看看。我这边要是再停一排车，所有的车都不能挪窝了。我是学雷锋树新风让你，你不能吃独食吧？！

不用小桂说，老伍也明白这个理。这条马路平时也就是四车道，两边的停车位各占了一个道，来往车辆会车时，在他指挥下都得小心翼翼勉强才能通过。他现增加了一排停车位，毫无疑问增加了拥挤和会车的风险。不过，他一分钱也不想让眼前这两个女人分了去，所以哼了一声，故意装作不想争吵的样子，又装着去卫生间，转身进了大厦。凭他的经验，庆典类的晚会怎么也得两小时才能结束。

大桂茫然了，拉了小桂一把，问：咋办？咋办？

小桂冷冷一笑，胸有成竹地说，不要你管。

话刚落音，一辆小轿车从南向北开了过来。司机打开窗户，问：大姐，出去可以左转吗？

小桂见车是从老伍的车位开出来的，假装没听见。大桂忙说，不管，不管！

司机说了声谢谢，接着慢慢开走了。到了路口，打了左转向灯向左转了。没有两分钟又倒回来，打开车窗，冲着大桂小桂吼道：你怎么指挥的，不管不管，我差点让拍照罚钱了。

大桂说，我就说的不管。

司机说，你还说不管？你傻叉呀？这明明标着禁左。

大桂说，我知道禁左才对你说不管，我没说管。

司机火了。你说不管，我才左转的。你现在又狡辩。

大桂委屈地看了一眼小桂。小桂在一直笑。也许见大桂真急了，她才对司机说，她又不是交警，说话不当家。再说了，她刚才说的不管，河南话就是不行的意思。你听不懂人话还反过来怪别人。

司机也笑了，妈的，我以为说交警不管，没人管呢！

那个司机走后，小桂对大桂说，大柱你得学普通话，哪怕学会平常用的几句也成。

大桂说，算了，不学了，刚学个半拉不熟，一回家又都忘九霄云外了。你姐夫说我，那熊腔……她突然想起下午刀片脸和发面饼子，问小桂，你说那个女的那么凶，男的咋软皮蛋？

小桂说，这你还看不出来？男的是个在官场混的主，女的是他的小情人。小情人仗着当官的男人耍威风，当官的可不想惹是生非找麻烦。她怕大桂不明白，又说，真闹起来，人一围上来，有谁给拍个照片发到网上，当官的还不立马被查？

噢，原来这样子！大桂恍然大悟。她喜欢看这类新闻，对此不陌生，可是她不理解地问，你怎么看出他俩的这层关系？

小桂笑笑没有回答，用眼神示意了一下大厦门口。大桂一看，老伍从里边出来了。他离几米远就跟大桂小桂打招呼，妹子，快点进去看看，里边八层正演节目，有好多大明星！

大桂激动不已。明星？都啥明星？

小桂拉了她一把，问老伍：不要票？

老伍摇头，不要不要。人家这是内部联欢，单位拿钱请的明星。不卖票！

谁都让进去看？小桂又问。

老伍点头，那是那是……说完，惊奇地看了一眼小桂，又说，那可不是。大堂值班的服务员是我老乡，他带我上去看了一眼。

大桂问：你能让那个老乡带我俩也上去看一眼吗？

老伍说那可不行。我小老乡可讲原则呢！看着大桂有些失望，

金融街郊路　71

老伍思索了一会,压低声音说,这样吧,一会快散场时,你俩到大厦的地下车库去。明星的车都停在那儿,他们从那儿下车,也从那儿上车。在那儿保准能见到他们。

大桂高兴了,问:大哥,明星能给俺照相吗?

老伍爽快地回答:能!他见小桂不说话,拿警惕的眼神看着他,又补充说,不过,你得,你得那个……

大桂急了,那个呀?要钱我可没有。

老伍嘿嘿一笑,我说的那个是说你脸皮要厚,上去拉着明星就照相。你就说,哎呀,我可是你的粉丝,夜夜做梦都梦见你。

大桂恼火地说,滚!这种话俺可说不出口。

小桂这时抱怨大桂说,这有啥不好意思?不就梦中情人吗,又不是真和他上床。过会儿不用你说,让大哥说。

老伍一愣,妹子,你这话啥意思?

小桂说,没啥意思。大哥一会儿我在这儿看着,你们俩到地下车库去跟明星合影照相。她说不出口的话你帮她说。

老伍傻了眼。眼前这个女子不能小看,真斗心眼,自己不一定是她的对手。他眯着眼悄悄地看着小桂,心里盘算着如何支开她。支开了她,那个和她一起比她大几岁的女子就好对付多了。可是,怎么才能支开她呢?

小桂仿佛看透了老伍的心思,铺了张旧报纸和大桂席地而坐,抬头望着天空,对大桂说,看看北京这天哪还有天的样子,不像在咱老家,到了晚上抬头看见的不是月亮就是星星。

大桂说,咱老家现在是不是也这个样子。天还能有两样?

小桂说,嘿,当然有两样。又问:大桂你觉得胸闷吗?

大桂说,也说不上闷,好像有点堵得慌。

小桂说，那就有人给你添堵了？

老伍明明听出小桂是含沙射影说他，又不便发作，干脆背过身子，自娱自乐地哼起歌来。他哼的是到北京后学会的那句：北京的城……这也是他到北京以后摸索出来的生活小窍门，抑或说是一种自我排遣办法。不过，哼着歌儿的同时，他插在包里的手也紧张而快乐地动起来，用大拇指食指和中指数起票子。一张一百，两张一百，一张二十，两张二十，三张二十，一张十元，二张十元，三张四张五张……这也是他练出来的功夫。不用把钱拿出来，就这样也能点得一分不差。点完，他心里有点儿沾沾自喜。包里的钱，除了交老板的那份，还得剩下一百多。晚上大厦那家搞庆典的公司又来了许多客人，停在他这边的车，再加上他临时加的一排，有五十多辆，就算一半要票，一半不要票的每车只给二十元，也得六七百元。我的个娘来，这一天加半个夜晚收入就近千了……人一高兴容易忘形。得意忘形的老伍竟然扯开嗓子唱起："北京的城……"

叭叭叭叭……小桂给老伍鼓掌了。大桂一看，也跟着鼓掌，还喊了一句：唱得好！大哥你要是上星光大道，不拿倒数第一，也得倒数第三！

老伍乐得嘿嘿笑。看车的一男二女的距离仿佛一下子拉近了。

小桂的手机响了。她走到一边去接电话。老伍趁这个工夫对大桂说，妹子，你姐怀上了吧？

大桂说，啥我姐，是我妹。

其实，老伍是故意那样说的。他说，可比你显老多了，额头上的皱纹比你多，比你深。哪像你这么水灵。

女人都喜欢别人夸自己，尤其喜欢男人夸自己。老伍这小小一个伎俩，让大桂心花怒放，对他的怨气好像散到九霄云外。她从地

金融街郊路 73

上爬起来，拍拍屁股上的土，朝老伍身边靠近了几步，歉意地说，大哥咱在一条马路上干事，就跟自家差不多。虽说少不了磕磕碰碰，那都不叫事。你说对吗？

老伍忙点头，是呀是呀！这牙齿和嘴唇那么亲近有时不小心也会咬破。大哥不计较，不计较。我早看出妹子你心眼好，人实在……他想多夸大桂几句，可一时想不到词儿。夸人也是一门学问。要夸得恰到好处，才会不引起对方的误解。他琢磨小桂的电话也差不多了，直奔主题对大桂说，你妹子不能老是待在这种天气里，对孩子影响可不好。大概是怕大桂识破他的意图，又说，你一个人在这足够了，让你妹子早点回家休息吧。挺个大肚子多不方便。

大桂没听出老伍的话不怀好意，就点点头。她心里想，这个五大三粗的男人心倒挺细。接下来她就琢磨着怎么给小桂说，才不至于让小桂有意见。

其实，小桂恰好接的是家里的电话。她老公又喝多了，让她快点回去。小桂在外边像个女汉子，在老公面前却像只温顺的小绵羊。不过，她对大桂一个人留下不放心，犹豫了好大会儿，低声对大桂说，我走后你得留心那孙子。

大桂说，唏，他还能吃了我。

小桂说，吃了你他没那么大的胃口，坑你倒是很有可能。反正你就记住一点，他加的这一排车，你能收费就收费。别让他孙子独吞了。

大桂说，那我也不能跟他打架呀！

小桂说，谁让你跟人打架了。他在这头收，你就在那头收。他又没长三头六臂两边够着。她翻身上了自行车，又想起了什么，手扶着自行车，两腿成八字叉开，扭头又对大桂说，那孙子狠，这一晚上每辆车怎么也得收人家三五十元。你别学他，不要票就二十元，十元也行。

大柱推了她的车后座一下，说，走吧你！

小桂又对老伍喊道，大哥，听你唱歌，我想起一个故事，等下回来讲给你听。你听了保准高兴。

四

说是有一个农户，家中养的一头驴丢了。这头驴对农户太重要了。种地，驴拉犁；磨面，驴拉磨；有时上街赶集，驴还让主人骑着。所以，那个农户着急呀！小桂有声有色地讲着。老伍听得很认真。

小桂突然不讲了，转了话题：大哥，昨天晚上你收到短信了吗？

老伍一愣，什么短信？

小桂一本正经地说，是一条彩信。

老伍摇头，晃了晃手机，叹息一声，说，唉，我这破手机，是我儿子用了几年退休了给我的，哪能收彩信。

小桂长长地吁了口气，说，怪不得。那人把给你的彩信发到我手机上了，让我转给你。

老伍的脸色一下子变了，仿佛阴云密布。昨晚大厦活动结束时，要走的车太多，他忙了东头忙西头，忙得一身大汗。开始，大桂在另一头收费，他还气急败坏地骂大桂，最后连骂的空也没有了。好在大桂手脚慢，心里又没底气，只收了七八辆车的钱。再后来胖姐出来了。胖姐的车与前后车的距离太近，大桂主动上前帮她看着倒车。一来二去耽误了一会。老伍心里既骂大桂傻,又觉得大桂不和自己抢着收钱有利自己。有一辆车等得不耐烦,趁老伍没注意,旁边又有了空间,开了就走。他追了十几步没追上,气愤地把手中空了的矿泉水瓶子扔到车上。司机回头骂了他一句,孙子等着爷收拾你!小桂刚才说把给他的短信转到她手机上,他以为是那个司机给他发的彩信。想想又不对。那个司机不知道我的手机电话,怎么给我发短信呢?再说,他不交费跑了,理亏的在他呀?一只空了的矿泉水瓶子还能把车砸个坑不成?老伍忍不住了,催小桂快告诉实情。小桂却不慌不忙,打开手机认真地看着,读出了声:我的驴终于找到了,我听见了驴叫,在看车场!哈哈哈哈……

大桂也跟着哈哈笑。

老伍拍拍屁股走到一边去了。他让小桂编着故事骂了一回,心里十分不痛快,脸耷拉着,看也不看大桂小桂,心里想:小娘们,看爷爷怎么收拾你俩。

大桂看出老伍生气了,先止住笑,拉了一下小桂的胳膊,朝老伍努努嘴。小桂把她的手拨拉开,低声说,我看见了。我这不是帮你出气吗?我还没说驴的爹找来呢!大桂说,得了得了,你没看出来他有点怵你。小桂这才得意地摇摇头。她拉着大桂来回走了一趟,指着一辆辆不同的车给大桂介绍:叫什么牌子,国产还是进口,价值多少。介绍到一辆红色保时捷,刚报出价格,大桂哇地叫了起来,我的个妈,花那么多钱买这么个家伙?她蹲下弯腰看,绕着车转圈儿看,好像不信小桂的话。突然,她看见车的副驾驶座位上放着一只包,又叫出了声,小桂你看你看,这不是那天那个发面饼子脸砸你用的包吗?

小桂看也没看,哼了一声,大惊小怪!我早看见那个女人了,就她把车停这儿的。

大桂看了小桂一眼。小桂说，我让你找找，看你能不能找到那个刀片脸的车。

大桂疑惑地看了小桂一眼，果真找起来，在距保时捷十几米远的地方看见了那辆奥迪车。不过那辆车停的是老伍那一侧，不是有心观察，怎么也不会把那辆黑色奥迪和那辆红色保时捷联系在一起。即使有心观察，也不至于把那两辆车两个人联系在一起。她回头看了小桂一眼，小桂正抿着嘴朝她笑。她叹息地说，两个人非开两辆车多浪费呀！小桂说，这就不懂了吧？大桂打断她的话说，不想懂人家的事。我就想懂你咋能发现，我咋没发现，那边老伍也没发现。小桂你好像挺关心人家。小桂阴阳怪气地说，我才不关心他们呢，又不是我的儿女。我关心的是钱！大桂不解。小桂也不解释，只说了句：你等着收钱吧。

在北京城，像金融街郊路这样的马路停车场太多，几乎每条马路都成了变相停车场。金融街相对还是好的，毕竟每座大厦下边都建有地下停车场，有的地下一地下二地下三全都是停车场。就像老百姓说的那样，规划赶不上变化，当年的设计者可能压根也想不到几年、十几年后会增加那么多的车辆。车多了，停车的地方不够了，马路停车场也就应运而生。大桂小桂老伍这样的农民工也就有了份职业。这几天，小桂没少了给大桂传授知识。她说，大桂你注意，干一行得讲一行。你现在在马路停车场收费，就得弄懂马路停车场的情况。人家地下停车场就没有像咱这样收费的。人家那里用的是高科技。车进来了，自动把你的车号、进入时间扫描进电脑，一抬杆，放行，进去了。等你车出来时，电脑早把你的停车费计算好了。你交了费，一抬杆，放行，走了。但是那里不好，对咱来说

金融街郊路　77

不好。一天停了多少辆车，收了多少钱，都在电脑里，想瞒根本就瞒不成。电脑，电脑，电指挥的脑子，比人脑子精明多了。

大桂不服气地说，我的脑子好使着呢。她说这话时有点儿扬扬得意。她每回去超市买东西，零零碎碎一袋子，收款员在那用像手枪一样的扫描器一件件地扫。还没等扫完，她就把价报出来了，还对收款员说，保准不会差一分一厘。果然，收款员用电脑算出来的和她报的一模一样。

小桂的确比大桂有心。她发现马路停车场三种人或者说三种车。一种是上班的，一停就是一天。一种是来办事的，短的十几分钟，长的一二个小时。还有一种过夜车，就是住附近的，因为小区里停不下了，下班后把车停路边，第二天早上上班再开走。停车的各类人心态也各异。在大厦和附近楼里上班的人，大多数不和收费人员计较，可能是公司给报销，或者收入比较高。但是也有一些人计较，最常见的是停了一天，临走时给收费人员二十、三十元钱。得，就这点零钱。反正我明天还停你这。老客户照顾点。大桂为此和一些人闹过吵过。最规矩的是来办事的，计时收费，该多少给多少。最难对付的是过夜车。自从北京实行尾号限行后，那些下班后停在路边的过夜车中，有相当一部分因为限行第二天又停一天一夜。而对这些人，如果以小时计收停车费，他们肯定不干。矛盾就这样产生了。老伍处理的办法，大桂小桂不知道，因为老伍不会告诉她俩，好像是十分重大的商业机密。大桂头痛。比大桂有心眼的小桂也头痛。大桂的意思是，人家就住这儿，车不停这往哪停？只要给点钱，就算了吧！小桂不同意。小桂说，这是收费停车场，不是他们谁家的过夜停车场。不愿交费就别停。不然，咱们喝西北风啊？咱得想个法子……

大桂指了指10号停车位。这家,就是这家,从来一分钱不交,还挺横。那天差点儿打我。

小桂一下子跳起来,嘴里嚷嚷着,凭什么?我今天就让他交钱。

中午吃饭时,小桂给大桂说回家一趟。两小时后她骑着电动自行车回来了,后面驮了条旧被子。一见大桂,她嘻嘻笑。大桂问她想做啥?她也不正面回答,只是对大桂说,眼放亮点,别让对面那人抢了生意。说完,直奔那辆保时捷停的车位。车位上的保时捷已经不见了,代替的是另外一辆车。大桂没等小桂问就主动告诉她说,开走了。那女的,就是发面饼子给了我50元,要了发票。小桂见停在老伍那边的黑奥迪也不见了,若有所思地自言自语,行,等下次。

京城里的蚊子比乡下的蚊子凝聚力强,战斗力更强。太阳刚落山,马路上的蚊子就密密麻麻地结成了一层一层,仿佛一个个集团军。一层围着人的头上脸上,一层围着人的手上腰上,一层围着人的腿上脚上。不管人注意不注意,防备不防备,蚊子咬你一点没商量、不客气。大桂觉得脸上被咬了一口,刚想抬手去拍打,脖子上却又被咬了一口,露在外边的脚脖子也疼了一下。她气急败坏,龇牙咧嘴地骂,这北京真有钱,养的蚊子多不说,还比咱乡下蚊子个子大,牙齿硬,咬一口快赶上咱乡下的狗咬得厉害了!小桂说,你得了吧,这北京的蚊子也是咱外来人养。北京人关在有空调的屋子里,蚊子飞不进去。大桂翻了翻眼皮,似信非信地说,蚊子那么小的东西,眼睛也有水呀?

天黑下来了,大多数上班的车子走了,过夜的车也陆续回来。小桂见来往的车子少了些,不太忙了,就安排大桂去买两桶方便面,还叮嘱一句,要辣的!

金融街郊路　　79

大桂买了方便面回来，四下看不见小桂。她问老伍，大哥你见俺家妹子了吗？

老伍正坐在车后座上抽烟，抬了抬腿，用脚尖指着10号停车位。大桂走过去，借着人厦灯光，低头一看，惊得张大了嘴巴。原来小桂卷着那床旧被子躺在车位上，嘴里还哼哼唧唧说着什么。大桂一屁股坐在她身边，伸手摸着她的额头。小桂，你咋啦？要紧不？要去医院找大夫瞧瞧不？小桂转头看了大桂一眼，接着头朝前一探，腰跟着往前一伸，上半个身子坐了起来。唏，你嚷嚷啥呢？就我这身子能有病吗？大桂不高兴了。你吓死我了！说着，眼泪就流了下来。小桂接过一桶方便面，撕开包装，倒了半瓶矿泉水泡上，还没过两分钟就往嘴里扒。大桂说还没泡开。你用矿泉水不行。小桂也不理她，把剩下的半碗方便面朝旁边一放，严肃地对大桂说，大桂，一会你得好好配合我。我说快死了，朝那人车上爬。你就说大哥行行好，把我可怜的妹妹送医院吧！孩子要生你车上不吉利。

大桂这才明白小桂的用意，不情愿地嘟哝着，这不是讹人吗？

小桂突然叫了一声，我的个妈哟！接着用被子把自己裹了个严严实实，连头也包上了。大桂这才感觉自己额头上，耳根边等几处都被蚊子咬了。

戏剧性的一幕在晚上九点发生的。随着一束灯光缓缓地由远及近，夜间停在10号车位的那辆车开了过来。大桂吓得躲在几米外不敢靠近，喘气都有点紧张了。

车主正想把车倒进停车位，发现地上躺了个人。他一下车就大声呵斥，干吗呢干吗呢？

小桂翻了个身子，嘴里哼唧哼唧。

大桂没敢说话。

车主看见了大桂，指着大桂骂道：你在这看车看了那么长时间，不知道这是停车场，不是停尸场吗？

大桂心怦怦跳。她看了一眼老伍。虽然看不清他的表情，但从他晃荡腿的姿态猜得到他正等待看笑话。她犹豫了一下，想过去把小桂拉起来，听见小桂呻吟声变成哭泣声了。那个男人蹲下了，用手拨了拨小桂，哎哎，你怎么了？

小桂叫着，姐，姐……我不行了，赶快送我去医院。

那个男人看了大桂一眼，问：她叫你吗？

大桂点点头。

那个男人说，那你还不把她送医院？

大桂吞吞吐吐地说，我，我……

小桂突然翻了个身，一边痛苦地呻吟，一边往车边爬，眼看要抓到车门把手了，那个男人上前挡住了她。干什么，干什么？你这是干什么？滚，离我车远点！说着，他抬了抬脚，好像要把小桂踢开。小桂好像看出他不敢下毒手，摆出一副舍生忘死的样子，奋不顾身地向车上爬。她还故意转过身子，把大肚子对着那个男人。大桂急了，上前拉住那个男人的胳膊，哀求地说，大哥你行行好，把我妹妹送医院去吧！

那个男人狠狠地甩了下胳膊，把大桂摔倒在地上。大桂顾不得疼痛，喊道，在你车上生孩子对大哥你不吉利！

那个男人愣了一会，打开车门取出包，麻利地从包里掏出两张百元人民币，朝大桂手里一塞，气急败坏地说，你，你赶快把她给我弄走。你们自己打的去医院。

小桂还在呻吟，行行好，大哥行行好，救救我！

大桂忙去拉小桂。小桂身子重，她拉了几下没拉动。无奈之

金融街郊路　81

下，她喊老伍，伍大哥，快来帮帮忙。

老伍犹豫片刻，把烟头扔在地上，踏上右脚狠狠地摁灭，这才摇摇晃晃走过来。他推开大桂，上前去抱小桂。不知是故意还是无意，右手碰了一下小桂的乳房。小桂心里骂了他一句流氓，但还是让他把自己架起来，一直架到路口，打上了一辆出租车。她转过脸看了一眼老伍。老伍脸上的笑容有些奸诈。大桂则远远看着那个男人。他刚把车停好，看上去情绪有点低落，不像过去那样趾高气扬。

出租司机问：去哪？

大桂不知怎么回答，看了看小桂。小桂不想回答，对她挤巴几下眼皮。

出租司机不耐烦，又问了一句：去哪？你俩是一对哑巴？

大桂用力握了下小桂的手，示意她回答出租司机的问题。小桂反过来更用劲地握了下她的手，握得咯吱响了一声，疼得她咧咧嘴。

出租司机不耐烦了，把车停在路边，抱怨地说，这活我不能拉。你们另打车吧。

小桂说，我们就到这。说着，她从大桂手里抽出一张百元人民币递给司机，找钱！

大桂不知小桂心里怎么想的，一脸茫然，还有点不满：就这几步地花了十元钱，何必呢？

小桂猜得透大桂的心思。出租车走后，她一下子搂着大桂，嘿嘿笑着说，我的个姐唉，我这个小小的点子就挣了一百九十元，你服吗？

大桂推开了她，说，你弄我一身汗！

其实，她俩没走多远，还在老伍的视线里。老伍扯着嗓子喊：我配合的还行吧？你俩咋着也得给我老人家买盒烟吧！

五

那件事后,老伍不知为什么和小桂的关系一下子升温了。在大桂眼里还不是一般温度,而是火热。小桂原来中午只带她和大桂两人的饭,现在虽然还是只带她两人的饭,却比过去多了点东西。一开始是多了几瓣蒜。她对大桂说,你给那个臭男人送去。大桂惊奇地问:你巴结他?小桂摇头,呸,谁巴结他那样的?我忘了这几天胃不好,不能吃这东西,你打小也不吃。反正带来了扔了也不好。喂狗,狗也会摇头……大桂信以为真,颠颠的给老伍送了过去。老伍一只手接过,另一只手高高举起向小桂表示谢意。第二天中午,小桂带了半瓶豆瓣酱,给大桂和自己的饼子里各夹了些,快要见瓶子底了。她塞到大桂手里,向老伍那边努努嘴,给他吧。大桂不高兴了,要给你给。小桂挺着大肚子晃悠晃悠过去了。她过去后和老伍说了大半天话。大桂看见那两个人站得很近。她心里酸溜溜的,但不相信小桂会真对老伍好。在她看来,小桂琢磨老伍的事了。哼,你也别自作聪明,老伍不是傻瓜蛋。他才不会让你几瓣大蒜就哄着把便宜让给咱。

这天下午,老伍和小桂一有空闲就朝一起凑,凑到一起就嘀嘀咕咕,好像在商量什么大事。大桂还发现,小桂几次从这头走到那头,仔细地在两边的车辆中寻找什么东西,偶尔用手机对着车辆照相。老伍则不时盯着进来的车辆,仿佛在等待什么。过了一会儿,小桂让老伍倚在一辆红色轿车旁,给老伍照相。大桂觉得小桂和老伍商量好了什么事情。她不想管,也不想问。小桂却不等她问,拿着手机让她看她拍的照片。大桂,你看看老伍是不是挺帅的?要是他穿上西服打上领带，别人保准也把他当老板或者领导。

大桂扫了小桂的手机一眼，嘲笑地说，你不是说他额头上都是土坷垃，整个脸像庄稼地吗？

小桂用胳膊肘儿揭了大桂一下，说，我的好姐姐，咱不能老是和他结仇。咱得利用他帮咱干点事。

大桂不满，唏，就他那抠货，帮你？她把手在小桂的额头上放了一会，讥讽地说，小桂你没发烧吧，怎么就说胡话呢。

小桂有点不高兴，挺着大肚子，迈着八字步，晃悠晃悠走了。大桂觉得她又去找老伍。不过这回她猜错了。小桂不是去找老伍，而是消失在大厦的后边。五分钟过去了，小桂没回来；十分钟过去了，小桂没回来；半小时过去了，小桂还是没回来。大桂这下子急。小桂不会是出什么事了吧？毕竟她挺着个大肚子做甚都不方便。再说，她又是个急性子，三句话不投机就跟人呛呛、嚷嚷，甚至动手动脚。小姑娘时是这个脾气，大姑娘时还是这个脾气，快成孩子妈了仍然是这个脾气。不定哪会就吃亏。大桂心里急了，想去找小桂。偏偏这个时候到了下班的时候，停车的人走的多，收费也忙起来，两头来回跑，她一时手忙脚乱走不开了。

人有心事尤其是心事重的时候，做事就容易分神走神。一会的工夫，大桂因为找错钱受到两个停车人的斥责，有个女的还冲她挥了拳头，要不是老伍在路那边吼了一嗓门为她助威，说不定拳头就落她身上了。不过，她不感激老伍。她认定小桂不回来与老伍有关。老伍在挑拨她和小桂姐妹俩的关系。

小桂在大桂忙得差不多的时候才回来。大桂本来不想搭理她，看她满头大汗，衣领子和前襟都湿透了，心里又疼她，把茶杯递给她，看着她仰着脖子咕嘟咕嘟喝了个底朝天，忍不住问道，跑哪疯去了你，发财了吧？

小桂抹了下嘴巴，挨着大桂坐下，偷偷朝老伍那边看了一眼，侧过身子，拉开身上的书包链子，大桂，你看看我是不是发财了。

大桂低头看了一眼，屁股上像被针扎了一下，激动地跳起来。小桂，你，你这是……

小桂赶忙站起来，拉了大桂一把，悄悄地说，你喊什么，想给老伍那孙子通风报信啊？

大桂哼了一声，咱俩还不知谁跟他走得近呢！

小桂知道大桂误解她了，耐心对她说，你咋这么糊涂蛋呢？他是啥？狗屁不是。我会跟他近？咱是亲姐妹。你不会以为我这钱也是老伍分给我的吧？

大桂没说话。她把凳子放好，让小桂坐下，自己席地而坐。坐下后又感觉有问题，因为小桂面对老伍。虽然天已黑了，但路灯很亮，加上大厦辐射过来的灯光，虽然赶不上白天亮堂，却也遮挡不住隐秘。于是，她爬起来，站到小桂对面，用自己的身子挡住老伍的视线。小桂嘿嘿笑了，大桂，你也别把那个老伍看得太聪明。给你说吧，他跪三天三夜求我收他当徒弟，我都不会答应他。

小桂重又打开书包让大桂看。大桂这回虽然还是吓得心跳，但没有刚才那样激动了。她问：小桂，你这半天干啥去了？怎么回来弄了半书包票子？

小桂没回答，反问道：你看这票子都是十元二十元一张，还有五元、一元二元的，眼熟吧？给你说实话吧，我又找了条路，咱们发财的路。

唏！大桂不信，咱有什么发财路？

小桂向老伍那边看了一眼，见老伍在和一个小轿车司机争执，

金融街郊路　　85

并没有注意她和大桂，才对大桂说，我还是从老伍那里偷来的信息。我这两天跟他套近乎，就是想……

你想报复他？大桂问。

小桂说，那天老伍无意中说他家老板正在跑关系，想把东边一条路的停车收费权拿过来。我本来想今天先过去看一眼。到那才发现，那条路两边停了很多车，但是没有人收费。我刚站下，有个司机就交钱给我……

大桂不信，唏，那人也太傻了吧？

小桂说，是呀，我今天才发现北京人不那么聪明。他们看我穿这身衣服就信，没人向我要什么证明。本来，我想再收一个两个就走，没想到竟然走不开了。

大桂惊诧，你，你这叫无证经营，不怕进监狱？

小桂说，怕，我怎么不怕？可是，那些司机没有人怀疑我。的的确确有不交费就走的，那也不是因为不信任我，而是想耍赖。我也装看不见，少收十元二十元算个屁！我一辆车就收十元，最多二十，有的司机见我收费少，还说谢谢大姐！

大桂不相信小桂的话。在她看来没有小桂说的那么好的事，哼，天下还会掉馅饼啊？不过，小桂书包里的钱的确像她平常收的十元二十元一张那样零零碎碎。小桂平时气盛，但从不吹牛皮说大话，更不喜欢说谎话。她想了好大会儿，才小心地问：那边，那边没有老板吗？

小桂忽然站了起来，贴着大桂耳边说，你猜我看见谁了？那个刀片脸和发面饼子脸。

大桂愣了一下。

小桂说，我后来明白了。他们把车停在那边，从大厦左边绕过去,到他们约会住的地方也就多走三四百米。

大桂盯着小桂看了一会,揉揉眼睛又看了一会。她的目光里有质疑,有惊奇,还有责备。小桂不高兴了,大桂你啥意思?

大桂反问:你怎么知道他俩约会?你看见了?

小桂说,唏,蚊子从我眼前飞过,我都辨得出公母。谁像你……

夏日的晚上并非没有风,有时风还很强。不过,那风毕竟是从一天的烈焰中穿过,掠过人的脸颊就像涂了一层辣油,和汗水混在一起,再流到脖子里和身上,就会感到烦躁不安。小桂边说边脱衣服,上半身最后就剩下乳罩。大桂看了心里很不舒服,说,你真看见他俩约会了?还是老伍给你装错了火药?

小桂不耐烦地回答:老伍就一堆垃圾,我能听他的?

大桂又问:你咋知道他俩有约会的地方?

小桂瞪了大桂一眼,很有把握地说,百分之百!你以为这些人约会像在乡下那些男女,往庄稼地里一钻,天当床地当铺就干,干完提起裤子就走。

大桂让小桂几句话说得哑口无言,吭吭哧哧一会儿没说出话。但是她的兴趣也同时被小桂激动起来,心想:这北京人偷情是啥样子?她的眼睛流露出的惊奇之光被精明的小桂捕捉到了。小桂心里得意地笑,想再逗大桂一会,看看时间不早了,又变了主意,对大桂说,大桂你明天去那边收费吧,我在这边。那边没有姓伍的,你不用怕有人跟你抢生意。

大桂说,我不去!我怕……说这话时,她心里果然吓得怦怦跳,像揣了只受了惊吓的野兔子。没名没分,没有政府的许可,没有老板的话,自己怎么能想收费就收费,那不是犯法?

金融街郊路　　87

小桂知道大桂心虚害怕，也不勉强她，说，那咱俩各干各的。

六

这几天咋没见你家妹子，不会是生了吧？老伍眼睛四下张望着，右手习惯性地插在挂在脖子上的军用书包里。大桂最佩服老伍数钱的能耐。收费找零是最常发生的事情。大桂小桂都是从包里抓出一把票子一张张地数，有时还得数会儿挨脾气躁的司机骂。人家老伍收了张一百的大票，如果需要找80元，他左手往包里装那张百元大票，右手就从包里掏出80元。小桂第一次看见他这么麻利找钱时，惊得目瞪口呆。靠，钱和他混得这么熟啊！

大桂见老伍嬉皮笑脸，有点不正经，但不像那种不怀好意，也和他开玩笑，说，人是我家妹子，可和你走得近。怎么着老伍哥，想吃我妹子带的大蒜了？

老伍挠着头皮，嘿嘿笑了几声，头朝前伸，眼往下看，目光像探照灯在大桂胸前扫荡。大桂赶忙提了提衣领子，往后退了一步，心里骂，这孙子眼睛长得真不是地方！

老伍一本正经地说，妹子，你那妹子人太精了。人说猴精猴精，她比猴子还精。给你说真心话吧，我是怕她太精了，反而会做蠢事，想给她提个醒。

大桂警觉起来，什么蠢事？

老伍示意一下自己装钱的书包，说，想歪点子挣钱。

大桂说，谁不想挣钱？你起早贪黑不是为了挣钱啊？说完这话，她就去收费了。一边收费一边琢磨着老伍的话，猜测着老伍话中的意思。猜着猜着，她心里掠过一阵冷风，禁不住打了个寒战。

难道是小桂在另一条路上收费的事让老伍发现了？毕竟小桂的信息是从老伍那儿知道的。老伍会怎样做？举报小桂？那小桂还不得吃亏。威胁小桂，让小桂与他合作，给他分钱？凭她对老伍的了解，第二种可能性大。但是，再想想，小桂做事严谨，不会让老伍那么容易发现。

大桂决定空下点时间就去找小桂，把老伍的话和她琢磨的老伍的心思说给小桂，让小桂早有点准备。

小桂听了大桂的话，不慌不忙地说，我正打算找他呢。

你要告诉他事实？大桂不解，问：你心虚，怕他？

小桂低头想了想，神情有点儿慌乱。不告诉他不行。咱姐俩在北京又不认识其他人，只能找他合作。她见大桂目光充满疑惑，情绪也带着反感，就拉了拉大桂的手，耐心地对她说，一来呢，像你担心的，咱没有手续，也就是没有收费证，心里七上八下，需要有个人到了关键时候帮咱一下；二来呢……她轻轻拍了拍隆起的肚子，我也不能干多长时间，这孩子猴急猴急地想出来看看北京城。到那时你忙不了这边那边，咱不就丢了吗？丢得是钱啊我的姐。

大桂一时接受不了小桂的意见。她问：你是想等你生孩子的时候，我来这边，那边让老伍？姓伍的能像你想的那样和咱合作？他不都吞下还怪呢！

他不怕噎着？小桂冷冷一笑。

大桂说，哼，他恨不得把整个北京都嚼吧嚼吧咽肚子里。

小桂说，所以呀，人不能太贪。大桂，我早就明白了一个道理：人要想挣钱，就得心平和。比如这条马路上突然撒了一地的钱，你一个人能全捡到自己腰包里吗？一阵风来吹跑了，一场雨下来淋湿了，万一后边来辆汽车，眼看撞到你身上旁边都没人招呼你

金融街郊路　89

一声，为啥？因为你太贪心，不让别人捡。

　　大桂看着小桂，好像没听懂。她心里确实在想：怎么会一下子撒一路钱呢？那得多少啊？

　　姐俩儿坐在一座大厦封闭的门前台阶上说话。北京的很多高楼大厦四周有多个门，常开的一般就进入大厅的正门。她俩坐的地方没人经过，小桂的肚子大了，坐在有高低层次的台阶上舒服。这会，她挪着身子想站起来，大桂忙着扶了她一把，嗔怪她，你就好好坐着说话呗，起来干啥？

　　小桂指着刚才垫在屁股下边的杂志让大桂看。封面上是一个她们都知道的跌了大跟头的大官的照片。小桂说，你看看，这样的大官怎么也栽了，就是太贪心，听说家里放的钱拉了几卡车！

　　大桂叹息一声，说，就是，弄那么多钱干啥哟。

　　小桂好像早已胸有成竹，又好像害怕大桂啰唆，断然地说，反正就这么定了。你先回去，我这边忙完就过去找老伍。

　　大桂知道小桂的脾气。她定的事别人很难改变。再说，她也不想和小桂掺和，所以无精打采地走了。不过，她心里非常不舒服，总觉得亏欠小桂点什么。

　　北京金融街的楼高，窗户也大，而且多是玻璃，到了晚上，在灯光的映照下流光溢彩。抬头望去，能够看得到的人几乎都在电脑前忙碌着。大桂有时就想，这些人平常西服革履，个个扬眉吐气的样子，其实很累，挣钱不容易。有时候，那些和她与小桂年龄相仿、脚步匆忙走出大厦，心急火燎地开门上车的女人，一看就是忙着回家。她心里就有点儿怜悯：该不是家里有等着吃奶的孩子吧？看看，看看，上一天班，再开半天车回到家，再忙家务忙孩子……这也是她有时不愿和那些人为了几元钱争执甚至吵骂的原因。小桂

寸土寸金

为此骂过她，你可怜她们，她们可怜你吗？你少收她一元两元零钱，说不定她心里还骂你傻呢！大桂平淡地问答，人，不都像你说的那样。

大桂回到"郊路"，老伍正坐在地上吃饭。大桂从他身边经过，他喊住了大桂，指着一个彩条包对她说，十九楼的那个胖姐来找过你。你不在，她留下这个包，说里边是几件她孩子穿过的衣服，用过的玩具，说是送给你孩子的。

大桂一听，心头一酸，眼泪差点儿掉下来。她背起包，对老伍说了声谢谢，转过身时眼泪就落了下来。她在心里又说了一遍，小桂，人，不都像你说的那样！

老伍又喊大桂。他这时已经吃饱了饭，用牙签剔着牙，喝矿泉水漱口，嘴里发出咕嘟咕嘟的声响。可是，他没有把漱口水吐出来，而是一仰脖子咽了下去。大桂每回看到他这个动作就犯恶心，想吐。更让大桂忍无可忍的是，他的牙签用过也不扔，插入烟盒外包装的塑料薄膜里，下次吃了饭再用。还有让大桂接受不了的是他吹牛，明明是吃的炒土豆丝，他却抹着嘴唇说假话，我老婆又他妈的给我放了半个猪蹄子，塞牙！小桂有一次就当面揭穿他，唏，老伍哥你老家那边把茄子当猪蹄呀？说完，哈哈大笑，直笑得弯了腰，唾沫星子乱飞。大桂事后数落小桂：常言说打人不打脸，骂人不揭短。你咋就让人下不了台。小桂振振有词，唏，是他自己不要脸！老伍这回又重复着过去的动作，把牙签放进老地方，问大桂：小桂的手机是不是换号了，这几天怎么老是打通了没人接。

大桂故作惊讶，不会吧？又说，我也是打通了没有接。

大桂的话音还没落到地上，老伍的手机响了，他看了一眼，兴奋地叫出声，是小桂的电话。他妈的北京也一样地邪，说曹操，曹

金融街郊路　　91

操就到了。

大桂因为小桂事前给她说过要找老伍，所以也没觉得稀奇。她惦念着十九层那个胖姐送的东西，就回自己的地方去了。

小桂果然是约老伍见面。老伍对小桂说，我估摸着妹子不会忘记大哥。我刚才还跟你姐打赌。我说小桂过了今晚不和我联系，我把明天一天收的停车费都给你！哈哈，咱老哥老妹这叫啥，叫心有灵什么灵……我马上过去！

七

小桂虽然有心计，却没经验。老伍过来一看就急了。他右手还是插在包里，左手指点着马路，毫不留情地呵斥小桂说，妹子，你胆子特大了，眼睛却特小了。你不看看，这边是单行道，又是双车道，不能两边停车。用不了两天，交警、城管、街道都会找上门来，罚你是小事，弄不好把你拘起来！

小桂心里紧张，表面上却不动声色。她从包里掏出一盒老伍常抽的那种牌子的烟，放在老伍手里。然后大大方方地说，你就不能扶我一下，或者让我靠一靠？说着，身子一歪，肩膀靠在老伍身上。老伍嘴里哎，哎几声，四下看了一眼，顺手摸了下小桂的屁股。他见小桂不反感，又说了一句，别的女人怀了孩子长相难看，妹子你咋就比过去还好看。我天天看你像看花一样。

小桂咯咯咯地笑了。老伍哥，有你这话，我的孩子肯定长得漂亮。

老伍说，这世上的事就让人百思不解。你和大桂是一个娘吧？你娘咋就把你生得那么漂亮，把大桂生得那么……唉，对不起人！

小桂问：对不起谁？

老伍：她老公呗！

小桂说，老伍哥你还别说这话。我大姐夫就是家里穷，没好好读几年书，论长相那可是俺那十村八村少见的大帅哥，个子高高，壮壮实实，往那儿一站像座山。

老伍有点嫉妒，说，光好看有啥用。

两人调情几句，然后转入正题。老伍指出眼前的问题，小桂分析解决问题的办法，好像电视里那种答辩。关于无证收费，老伍的解释是违法，但合理。北京的车越来越多，除了长安街、几环路那样的地方，其他大街小巷哪不塞得满当当。你想占个地方停车，当然就得交费。你交了费，才不怕贴条子，心里才踏实。

小桂问，那咱是不是还要给那些管贴条子的……

老伍没等她说完就打断了她的话，我熟，你交给我，我办。又说，停车的见了收费的并不会感到稀奇。当然，也不能肯定没人挑剔。小桂说这都好办。人是一面相。咱看哪个不顺眼，就装看不见他停车。不收他的钱他总不会反过来要咱的钱吧。老伍说头疼的是停车发票。人家交了钱，伸手要发票，你总不能拔腿就跑吧？这一下子就出事了。小桂说这事好办。我手机上三天两头收到卖发票的信息……老伍没等她说完就打断了她的话，严肃地说，那不行那不行！本来是假收费，再来个假发票，自投罗网啊？小桂不耐烦了，说这事你别管。

说着说着，两人偎依着坐下了。老伍突然摸了下小桂的肚子，问：妹子你啥时候生啊？

小桂回答说，差不多两个月吧。接着调皮地反问：怎么着，老伍哥想包个大红包呀？

金融街郊路　93

老伍嘿嘿笑了，到时候我给这小子点烟！

两人越谈越投机，话也多起来。谈到最后，老伍痛快淋漓地告诉小桂，这边收费的事他帮小桂，收得钱四六分成。小桂六，他四。小桂高兴地搂着他的脖子，在他脸上亲了一口。

老伍看了看手机显示的时间，那边到收费的时候了，起身要走。他刚走两步，小桂惊讶地叫了一声，老伍哥！他转身回到小桂身边，还没等他问，小桂指着马路，低声说，那对男女又来了。老伍顺她手指方向看去，果然是刀片脸和发面饼子两人。那两人这回还是各开各的车，也没停在一起，只是这次刀片脸先走。可能是走得急，他边走边擦汗。发面饼子则完全相反，不急不忙地站车旁打电话。小桂一看她就来气，老伍哥，你玩微信吗？

老伍马上明白小桂话中的意思，说，我和闺女、外孙都是用微信联系。我拍了不少轿车的照片发过去。我小外孙今年5岁，名牌汽车都认识。说完，又问小桂：咱怎么能拍着他俩偷情的照片呢？

小桂皱着眉头思考了一会儿，果断地说，得让大桂和咱一起干！她让人一看就觉得踏实，老实，不像我，第一眼不放心，第二眼还是不放心。

老伍哈哈大笑，趁机又摸了一把小桂的屁股。

小桂没想到，大桂一口回绝了她。大桂说，对人玩阴的我不干，我不干！人家又没得罪咱，咱凭啥害人家。她的目光有些忧虑，在玻璃灯光的映衬下，就像冰河上落了一层灰。她拍了拍小桂的肩，诚恳地说，小桂，你凭啥说人家是那种不明不白的关系？

小桂不急不躁，耐心地劝大桂。你没看网上说，一张照片能挣好几万甚至十几万呢。咱们仨，一人怎么也能分两万。大桂，两万呢！你风里雨里在马路边站一年能收入几个？

大桂坦然而又平静地说，我这钱挣得踏实，夜里能睡个囫囵觉。

小桂急了，问：大桂你干不干？

大桂坚决地摇头，斩钉截铁地回答：不干！

小桂手指着大桂点了点，转身走了，从背影看，她的头向后昂起，右手倒背扶着腰，步履蹒跚……大桂的心怦然一动，刚要喊她，她突然回过头来，气急败坏地问：大桂你到底干不干？

大桂也急了，冲着小桂吼道：不干不干就是不干。小桂你找死别拉着我！

小桂一下子愣了。在她记忆中，大桂从来没有对她发过这么大的火，从来没有对她瞪过眼睛，从来没有对她说过狠话。她一句话没再说，挺着大肚子晃悠晃悠地走了。

大桂看着小桂的背影，心头一酸，蹲在地上捂着脸哭了。金融街白天不像别的地方喧闹，晚上更是寂静。不远处二环路上流动的汽车车轮声传到金融街，仿佛被又高又宽的玻璃过滤了一遍，减少了噪声的功力，倒是增加了少许乐感。老伍曾感慨万端地对大桂小桂说过，在这上班的人素质就是高，说话小声，走路轻声，就是笑起来也无声。

大桂，你在干吗？一个女人轻柔的声音把大桂从地上喊起来。大桂听声音就知道是十九楼那个胖姐。她紧张地擦干眼泪站起身，感激地说，胖姐，您给俺孩子的衣服收到了，谢谢你啊！

胖姐拉着她的手，依旧轻柔地说，你客气了大桂。她四下看了眼，怎么没看见你妹妹小桂？大桂不想说小桂的事，假装没听见，转了个话题说，姐，过两天老家来人，我让给你带桶香油。自家小磨磨的，用你们城里人时髦话说是生态，拌凉菜可香了。

胖姐把大桂的手握得更紧了。大桂不是觉得疼，而是觉得有

金融街郊路　　95

一股股热流在身上传递。胖姐好像有事。她低头看了看表,说,大桂,我明儿出国一趟,得十几天才回来。你有没有要……她原来想问大桂有没有要捎带的东西,突然意识到问错了对象。大桂一个看车收费的,收入能糊口就不错了。那样问她不是让她难堪,说重了是对她不尊重。她马上改了口,我得走了大桂。见了小桂给我问个好。她生孩子别忘了告诉我。

胖姐走后,大桂感动地想:人家胖姐和小桂无亲无故,还惦记着她,自己是当姐姐的,不能眼看着妹妹往火坑里跳。可是小桂那个臭脾气,说了不听,劝了不理,怎么阻止她呢?

大桂瞪着眼看着天,绞尽脑汁想法子。这时,老伍骑着自行车过来了。他骑车时也是右手插在书包里,只用左手扶着车把。看见大桂,他把自行车向左边一倾斜,两腿叉开,左脚落地与自行车形成支架,右脚却放在脚踏上,笑呵呵地问:大桂,该走了。再等就收明早儿的钱了。

大桂忽然想起老伍这段时间和小桂来往密切,也许他的话能让小桂听进去。于是,她一五一十地把小桂告诉她的想法说给老伍听了。她以为小桂的主意老伍还不知道,让老伍好好劝劝小桂。老伍听后吃惊地睁大眼睛,是吗?可是马上又否定:不会吧?小桂不像那么有心眼子的人,平常我看她挺单纯的!是不是给你开玩笑?大桂使劲点点头,老伍哥,我啥时候给你说过瞎话。老伍掏出烟和打火机,因为右手还插在书包里,扶着车把的左手不得劲,火机掉在地上。大桂赶忙拾起来,给老伍点燃了烟。老伍见她一脸愁容,心里非常得意,表面上却安慰她说,大桂你放心,这事包我身上!

大桂没听出老伍话中的深层含义。

老伍的话一语双关,他想的则是一箭双雕。他心里对大桂小桂是敌视的。哼,两个傻女人跟我争地盘,抢饭吃,还敢骂我,挖我,给我上眼药!等着看我怎么教训你们!有的人心里得意,表面上不显示出来,有的人则通过各种形式表达得淋漓尽致。老伍还没离开大桂就唱起了:北京的城……

大桂说,老伍哥,我听人家唱得是北京的桥啊……

八

夏末秋初下了一场雨,那雨是在黎明前悄悄落下的,到了中午还没有停,大街两旁被污染得灰头灰脸的树木经过雨水清洗,露出绿色笑容,显得生机蓬勃。在这种环境下,人的心情也变得清朗了。大桂在雨中来来回回地忙着,只穿着雨衣没戴帽子,头发全被雨水打湿了。老伍几次喊她,她连头也没抬,只是哎哎地答应几声。眼睛却不时向进车的方向张望。

大桂在等着胖姐。她每天都给胖姐留一个车位,等着胖姐来停车。有的司机见有空位就问她,她就说这个车位是固定车位,人家交的是年金。不知为什么,她现在每次收胖姐的钱时,心里总有点愧疚,手也伸不直。胖姐早看出了来了,所以每次都把准备好的钱老老实实塞到她的包里。一般情况下胖姐来得比较准时,最多就是差个十分八分钟。但是今天不知为什么,时间过了半小时胖姐还没来。大桂心里有点儿着急。不会是下雨车多堵在路上了吧?不会是路上和人剐碰出事故了吧?她想着,掏出手机认真地看了一眼。过去有过这样经历:胖姐如果晚了一会,就会给她发短信:大桂,我可能会迟到一会,把车位给我留好,谢谢!今天胖姐咋就没发短信呢?

一辆轿车缓缓地开过来,司机看见有一个空位,一打方向盘就

金融街郊路 **97**

往车位中倒。大桂赶忙朝车位上一站，双手挥舞着，声嘶力竭地喊道：这儿有车，有车。

那个司机下了车，指着大桂就骂：你孙子喊什么喊，哪有车？

大桂说，这车位是人家交了年租的，一会就到。

那个司机嘴里不干不净地骂着上了车，又往车位里倒。大桂不顾一切地往地上一躺。那个司机虽然把车停下了，但却把路堵上了，看样子想和大桂较劲。

雨还在下着，滴在大桂脸上的雨珠有点儿凉，而且砸得脸皮有点儿疼。地上积的雨水很快浸透了她的衣裳，凉气直往皮肉里钻。胖姐就是这个时候来的，这一幕被她看在了眼里。她赶忙下车拉起大桂，不顾大桂身上有水有泥，把她紧紧抱在怀里，啜泣地说，好妹妹，以后千万别干这傻事了，多危险呢！

这个时候老伍晃晃地过来了。他对那个司机说，你从左边绕到大厦后边，那里还有个停车场。最多，多走两分钟。

那个司机说，我怎么不知道那边有个停车场？

老伍说，有，保准有。要是没你停车的地方你再过来，我就是替你掏违章停车费，也让你停这儿。

那个司机半信半疑，怏怏不乐地把车开走了。他的手从摇下的车窗伸出来指了指大桂，嘴里咕噜了一句。

胖姐也进大厦上班去了。老伍对大桂说，你这是何苦呢？谁停车不给钱啊，有必要冒着生命危险呀？

大桂没理他。她此刻心里在琢磨，这个老伍怎么对小桂那边的停车场清楚呢？难道小桂真的和老伍联手了？她是个心里搁不下事的人，直截了当地问老伍，老伍哥，我给你说的那事你和小桂说了吗？

老伍好像没听见，插在书包里的手不住地动着，嘴里又哼起那首歌。不过，他这次真的改过来了，唱得是"北京的桥……"

老伍哥！大桂大声喊道：我托你的事你办了吗？

老伍抹了把脸上的雨水，甩了一下，往大桂身边靠近了一些，妹子，哥又不会分身术，哪有时间去找她聊啊！过一两天吧，啊！

大桂瞪了老伍一眼，心里骂了声：骗子，虚伪！

昨天晚上，大桂收拾停当去找小桂时，小桂已经不在了。她以为小桂已经回家了，对小桂还有点抱怨：过去都是一起走，今儿这是咋了？她闷闷不乐低着头朝公交车站走。快到公交车时，不经意抬头看了一眼马路对面。马路对面有一排小饭店，在一家羊杂汤馆的玻璃上她看见了一对熟悉的身影。一个是小桂，一个是老伍。她当时又气又烦，加快了脚步。上了公交车以后，她才给小桂发了条短信：小桂你该回家了！

小桂没回她的短信。她接下来想，也可能老伍是受她所托找小桂谈那件事的，没必要大惊小怪。她没想到，老伍竟然给她说没见到小桂。这个老伍，明睁大眼说瞎话，是在隐瞒什么事情呢？

停车场也有它的规律。上班的人车停好后，看车人有一小段时间的空闲。因为这个时间段里，该上班的已经坐到办公室里，来办的事在路上还没到。老伍在这个时候，包里基本上是空的，所以手也不插在包里。他看出刚才的回答让大桂不高兴，大桂板着脸不理他，他就点了支烟，坐在他的自行车后座上看报纸。他看的报纸一般都是第二天的，是他认识的那个大厦保安昨天看过，垫了一天屁股又让他拿来的。不知他看到了什么新闻，突然眼睛发光，眉毛抖擞，拍着大腿叫出了声：好，好，又抓了一个！

大桂无动于衷。她正想着趁这会儿空闲点儿，去找小桂聊聊，再劝劝她。不管怎么说自己是当姐姐的，不能眼看着亲妹妹做傻事，尤其是不能让老伍当枪使。她还没来得及动，小桂晃悠晃悠地过来了。老伍像吃了兴奋剂，从车后座上蹦下来，不知后座上什么东西挂着他的裤子，哧的一声，裤子撕破了条口子，自行车也哐当倒在地上。他没顾得扶起自行车，三步两步赶在小桂到大桂身边时也到了，把报纸递给小桂，兴高采烈地说，小桂小桂你看看这个，照片让人上网了，官被一撸到底，还被查出是个贪官……

小桂大吃一惊，脸色变得发黄，一把夺过报纸，边问：是咱说的那俩吗？

老伍忙说，不是不是。我就是想告诉你这事，这事……他看了一眼大桂，把话咽了回去。

小桂匆匆看完了那条新闻，脸上又泛起了红晕，像是自言自语，又像是在问老伍：看来这事能成？

老伍郑重地点点头。

大桂听出他俩在说什么事，不乐地说，小桂你别让人当枪使！

小桂把报纸递给大桂，你看看，这是反腐败！反腐败你也反对呀？你平时不是最恨那些腐败的人吗？

大桂没说话，也没接报纸。

老伍很会察言观色。正巧这时有辆车开到他那边的空位上，他借机转身走了。大桂看见他裤子的后屁股撕破了一条长长的口子，里边花裤衩子露了出来。她转身对在深思的小桂说，小桂，姐再问你一遍，你真想那样干吗？是不是老伍给你出的点子？

小桂说，反腐败，你懂吗？

大桂说，那你无证收费，私设停车场不叫腐败吗？你不怕人检举你控告你？

小桂说，姐你以为你妹傻呀？我是看人下面条。能收的我就收，不能收的我连手也不伸。

大桂愣头愣脑地想了好大会儿，也没弄明白小桂的话。她认真地说，反正要我说你这就是腐败。

小桂火了，你要告就告去吧！说完，连看也不看大桂一眼，挺着大肚子晃悠晃悠地走了。

大桂一脸愕然。

九

半个月后，小桂生下了个漂亮的女孩。出院后，她被老公接回老家坐月子。

小桂走后的第二天，大桂接到老板的通知，让她"另找高就"。大桂当然想不到是小桂从中作梗，尽管她知道自己这份看车的活是小桂帮着找的。她哭得很伤心。

大桂决定给胖姐告别。胖姐没听她说完，就帮她擦了擦眼泪，安慰她说，大桂，你是个好心人。我早就看你一天到晚太辛苦，拿到自己手里的钱并不多。我给你找了份工作，在十九楼干保洁。

保洁？大桂知道所谓的保洁就是打扫卫生。但是她不知道这保洁的工作累不累，挣得钱多不多。不过她没有问胖姐。能有一份工作，对她来说已经是幸运的事了。她马上答应了胖姐，还急不可耐地问了一句：我啥时候上班？

胖姐说，就这几天。

大桂高兴地又流泪了。

胖姐说，大桂呀，我琢磨着你得回趟家看看小桂和孩子，然后再回来上班。

大桂点了点头。第二天，她就回了老家。小桂一听说她被老板辞了，咬牙切齿地骂老板不是个东西。这世上还能找到比你大桂更忠诚的员工吗？老伍一天到晚瞒天过海挣了多少黑钱？他老板也没辞他！

　　大桂呜呜地哭。

　　小桂说，你就会哭！

　　一周后，大桂去19层当了保洁，看车时穿的衣服换成一身蓝色保洁员工装，头戴着一顶白色帽子。她朝镜子前一站，看了看镜子里那个神气的女人，喜不自禁地咧着嘴笑了。

　　又过了几天，她发现代替她原来的位置不是新人，而是老伍。唏，这咋回事呢？她想不明白。

　　小桂在孩子满百天后就回到了北京。她不是在停车场看车收费，而是在大桂曾看见她和老伍吃饭的羊杂汤馆当了店面经理。一个月后，小桂开上了一辆价值七八万的小轿车。每天把车停在老伍那边。老伍每天都给她留着位子，对别的司机说，这位子是人家包年的。

　　大桂开始想得头都疼了，怎么也想不明白。后来，她就索性不想了。

　　　　　　　　　　　　刊发于《特区文学》2016年第五期头条。

第十九层

一

刘大桂，刘大桂……有人在走廊里喊。

哎哎，来了，来了！刘大桂慌慌张张地从卫生间里跑出来，手里拎着湿毛巾。她一溜小跑到了一脸阴云的蒋秘书面前，小心地问：蒋秘书您找我呀？

蒋秘书狠狠地瞪了刘大桂一眼，转身进了办公室。刘大桂犹豫了片刻，蹑手蹑脚地跟了进去。蒋秘书已经坐在办公桌前，手指着刘大桂训斥道，刘大桂你来快一个礼拜了吧？你看看你怎么一点不长记性。我专门给你交代过，给老板泡茶，杯子开始不要加满水。你就昨天记住了一天，今天又忘到九霄云外了？

刘大桂赔着笑脸，点头哈腰，连声说着，是，是，我这两天脑子是不好使。

蒋秘书二十七岁，去年硕士毕业，考到这家国有金融公司上班，三个月后被公司姓马的一把手选中当了秘书。她人长得水灵，经过修剪的眉毛仿佛飘落而至无风也动的柳叶，两只大眼睛就像柳叶下的湖水一样明净深邃。她做事也灵活，从领导到员工没人不说她会做事。她见刘大桂认错了，就换了一种态度，耐心地对刘大桂说，老板喝的茶都是好茶，一杯就上百元。你杯里装满水，如果老板早到了端起就喝可能会烫；如果老板晚到了端起就喝则凉了……

刘大桂诚恳地说，明白了。这回我一定记住了。一会儿，我记在小本上。不，记在脑子里。

蒋秘书一边开电脑，一边不耐烦地冲刘大桂摆手，出去吧！

刘大桂还没走到门口，蒋秘书又喊她回去，指着地板又训她道：看看，看看！

刘大桂低头一看，地板有几滴水，是她手里的湿毛巾滴落的。她二话没说，扑通跪在地板上用毛巾擦了几下，再一看，毛巾是湿的，地板上刚才是像星星一样几滴，现在成了一片水汪。她不敢抬头看蒋秘书，手攥着袖口，弯着胳膊肘儿用衣服把那一片擦干净，然后低着头走了，到了门外才小心地回过头，狠狠地朝屋里瞪了一眼。

大桂，刘大桂！喊声是从蒋秘书隔壁屋子里传出来的。

刘大桂犹豫了片刻，轻轻地应了一声：来了。

隔壁屋子门开着，一个中年男人当门而立，仿佛一堵厚重的墙。他右手提着一只蓝色热水瓶，左手在摆弄西服领带，看见刘大桂，严厉地说，刘大桂，谁把我的热水瓶换了？

刘大桂一愣，是吗？没人换呀！她当服务员的十九层，除了马总办公室的热水瓶是红色的，其他全是蓝色。她每天上班第一件事是打扫卫生。接下来是给各个办公室打开水。她用一辆手推车，先把左侧各个办公室的热水瓶放在车上去打开水，热水瓶送回去以后再给右侧办公室打开水。那些蓝色热水瓶是同一个牌子，同一个颜色，个头大小也一样，在手推车上放成三排，就像整整齐齐的三排士兵。她今天是第一次听到热水瓶被换的指责，心里老大的不快。可是表面上她还得赔着笑脸。这层楼的所有人她都得罪不起，何况眼前这位韩副总经理。韩副总经理把热水瓶倒过来，指着底盘对刘大桂说，我的热水瓶底盘加了一层垫子，是铜片做的。

啊！刘大桂惊讶地睁大眼睛。她无论如何也不会想到热水瓶的底盘不同。

韩副总经理神情也紧张了，也许是他意识到刚才不该给刘大桂说那番话，于是又解释道，茶几上的玻璃板滑，我怕热水瓶滑下来摔碎了，所以加了一层铜垫。然后又指着水瓶底子说，你看看，这个水瓶底子没铜垫，不是我的。

刘大桂知道自己惹事了，一时不知如何是好。她手忙脚乱地接过韩副总经理手中的热水瓶，不安地说，韩总，您别生气，我这就给您去找去换！

刘大桂刚刚出了门，还没来得及把门关上，韩副总经理突然冲上前扯着她的胳膊，用劲把她拉回到屋里并重重地关上门。刘大桂吓得脸都白了，韩，韩，韩总，我，我不是那种人。您别……韩副总经理松开她，气急败坏地说，刘大桂你别误解了。我是想告诉你，你这样大张旗鼓地挨屋去换热水瓶，不是等于给我韩某做广告吗？

刘大桂瞪大眼睛看着韩副总经理，一时摸不着头脑，吞吞吐吐地说，我，我不一个屋一个屋地找，怎么帮韩副总经理换回来呀？

韩副总经理抽了口烟，低着头想了想，对刘大桂说，你就这样对大家说，发现开水炉碱太厚，找人清洗了一遍，现在要重新给大家换上新烧开的水。他说完看了刘大桂一眼，见刘大桂一脸愕然，笑了，小刘呀，这是为了大家的健康嘛！大家不会怪你。到时候我出面表扬你几句，再给老板说你工作认真负责，弄不好这个月还会给你加发奖金呢！

刘大桂连声说了几个谢谢。从韩副总经理办公室出来，她就马不停蹄地忙开了。这一层楼大大小小四十多间办公室，每个办公室都

第十九层　105

有热水瓶。她不光要把热水瓶换一遍,还要把开水重新打一遍。不一会,她就大汗淋漓。她这人有个特点,汗水向来是从脖子往胸前流,可能由于乳房较大的原因,汗水流到那儿又开始分散,把两只乳房外边的衣服湿透后,将乳房大胆坦白地显示出来。所以,她平常毛巾不离手,而且用的是长毛巾。她妹妹小桂曾给她开玩笑,说她用的不是毛巾是围巾。一到这个时候,她就把毛巾搭在脖子上遮挡一下。她对那些盯着她胸看的男人非常反感,觉得那种男人没出息。韩副总经理有几次看她的胸,尽管装出漫不经心的样子,但他那目光的投向和意向十分清晰。她每次遇到韩副总经理时,都是双手交叉抱在胸前。不过,她此刻心里对韩副总经理充满了感激。韩副总经理说得果然没错,她去每间办公室取热水瓶时,按照韩副总经理的话说了,大伙都对她说谢谢。有的说这开水炉就得常修,不然大伙喝的时间长了,肚里的碱越积越厚,严重影响健康。有的说刘大姐就是个勤快人,咱公司早几年请她来做保洁就好了。她听了心里乐。特别是想到韩副总经理说的给她加奖金,精神也旺盛了。

　　当然也有不理解的。财务室的胖姐就悄悄问她,大桂,公司不是定期组织清洗开水炉吗,怎么会那么快就生碱了?她哼哼两声,笑笑,没有正面回答。

　　韩副总经理的热水瓶好像故意和刘大桂捉迷藏。她把右侧办公室的热水瓶换了一遍,没有找到底下带铜垫子的那只热水瓶。左侧办公室她没敢去找。虽然来的时间不长,可是她对十九层办公格局已心中有数。左侧办公室窗户朝阳,里边全是公司的头头脑脑,有老总、三个副总、两个她叫不上的什么师,最小的是办公室主任,还有两大小会议室。马总的办公室在最东南。胖姐曾给她说过,那是找风水大师看过的,是龙头的位置。挨着马总的是张副总经理,一个头发全白了的小老头，脸上总是笑眯眯地充满了阳光。再往下才是韩副总经理和另一个副总经理……她轻易不敢去左侧办公室，除非那些办公室的人叫她过去。唯一的办法是等到明天早上统一打开水的时候，她才有机会拿到左侧办公室的热水壶。可是怎么给韩副总经理交代呢？重要的是韩副总经理说的加奖金的事肯定也泡汤了。奖金、奖金……刘大桂想着，心情更加焦虑，情绪也更加焦躁。身后有人喊她，她头也没回，脱口而出地回了一句：我还没死，叫魂呀！

　　身后叫她的人没生气也没急，反倒拍了拍她的肩膀，乐呵呵地说，大桂，谁惹你不高兴了？刘大桂听声音就知道是胖姐。在这个楼层，胖姐是唯一她过去熟悉的人。她到这个楼层当保洁，也是胖姐推荐的。平时，她有了心事都是找胖姐说，让胖姐给她出主意。胖姐也是真心对她好，有时中午带饭把她的那份也带上，碰到事情先过来偷偷给她提个醒，让她少受很多批评和指责。她赶忙给胖姐赔礼，姐，我刚才不是故意对你发脾气，你千万别往心里去。说完这话，她才注意胖姐手里提了只蓝色热水瓶，再看看胖姐身后会议室的门开着，显然胖姐今天要用会议室，见会议室的热水瓶是空的，就自己到开水间去打水。她心头一热。胖姐太解人意，要换别人看见热水瓶没水，保不准会在走廊里大声喊叫她的名字，或者指着她教训一番。她从胖姐手里接过热水瓶，说，姐，这活儿哪是你们干的。你去会议室等着吧，我马上给你送来。

　　刘大桂到了开水间，把从胖姐手里接过来的热水瓶倒过来看了一眼，惊喜得差点儿跳起来。原来这只热水瓶底子上放了铜垫，正是韩副总经理的。她把热水瓶放在开水炉上接水，双手合十，闭上眼睛，虔诚地祷告了几句。同时，她心里对胖姐更加感激。胖姐，你真是我的福星！

第十九层　　107

刘大桂把热水瓶送到韩副总经理办公室。韩副总经理正在打电话，冲她笑了笑，点了点头表示感谢。她转身要离开时，韩副总经理叫住了她，摆手示意她到他旁边去。她心跳突然加速了，下意识地双手交叉放在胸前。韩副总理一直在打电话，用闲着的手打开了办公桌的抽屉，从里边取出一个信封放在桌子上，指了指信封，又指了指她。她马上明白了，韩副总经理让她把信封拿走。韩副总经理见她犹豫，有点儿不耐烦，把信封扔在她脚下，又摆了摆手。刚才韩副总经理摆手，手是向里摆，现在手是向外摆，是不耐烦的表示，是赶她出去。她小心翼翼地捡起信封，头也没回，快步离开韩副总经理的办公室。

回到休息间，她郑重地关上门，并且从里边反锁上，耳朵贴在门上听了听外边的动静，确信没人从门前经过才把信封掏出来。即使如此，她的手伸进信封里时还在颤抖。一百，二百……数到五百，里边还没数完，她不禁紧张起来，手抖，腿抖，心也跟着抖。她不数钱了，小心地把信封装好，慌忙去找胖姐。

二

刘大桂不仅负责十九层所有办公室的开水供应，还负责十九层的楼道、总经理和三个副总经理、办公室主任、大小会议室、男女公共卫生间的保洁。公司九点上班，她六点之前就要到，第一件事是把开水炉打开，接着就是给领导办公室和会议室做保洁。等到几个办公室保洁做完了，开水炉的开水也烧开了，她接下来就是给每个办公室打开水。公司员工上班了，她才可以休息一会。她休息的地方在卫生间隔壁一间三平方米多的小屋，里边堆满了各种各样的杂物,像漏了洞的水桶、掉了底的暖水壶、断了腿的凳子,还有不知哪个员工扔的旧鞋子、袜子、衬衫、皮鞋,一些旧报纸杂志,等等,说白了是个杂物间。她休息的时间大约有一小时。一小时后,她又要去清洁卫生间。不过,公司下午给她的时间倒也合理,员工五点下班,她四点就可以离开。

刘大桂到了财务室,财务室只有一个新来的女孩。她这才想起胖姐在会议室。她走到会议室门口,见门已关上,里边有人讲话,知道会议已经开始,无奈又回了休息室。她喝了口水,让心情稍稍平静一下,然后又掏出信封。这一次她一口气数完,整整十张一百元的票子。一千元呀!我的妈,韩副总经理这次怎么如此大方呢?不就是帮他找回了他自己的热水瓶吗?

就在昨天中午,韩副总经理还因为刘大桂报销一张十元钱的打的票冲胖姐大发雷霆,要撤胖姐的职。

起因是蒋秘书让刘大桂去白塔寺药店买一种药。她是坐公交车去的,还没出药店门,蒋秘书打电话催她快回去,说是那药等着用。她说正往公交车站走着。蒋秘书很不耐烦,刘大桂你打车回来吧。刘大桂吃了一惊,打车?蒋秘书说,你怎么那么啰唆?让你打车就打车。回来到财务报销!

刘大桂打了辆车回公司,花了十元钱。她果然照着蒋秘书的交代,到财务去报销。胖姐听了她说的原因,给了她一张报销单据,让她填好找韩副总经理签字。韩副总经理分管财务,是胖姐的顶头上司。胖姐看刘大桂不敢去找韩副总经理,就陪着她一起去了。没想到韩副总经理没等刘大桂说话,就拍着桌子训斥胖姐。你这个财务总监还干不干了?刘大桂不是公司正式职员,再说她就是出去办公事不能坐地铁乘公交车吗?说完就把报销单据扔在胖姐脚下。刘

第十九层　　109

大桂弯腰要去拾报销单据，被胖姐用胳膊挡住了。胖姐自己低头拾起来，吹了吹，对韩副总经理说了声：对不起！拉着刘大桂就走了。刘大桂很委屈，嘟囔道：是蒋秘书让我打车让我找财务报销让我……胖姐嘘了一声，摆摆手不让她往下说。胖姐说，大桂你该干啥干啥去吧，一会儿我报销完了把钱给你。

虽然时间不长胖姐就把十元钱给了刘大桂。但是，韩总经理抠门的印象让刘大桂记住了。有几次经过韩副总经理门前时，她偷偷地向里瞥一眼，目光中暗藏着不满。不过，也就从那件事刘大桂也记住了韩副总经理有财权，比张副总经理权力大，比蒋秘书的权利大，不能得罪。所以韩副总经理今天让她找热水瓶，她一点儿没敢怠慢。

抠门的韩副总经理给她一千元奖金，这让她百思不得其解。一个上午，她翻来覆去地想着这件事，想得头都有点儿疼了。

咚咚咚，有人在休息室门外敲门。

刘大桂穿的是保洁员服装，天蓝色，上衣一左一右有两只口袋。刘大桂把信封装进左边口袋，摸了摸，感觉好像要掉下来；装进右边口袋，摸了摸，又觉得露出一半。她想放鞋里，可是上班后她按规定穿的是拖鞋。她这边着急，门外的人敲门也急，她匆忙之中把信封塞进垃圾桶里。

睡着了是吧？门外站着的是韩副总经理，笑眯眯地看着刘大桂。

刘大桂拉上门，借着韩副总经理的话，故意揉着眼睛，不好意思地说，打了个盹。韩总您找我有事？

韩副总经理点点头说，男厕所有一个洗手池不知被谁倒茶叶堵塞了，你去叫物业的过来修修。不然过会儿就水漫金山了。

刘大桂答应着，急忙向电梯口走。物业在二楼，她要到二楼去物业找人。可是，到了电梯口她心慌了。那只装着一千元钱的信封会不会被人发现呢?韩副总经理会不会后悔给了她一千元钱,借故把她支开,在休息室搜查那个信封呢?这样想着,她赶忙转身想回休息室。可是,两脚却迈不动,因为她看见韩副总经理还站在她的休息室门前。无奈之下,她只好上了电梯。电梯从十九楼到二楼短短几秒钟之间,她眼睛紧紧盯着电梯上的数字,心里不住念叨,快点,快点!电梯到了二楼,她一溜小跑到物业维修处,气喘吁吁地说了句十九楼的水坏了!没等物业的人反应过来,她又一溜小跑上了电梯。从二楼到十九楼的短短几秒钟之间,她心急如焚,反复祷告,到了,到了!

休息室门前不见了韩副总经理,她的心却悬了起来。她小心翼翼地推开门,又小心翼翼地关上门,虽然她清楚她已经把令她害怕的目光用门隔开了,但心里却依然七上八下,蹲到垃圾桶前的她,脖子转向门,眼睛恐惧地盯着门缝,连手套也没顾上戴就把手伸进垃圾桶里去摸信封,然后又急忙清点。当她确认那一千元钱完好无损后,眼泪情不自禁地流了下来。她自己也说不清楚为什么流泪。

北京的高楼大厦多。在高楼大厦里办公的公司、上班的员工优越感很强:环境好,有的虽然十几二十几个人挤在一间大屋子里,来回走动都得斜着身子;收入高,尽管有的拿到手的现金才几千元,但有"五险一金"……让他们心烦的事儿之一就是吃饭问题。高楼大厦里的公司一般没有食堂,中午吃饭大多都下楼到周边的小吃店去吃饭,等电梯是一件艰苦的事情。十九层这家公司也没食堂,只有几位老总由办公室负责在附近饭店叫餐,很多员工也是到楼下到处找地吃饭。有些年轻的员工懒得等电梯熬时间,就在办公室泡方便面充饥。刘大桂每天中午饭后收拾方便面盒就得忙乎一阵子。胖姐几个中年妇女有时到楼下小吃店去吃,有时自己带饭。

第十九层　　111

胖姐哪天带饭，刘大桂都知道，因为每次都是她帮胖姐用微波炉热饭。今天中午，她故意没帮胖姐热饭。胖姐去热饭的时候，她悄悄跟了过去。胖姐冲她笑笑，大桂你忙吧，我自己热一热。

要不要对胖姐说韩副总经理给奖金的事？刘大桂迟疑不决。胖姐看出她有心事，四下看了一眼，见走廊里人来人往，没再问她。饭热好后，胖姐一边往办公室走，一边示意刘大桂跟她过去。财务部其他几个人下楼吃饭去了，办公室里只有胖姐一个人。这时，胖姐才问刘大桂：大桂你是不是有事找我？

刘大桂嘿嘿笑了几声，不好意思地说，没事，没事。我今儿忙昏了头，没帮你热饭……

胖姐说，大桂你跟姐客气啥。姐天天麻烦你，一顿饭没热还能怪你怎么的。说着，把馒头递给刘大桂，我今天给你也带了两个馒头。你在这一起吃吧。

刘大桂的眼圈红了。姐，我还没洗手呢，你先吃吧。说着就向外走，到了门口，双脚好像被什么东西粘住迈不动了，回头冲着胖姐笑。胖姐上前拉了她一把，认真地问：大桂你是不是有话不好开口？刘大桂点点头。胖姐又问：你是不是不信任你胖姐？刘大桂又是摇头又是摆手，不是不是，我把你当亲姐。那有当妹妹不信亲姐的理？接着，她就把韩副总经理给她一千奖金的事给胖姐说了。说完，她的心怦怦怦地跳，不安地问：姐，我是不是犯了受贿罪？

胖姐哈哈大笑，嘴里正在咀嚼的馒头喷了刘大桂一身。她一边帮着打扫，一边说，大桂，电视里看来的吧？你知道啥叫受贿罪呀？公司副总给你的奖金，与受贿的事八竿子也够不着。

刘大桂还是非常紧张。她说，姐呀，我一来你不就告诉过我这是国企吗？你还告诉我国企的一分一厘，一针一线不经允许都不能动。你还给我举过例子，说我之前的那个保洁工就是偷了公司一只旧挂钟拿出去卖了几十元钱，私下装口袋里了，公司就开除了她……

胖姐点了点头，若有所思地说，你这一说我倒犯晕了。韩副总今儿没到财务支钱啊！难道那钱是他个人给你的？

刘大桂真诚地说，是韩副总经理从自己抽屉里拿出的信封。

胖姐问：信封呢？

刘大桂答：在我那个休息室里。接着贴着胖姐的耳朵，压低声音说，我怕带在身边不方便，藏在垃圾桶里了！

胖姐皱着眉头沉思了一会，自言自语地说，发奖金也不对呀！一来公司到月底才发奖金；二来发奖金是财务部的事。韩副总怎么……

胖姐没说完，刘大桂的腿像狂风中尚未发育成熟的小树苗一样发抖，说出的话也像被冰冻过的。姐，我把钱还他行吗？

胖姐让刘大桂先回休息室。刘大桂走到门口时，她又追上去，把两个馒头和半饭盒菜塞到刘大桂手里。

十几分钟后，胖姐来到刘大桂的休息室。刘大桂从垃圾桶里掏出装着钱的信封交给胖姐。胖姐看了一眼信封上铅印的地址，又把信封还给了刘大桂，严肃地对她说，大桂，这事到此为止。钱你该用就用，话不该说的人别说。如果以后有人问起来，当然包括韩副总，你千万不要说对我说过，更不能说我看过信封。

刘大桂连连点头，姐你放心。这也不是啥多光彩的事，我不说，不说。

胖姐临出门，拍了拍刘大桂的肩膀。

三

啪啪两声过后,接着是咔嚓的响声。

第一声是刘大桂的老公巴掌打在她脸上发出的声音。第二声是刘大桂身子歪倒碰着饭桌,碗掉地上摔碎的声音。

你老老实实给老子交代,那个男人和你啥关系?

刘大桂抹着眼泪,委屈地回答:没有啥关系。

没啥关系他私下给你钱?骗谁呢?她老公不信,顺手抓起凳子。

刘大桂吓得浑身发抖,说话也结巴了。我,我一农民工保洁的,人家是老总,西服领带,出门轿车,咋会看,看,看上我……

她老公喝了一大口酒,抹抹了下巴,两手在上下左右口袋里摸索着,眉头皱紧了,目光更凶了。刘大桂知道他的烟抽完了。她赶忙把头伸向茶几下边去够一只旧陶瓷茶杯。茶几是她老公收旧家具时收来的,少了一条腿,用几块砖头垫着。可能由于她心急,也可能是怕老公在背后踢她屁股,手忙脚乱,碰倒了砖头,茶几倒了,给老公炒的一盘下酒用的花生米撒了一地。她大惊失色,把茶杯朝老公面前一放,起身就往外跑。她老公哈哈大笑,你给我站住!

刘大桂手拉着门闩,随时准备开门逃跑。她虽然站住了,但不敢回头看她老公。

她老公把茶杯倒过来,那里边存的是刘大桂从他平时扔在地上,又用脚踏灭过捡起来的烟头。他熟练地把几根烟头接成了一支烟,点燃后狠狠地抽了几口,对刘大桂说,那人抽烟吗?

刘大桂点点头,好像,好像抽吧!

她老公说,明天你把他抽的烟给我拿一盒回来。

刘大桂连忙摇头，那咋行，那咋行？那不是偷了吗？要是让人发现了，我保准滚蛋。

她老公嘿嘿一笑，半真半假地说，烟酒不分家。再说，那孙子的烟也不是他自己花钱买的。

刘大桂哀求地说，我找份工作不容易，能不能别逼我冒险？她老公哼了一声，那你看着办吧！

第二天上班之前，她老公又严厉地说了一遍：哎，昨天晚上说的事你别忘了！

一路上，刘大桂都在琢磨着怎么完成老公给她的"任务"。她越想越害怕，越想越紧张，一会儿流了一身冷汗。天呢！这个欠揍的货不是把我往火坑里推吗？保洁员最基本的要求就是手脚干净。为了一盒烟丢了工作……丢了工作还丢人现眼！可是，老公的拳脚也是无情的，弄不好被他打成骨折，自己受罪不说，看医生也得花钱呀！刘大桂为难得直想哭。

韩副总经理的烟放在书柜下边的抽屉里。他有个习惯，而且把这个习惯动作安排让刘大桂完成。他到办公室之前，要求刘大桂在他的办公桌上放一盒烟，茶几上放一盒烟。办公桌上那盒烟要撕开封口。所以，刘大桂知道韩副总经理的烟放在什么地方，但是，她不知道韩副总经理是不是记着数。她心里想，凭韩副总经理那么精明，又那么抠门，柜子里有几盒烟，他应当清清楚楚。别说少了一盒，就是少了一支他都会发现。所以，她做完保洁，把烟摆好，眼睛盯着茶几上那盒烟看了半天，几次想拿过装进口袋里，手都没敢伸出来。她在心里一遍遍劝自己，刘大桂你不能，不能做小偷小摸的事。走到门口时，她还回过头看了一眼茶几上那盒烟。

上班的时间过了，韩副总经理没有来。胖姐去敲门，正从走廊里经过的蒋秘书对她说,别敲了,韩总去部里开会,下午才能回来。刘大桂听了,忽然产生了一个想法:看看韩副总经理热水壶底有什么秘密。至于为什么要这样做,她自己也说不清楚。她把韩副总经理的热水壶拿到休息间放起来,然后装作没事一样,按部就班地做着她的保洁工作。公司员工上班后的状态各不相同,有的忙忙碌碌,坐在电脑前半天身子纹丝不动,仿佛变成了一尊雕塑。有的却轻轻松松,摆弄摆弄这,摆弄摆弄那,还有的聊天儿,聊到高兴时放声大笑。每到这时,蒋秘书就会从办公室走出来,皱着眉头,睁大眼睛朝笑声传出的房间看,好像是在监视。刘大桂遇到这种情况,就会轻轻敲一下门,提醒那些高兴得忘乎所以的年轻人注意。不过她对蒋秘书也不反感。她知道人家蒋秘书是在尽自己的职责。这姑娘对老板多忠心啊!她想。所以,她每次见到蒋秘书都投去敬佩的目光。

这天,公司的几个主要领导都去部里开会了。可能除了蒋秘书之外,公司近百名员工都没有刘大桂更清楚。刘大桂不懂什么体制、领导班子等关系,只知道部比公司大,一个部管着好多公司。她听到过蒋秘书到会议室找马总时着急地说,部里电话,找您!讲话过程中端着茶杯喝水的马总一边起身一边放茶杯,慌忙之中茶杯歪了,倒在桌子上,洒了一桌子水。蒋秘书叫她过来清理。她当时还纳闷:总经理不就是呼风唤雨的人物吗,怎么一个电话把他紧张成这个样子?她私下问过胖姐。胖姐笑笑,他一张纸条就把我们这些人开了。部里一张纸条就让他滚蛋了!从那以后,她每次到一楼前台去取报纸信件,只要有部里的信,她一分钟不敢耽误地送到蒋秘书手里。可是今天她心里有事,没有按时去取报纸信件,而是在做完保洁后把自己关在休息间里琢磨韩副总经理的热水壶底层的铜圈。那铜圈怎么看也就是一铜圈，用铜片做成的，没有什么奇妙之处。她用手打不开，就找了一根钉子，想从缝里插进去把铜圈扒下来。可是，她攥着钉子的手突然颤抖了，紧跟着心也颤抖了。如果插入缝里，必然会把铜圈损伤，那样韩副总经理一眼就会看出有人做了手脚，她也就毫无疑问地暴露。手一抖，钉子在铜圈上划了几道印子。她吓得把钉子扔在地上。更让她始料不及的是蒋秘书突然推开门，探进头来，问她：哎，刘大桂，报纸和信取来了吗？

刘大桂扑腾站起来，心都要扑腾出来了。她来不及收起韩副总经理的热水壶，掩饰地说，我在帮韩总修水壶。我马上就去取。

蒋秘书好像没发现刘大桂神情慌张，也没有在意她手中的热水壶，例行公事地说了一句：韩副总他们要下午才回来。你还是快点把报纸和信取来吧！

如果事情到此，刘大桂接下来就不会紧张一天。她没想到，已经帮她关了门的蒋秘书突然又推开门，冲她笑了笑，接着又关门走了。蒋秘书这一笑，让刘大桂神魂颠倒，心慌意乱，好大一会儿都没平静下来。她拨通了妹妹刘小桂的手机，却不知给刘小桂说什么。刘小桂在电话里喊，刘大桂你说话呀！你怎么了？刘大桂说，我，我，我……刘小桂急了，你我，我，我，赶马车呀？你闲着没事，我还忙着呢。挂了！说着真的把手机挂断了。刘大桂又想给胖姐打电话，转念一想马上又否定了。她觉得自己想的事和做的事对胖姐难以启齿。

过了一会儿，刘大桂心情渐渐平静了一些才到楼下取报纸和信件。可是，送到蒋秘书门口时她的心又紧张了，手抬了起来却犹豫着不敢敲门。偏偏这个时候她的手机响了。蒋秘书听见了，在屋里喊了一声：进来！刘大桂整理了一下头发，又扯了扯衣服，壮着胆子推开了门。蒋秘书正在用电脑写什么东西。她停下来，接过几封信看了看，留下一封放在桌子上，然后指了指里屋，对刘大桂说，这两封信你放老板桌上吧！

刘大桂从没有进过马总的屋里。她不安地看着蒋秘书，双脚像被胶水粘在木地板上，动也没动。蒋秘书不耐烦地冲她摆摆手，又指了指里屋。刘大桂无可奈何，只好推开里屋的门。她人还没进去，已经目瞪口呆。那间房子十分宽大，房里摆放的也都是宽大的东西，宽大的老板桌，宽大的沙发，宽大的茶几，宽大书橱……里边还有一间屋子，门虚掩着，从门缝可以看到里边宽大的双人床，还有一张宽大的供桌，供桌上放着一尊金光闪闪的大佛，佛前放着香炉，香炉里的香火还点着……眼花缭乱的刘大桂还没反应过来，匆匆进来的蒋秘书就把里屋的门关上了，接着用力把她推了出去。

刘姐！蒋秘书笑容可掬地把刘大桂拉在沙发上坐下，又给她拿了一瓶矿泉水，亲自拧开了瓶盖递到她手上。她受宠若惊，额头上冒了汗。蒋秘书挨着她坐下，把她的手放在自己手心上。刘大桂看着蒋秘书像纸一样雪白、像鲜桃一样细嫩的手，再看看自己像过冬的树皮一样干燥，像核桃皮一样粗糙的手，心里很不是滋味，轻轻把手抽了回来。蒋秘书好像并不在意，又搂住了她的肩膀，亲切地说，刘姐，我听人说你不打算长期在公司工作？刘大桂说，没有，没有。我好不容易才找到这份工作，怎么会三心二意呢？蒋秘书得意地笑了，说，我也不相信。别看保洁员不在公司正式员工的编制之内，但老板对你还是很重视的。马上到端午节了，老板昨天还专门交代我，要给你发个红包，再同正式员工一样发两盒粽子……

刘大桂心头一热，眼泪唰唰地流了下来。

蒋秘书拿了几张餐巾纸给刘大桂擦眼泪，又安慰她说，刘姐你放心，过一段时间，我给老板说说，让老板安排公司人事部给你办个聘用手续……

刘大桂激动得跳了起来，蒋秘书，那我是不是就是正式的了？

蒋秘书笑笑。

刘大桂又问：那我是不是能办北京户口了？我孩子是不是可以在北京上学了？

蒋秘书拍了拍她的肩膀，说，刘姐，好好用心做事，公司和老板不会亏待你。

出了蒋秘书的办公室，刘大桂几乎连蹦带跳地回到休息室，高兴地给刘小桂打了个电话，一口气说了十多分钟，把她问蒋秘书的话也说成了蒋秘书的承诺。刘小桂听她说完，只淡淡地说了一句：我忙着呢，挂了啊！

四

三天后，蒋秘书给了刘大桂一张公司新的电话表。新电话表里增加了公司新来的一位副总经理，让刘大桂做梦也想不到的是在最后一行写着：保洁员刘大桂。她数了一下，电话表中共一百〇一人，那个排在第一百〇一的人就是她。她手舞足蹈，捧在手上看了一遍又一遍，心里也在一遍又一遍地说，刘大桂，你是第一百〇一个员工！她又按捺不住给刘小桂打了个电话。刘小桂在电话里嗯嗯啊啊，并没有像刘大桂想象的那样热烈祝贺她，这让她有点儿扫兴，心想，唏，你不稀罕我，我还不稀罕你呢！

接下来让刘大桂高兴的事又不约而至，公司行政后勤会议通知她参加。她第一次坐在会议室的椅子上。过去，她只有从门缝里偷

第十九层　　119

偷向里看，对那些正襟危坐的人羡慕的分儿。今天自己正儿八经地坐在椅子上竟然感到浑身不自在，屁股挪来挪去，仿佛那椅子上长出了钉子。

主持会议的是张副总经理，那个白头发小老头。他笑眯眯的眼睛在每个人的脸上掠过，善良而温和的目光让人觉得心里暖暖的。当他的目光落到刘大桂脸上时，点了点头，小刘，刘大桂！刘大桂扑腾站起来，张总好，我是刘大桂！张副总经理扫视了一圈后才坐下。他一落座，胖姐就向刘大桂使了个眼色，示意她给张副总经理的杯子添水。刘大桂心领神会，拎着水壶去给张副总经理的杯子添水。张副总经理用手捂着杯子，笑着说，小刘你坐你坐，今天开个短会，我不喝水了。

刘大桂回到座位上坐下，手里的水壶却换到怀里抱着，好像时刻准备着去给张副总经理添水。旁边的人冲她嘲讽地笑，她也没觉得有什么不好。相反，她觉得能给张副总经理的杯子添水，既是自己分内的事，也是自己接触领导的机会。她知道张副总经理管行政后勤，保洁工属于他的职权范围。平时她就想巴结张副总经理，可是每次到了张副总经理的办公室，张副总经理都是客客气气地冲她笑，打个招呼就埋头干他自己的事，不像韩副总经理那样爱和她说话。不过，在她刘大桂心里，觉得张副总经理比韩副总经理亲。

阳光透过宽大的玻璃窗照进来，在张副总经理雪白的头发上跳来跳去，让人觉得张副总经理的头上缠了一圈金线。刘大桂突然想起在老家当姑娘时就听人说过的话：头上冒金光的人有福，命也长。她想，这老头值得依靠。于是，她又去给张副总经理添水。这回，张副总经理没再拒绝，两个手指敲着桌面说了声：谢谢！

会后，胖姐对刘大桂说，大桂，以后给领导添水注意点，不要让杯子里的水太满。你没见张副总经理几次没端起杯子，而是低着头饮的？

刘大桂想了想，说，嗯。我想添水就得添满呢！

胖姐说，俗话说：茶七饭八九（酒）十成，意思是说喝茶的杯子七分满就够了。

刘大桂一下子开了窍，啼，喝茶也有学问。姐你以后多教我。

胖姐轻轻叹息一声，皱了皱眉头，目光有些冷清，其实人和人也不一样。老皇历有时不能用。像马总韩副总喝茶就喜欢满杯，而喝酒每次只让倒七分……

刘大桂虽然脑子反应不太灵巧，常常被刘小桂讥讽为"脑子有病"，但判断能力还是有的。她试探着问胖姐，姐咱公司新来的副总姓啥？是不是姓衣？

胖姐一愣。她不是被刘大桂的问题难住了，是刘大桂用的"咱公司"一词让她感到新鲜。这刘大桂已经把自己当成公司的一员了。她想，这样也好，一个聘请的临时保洁工都把自己当成公司一员，反映了她对公司的感情和文化认同。好事。她拍拍刘大桂的肩膀，四下看了一眼，低声对她说，那个字不叫衣，叫裴，衣字上边还有个是非的非呢。

刘大桂闹了个大红脸，不好意思地低头看着脚尖，喃喃自语，我，我早上叫他衣总，怪不得他看了我一眼没理我。

胖姐笑笑，安慰她说，没关系，裴总不会那么小气。可能是他没听见。张总名叫张赫，刚来时有好几个人叫他赤赤，他不也没在意吗？

刘大桂又好奇地问，新来的裴总比张副总经理和韩副总经理官大吗？

第十九层　　121

胖姐深思片刻，看了刘大桂一眼，坦诚地说，排在张总和韩副总前边，年龄也比他俩小……不过，大桂你听姐的，不管你听到什么，都始终要记得你就是一保洁工，哪个公司领导都得服务好，不能厚此薄彼，更不能让人说咱狗眼看人低！

刘大桂见胖姐很认真，也认真地点了点头。

刘大桂和胖姐分开不到半小时就听到了关于公司领导层调整的消息。她进女厕所做保洁时，里边有两个公司的女员工在解手，隔着一层板子议论着公司的事情。第一个人说，裴副总经理一来就排在了张副总和韩副总前边，看架势是接马总的！第二个人说，马总还有两年呢！张副总下个月就到龄了，应该是接张副总的吧？第一个人说，听说姓裴的有来头，就是顶马总的。部里要调马总到培训中心去。第二个人说，马总调走，张副总退休，韩副总平级上调，咱公司不就少了两个副总吗？是从公司内部提还是部里再派？第一个说，那是部里的事，用不着咱操心。我现在操心的是韩副总撂挑子，公司效益一旦下来了，咱的效益工资和奖金不都受影响……

刘大桂听到奖金两个字，仿佛一下子受了刺激，手中的拖把掉在地上。那两个员工听到有人进来立马停止了议论。刘大桂等那两个人走后，脑子里像有一千只蜜蜂在飞，乱哄哄的。她想了好大一会儿，脑子里仍然乱哄哄的。她觉得应当找胖姐聊聊。刚要出门，蒋秘书进来了。蒋秘书大概看出她表情慌乱，不解地问：刘大桂你怎么了？刘大桂脱口而出地说了句：奖金。

蒋秘书惊讶地瞪大了眼睛，什么奖金？

刘大桂被蒋秘书问得张口结舌，脸也涨得通红。蒋秘书不知是没发现她的神情变化，还是故意将她的军，咄咄逼人地继续追问，刘大桂你告诉我，你刚才说的是什么奖金，谁发的奖金？

刘大桂突然心生一计，假装喉咙被什么东西卡住了，指了指喉咙，慌忙离开了卫生间。她能够想象得出蒋秘书在身后注视她的目光。唏，顾不了那么多了。随她怎么想去吧！

刘大桂自己也不清楚为什么会径直到了韩副总经理办公室。韩副总经理正躺在沙发上看报纸。这是他的习惯，刘大桂碰见过几次。她曾疑疑惑惑地给刘小桂说过，唏，你说姓韩的那么大个官咋就老是躺那儿看报纸呢？刘小桂哼了一声，这还不明白，他是副手没什么实权也就没啥事干呗！刘大桂摇头，不对，他管钱，胖姐也听他的。有一回他把胖姐骂哭了！

刘大桂呀刘大桂，你一保洁工竟敢不敲门就进我的办公室，有没有规矩？韩副总经理坐起身子，但屁股没离开沙发。

刘大桂吓了一跳。对不起，对不起！说着她就往后退，想退到门外去敲门。韩副总经理叫停了她，好了，好了，下次注意！你找我有什么事吗？

刘大桂开门见山地说，韩总，我听说，听说……

韩副总经理起身去关了门，严肃地问，你听说了什么？

刘大桂说，我听说你要上调……

你才上吊！韩副总经理很不高兴，额头上的皱纹加深了，让刘大桂想起自己在老家洗衣用的搓板。她忙解释说，韩总我不是那意思。我是说你往上走。

韩副总经理眯着眼睛，目光犹如严冬清晨充满寒意的水滴，让刘大桂有些害怕。她不知自己的话会不会得罪了韩副总经理，心里忐忑不安。一紧张，她身上又开始出汗，胸前很快就湿了一片。这会儿她没有带那条长毛巾，丢在休息室里了。好在韩副总经理的目光不在她身上。

第十九层　　123

是听蒋秘书那熊妮子说的吧？韩副总经理问。他的目光变得阴冷而又严峻。

刘大桂坚决地摇摇头。

韩副总经理显然不相信刘大桂。他从抽屉里拿出一盒烟，打开取出一支点燃了，然后把烟扔在桌上。这盒烟吸引了刘大桂的目光。刘大桂想起了她老公让她偷烟的事，想起了老公落在她身上的坚硬的拳头……韩副总经理好像猜出了刘大桂的心思，从抽屉里拿出两盒烟，慷慨大方地扔在茶几上，笑着对刘大桂说，拿去孝敬你老公吧。

刘大桂一边说着谢谢，一边把那两盒烟装进衣袋里。这时，韩副总经理突然站了起来。刘大桂也突然想到了什么，下意识地双手护在胸前，往后退了几步，身子挨到了门上。

韩副总经理指着地上的报纸对刘大桂说，小刘呀，我给你指条发财的路。咱们公司每个办公室都订几份报纸，还有杂志。有的被那些员工看完当包装纸拿去包东西了，有的被当成垃圾扔了。这主要是没人识财。你想想，积少成多，如果几个月的报纸积攒起来拿出去卖，就换成钱了。

唏，那，那你咋不去卖呢，你不是知道这是生财的路吗？刘大桂做事并不冲动。

韩副总经理又不高兴了，我这身份能做这事吗？

刘大桂意识到自己说错了，不好意思地低下了头。

韩副总经理说，小刘呀，以后要用烟就到我屋里拿。我在与不在你都随便。他的一个"用"字说得很平淡，但是让刘大桂很舒服。韩副总经理是个好人。刘大桂心里想。

五

刘大桂每天做保洁时,不动声色地把桌子上、桌子下的报纸收拾起来。她发现没有人注意她,制止她,相反主动把积累成摞的报纸杂志用过的打印纸整理好给她,甚至还有人把刚刚看完的报纸扔给她,小刘,帮我清理了吧,谢谢啊!有的人喜欢上地铁或下地铁后买张当天的报纸看,一般看看新闻,占了很大篇幅的广告几乎无人问津,等到了单位,不是随手扔进楼下的垃圾桶,就是上电梯后扔进垃圾箱。现在这一习惯也改变了,有的放在桌上等刘大桂过去时给她,有的是放在休息室或卫生间的台子上。

仅仅半个月的时间,刘大桂休息室里的报纸杂志和作废的打印材料就堆了一人高。刘大桂望着报纸堆,竟然流了眼泪。她是犯愁,愁这堆报纸怎么弄出去。与往常一样,遇到为难的事儿,她就给刘小桂打电话讨教。姐妹俩虽然都在北京打工,可是三五个月能见上面就算不错。过去在老家,两人所在的村子相隔十几里地,想见面说事骑上自行车半小时就到,事情急了,脚下用点劲,还能提前十分八分钟。有时候刘大桂给刘小桂打电话,刘小桂说正做饭,你过来吃吧。刘大桂到了地方,饭还在做着。北京多大呀,南五环到北五环,坐地铁和公交车少说也得半天。再说两人都忙得晕头转向,时间也不好凑到一起。她打通了刘小桂的电话,可是电话没人接听。

过了一会,刘小桂回电话了。刘大桂这时却在走廊里。她不敢接听,怕让别人听见了说她偷报纸杂志。刘小桂是个急性子,刘大桂不接电话,她顽固地一遍遍打。刘大桂无可奈何,只好钻进女卫

第十九层

生间里接她的电话。你又不是马上生孩子，啥事这么急啊？

刘小桂火了，唏，是你先给我打的电话，问我啥事？没事挂了啊！

刘大桂忙说，别挂别挂，我找你有事。接着，她把自己收了一堆报纸杂志，没办法运出去的事告诉了刘小桂。她说，我不怕累。我能一个人扛出去。可，可别人看见了会不会……

刘小桂在电话里就跟她急了。哎哎刘大桂，你不是干保洁的吗？旧报纸杂志都是废旧品，清理这些废旧品是你的职责你的工作，你大大方方往外扛呗！

刘大桂说，不，不是的。我是要扛出去卖了赚钱。

刘小桂沉默了。刘大桂却急了，唏，求着你了不是？过了片刻又说，你是我亲妹妹，我不求你求谁呢？

刘小桂平静地说，刘大桂你听我劝，这事你不能偷偷摸摸。我知道你是不想让第二个人知道，但那可能吗？

刘大桂说，那你说是不是我要满世界张扬，让人人都知道我把公司的报纸杂志拿出去卖。

刘小桂有点不耐烦了，你做啥事怎么不动动脑子？要是人家知道你拿出去卖钱，肯定让你把钱交公。你常挂嘴边的那个蒋秘书肯定会第一个那么做。要是大伙都觉得有一堆旧报纸杂志扔那儿碍眼，说你保洁工作没做好……

刘大桂说，那样我不得被公司开除？我在哪儿干活还没有人说我不是呢。

刘小桂火了，要是领导赶着你处理掉呢，你不就……

刘大桂嘿嘿笑了，明白了明白了，你姐也不是榆木疙瘩。

刘大桂放下电话就开始在那堆报纸杂志里挑拣。她把日期过了几个月、有些发黄发旧的报纸杂志专门挑出来打好捆放在一边，打算十一点时拿到走廊上去。可是她自己左看右看觉得不对劲。你都已经打好捆，那不就是准备拿出去了吗？谁还会提意见。于是，她又把绳子解开，将原来摆放整整齐齐的弄散乱了。她想想，觉得还不够，又把垃圾袋打开从里边掏出些垃圾胡乱塞在报纸杂志堆里，有空方便面桶子、破塑料盒子、快递袋子，还有卫生间用过的卫生纸……这样一掺和，让那堆放报纸杂志既碍观瞻又散发着淡淡的霉味。唏，谁不捂着鼻子躲着走才怪呢！她得意地笑了，心里说，刘小桂呀刘小桂，你姐一点不比你笨！

刘大桂并没有马上把那堆报纸杂志垃圾搬到走廊里。她在等待时机，就像一个农妇在等待庄稼成熟。她也没有坐着等待，而是提着水桶，拿着抹布到会议室里去做保洁。早上，她已经做过会议室的保洁，上午并没有人用会议室，所以她完全是在做样子。谁不会做样子呢？她想，蒋秘书和公司办公室那几个人不会做样子呀？马总在分司的时候，马总多晚下班，他们都在等着，而且一个个忙得不可开交。马总不在公司的时候，他们还不是到点就走。如果哪天马总晚上有活动，下班时走了，他们最多等马总乘坐的电梯到了楼下就匆忙离开。我刘大桂不就是来到这十九层后跟你们学的？！

刘大桂！小刘……刘大桂听出是张副总在叫她。她到了门口，又停下了脚步。这老头，八成又是让我去给他刷烟灰缸。他抽烟厉害，用的烟灰缸口像碗口那么大。白色陶瓷烟灰缸四圈和里边全都被熏黑了，积了厚厚一层烟油，变得黑不溜秋。刘大桂第一次帮他刷洗烟灰缸，用了大半天的时间，费了很大的劲，又是清洗剂，又是洗衣粉，还加了盐，光刷子刷还清洗不干净，她就用手指一点一点地抠，大拇指甲都抠出了血。烟油味儿熏得她几次想呕吐。

张副总经理见桌子上摆了只白色烟灰缸,眯着眼好奇地打量了一会,拿在手里又看了看,把刘大桂叫过去,很认真地对她说,小刘呀,我那个烟灰缸还能用,不要给我换新的。再说,买这新烟灰缸公司不能报销吧?多少钱,我给你!说着,手就往腰包里掏。

刘大桂扑哧笑了,张总,这就是你原来的烟灰缸。我帮你清洗了一下。

张副总经理说,噢!他戴上老花镜,仔细地看了看,是,是我那年出差在景德镇买的。十年了,你让它脱胎换骨变年轻变漂亮了。谢谢啊小刘!

刘大桂心里想,我现在还想吐呢。表面上,她却谦逊地笑笑,张总您千万别客气,这是我该做的。又温柔地说,张总,您少抽点烟,烟抽多了对身体健康不好。

张副总经理很快就安排后勤主管给刘大桂送去了护肤护手用的这油那油,全是刘大桂没见过的。她拿了一瓶送给了刘小桂。刘小桂嫉妒地说,唏,你刘大桂行啊!一个领导送你烟,一个领导送你油,你怎么那么招人喜欢呢?弄不好,哪个领导一高兴送你一套房子,看你敢不敢要?!刘大桂踢了刘小桂一脚,我可没你胆子大,什么梦都敢做!

刘大桂内心对油烟味有点恐惧了,所以听见张副总经理叫她,她犹豫着没答。张副总经理屋子里一上午都有人在讨论什么事,不时传出争执的声音。她想象得出那烟灰缸里烟头又堆积得满满的。还有一个原因是她已经知道张副总经理要退休了。啥叫退休,这一点她当然明白。退休就没权了。不怕你对我有意见,反正你过两天就从十九层消失了。

小刘,刘大桂!又有人叫她。她听出是蒋秘书,一点也没怠慢就过去了。蒋秘书指着一堆旧报纸杂志对她说,这是刚从马总屋子里整理出来的,你收拾收拾。

刘大桂喜出望外,连续说了几声谢谢,弄得蒋秘书一个劲朝她翻白眼。一个保洁工收拾旧报纸,还说谢谢,有必要吗?

刘大桂想了想,把从蒋秘书屋子里取来的旧报纸杂志直接堆在了电梯间旁边的过道上。然后,她回到休息室,又抱了一堆旧报纸杂志,和刚才那堆放在一起。她自己围着那堆报纸杂志看了看,皱了皱眉头,心想,嘻,你刘大桂都觉得碍手碍脚,味道也不好,更甭说那些年轻员工了。

果然,到了吃饭点的时候,有人就嚷嚷了。先是两个年轻的女员工在那扯着嗓子喊,怎么把垃圾堆在这儿了,难闻死了!接着是一起下楼的一群员工在那抱怨。有的说,保洁员干吗去了,这垃圾不应当堆走廊里。有的说,张总人还没走呢,卫生就脏乱成这样子,要是外宾来了多丢人……

刘大桂躲在女卫生间里,攒足了劲儿不出门。她在等待着机会。

刘大桂,刘大桂!韩副总经理叫她了。刘大桂朝额头上脸上洒了几滴水,对着镜子看了一眼,觉得还不像,又在头发上洒了几滴,这才手拎着拖把,慌慌张张地跑到电梯间。那儿站着十几个等电梯的员工。韩副总经理一脸怒容,两眼瞪得像灯笼,指着刘大桂训斥道,刘大桂这是谁放这儿的垃圾?你不知道咱十九层是文明单位吗?

刘大桂低着头,眼睛看着脚尖,尽量不让别人看出她的表情。

韩副总经理说,我限你一个小时内给我把这堆垃圾清理出去。要不然,扣你这个月的报酬。

刘大桂说,我错了我错了,我打算一会运走的……

刘大桂就这样顺其自然地把旧报纸杂志运了出去。

第十九层 129

报纸卖了钱,刘小桂说,你得给韩副总点。

刘大桂说,凭啥,他又没帮我干活!说着,她两手到处乱摸,好像要把装钱的衣袋捂上。可是她衣服上并没有口袋。

刘小桂生气地指着她的额头,刘大桂呀刘大桂,不是那个姓韩的给你指这条发财路,你两眼一抹黑能找到这路?

刘大桂不服气。他就说了普通普通一句话。再说了,那旧报纸杂志扔也是扔,我这是帮着公司清洁现场呢。

刘小桂说,唏,还普通普通呢,那叫普普通通。人家姓韩的可不是普普通通的一句话。再说了,那个姓韩的毕竟是公司头头,他再说一句普普通通别的话,你连一寸纸片也带不出公司。

刘大桂这下无话可说了。刘小桂说的那确实是理儿。

六

现代化高楼配备的是现代化设施,中央空调就是代表性的标志之一。中央空调一开,整个大楼冬天温暖如春,夏天清凉宜人。公司员工一年四季基本上都是西服革履,精精神神。刘大桂过去在路边停车场看车,冬天身上穿着厚厚的棉大衣,脖子上系着自己织的毛线围巾,嘴上捂着大口罩,脚上穿着棉袜棉鞋,不管有没有要走的交费的,也得不停地来来回回跑,停一会儿就冻得手脚发麻。夏天身上穿着短袖衫,头上戴着草帽,脖子上的毛巾一会儿就湿了,用手轻轻一拧,汗水哗哗地往下流。所以,她第一天进入十九层,心里由衷感叹自己从地狱一步上了天堂。看看,已经寒冬了,走廊里的绿树红花还春意盎然,丰富多彩。

张副总经理今天搬家。他的办公室要腾出来让给新来的副总经理。刘大桂弄不明白的是全公司只有胖姐一个人帮他收拾。胖姐有自己的工作，也是闲一点了过来帮帮手，忙了或者有人叫了又得去忙。刘大桂悄悄问胖姐，姐，别人都不伸手，你咋就……胖姐没听她说完，拍拍她的肩膀，动情地说，那老头毕竟为公司做出过不少贡献。不能让人家走了，以后不愿承认是咱公司的人。再说，张总对你也不薄呀！

听了胖姐的话，刘大桂的脸红了。事实上，胖姐说的一点没错。刘大桂能到十九层的公司来上班，固然有胖姐推荐，可胖姐没有批准权，批准她一步登上这个天堂的是张副总经理。胖姐带她去见张副总经理时说是面试，让她有个心理准备，能不能面试上要看运气。一直到上了电梯，刘大桂还战战兢兢地给胖姐说，姐，你再教我几句呗！胖姐拉着她的手亲切地安慰她，没事，张副总经理是个很好说话的老头。刘大桂一进张副总经理的门，就看见茶几上的烟灰缸。她二话没说端起来就向外走，到了走廊里转了几圈，既紧张又慌乱，一时不知倒在哪儿。胖姐追出来，把她带到卫生间才把烟灰缸倒了。胖姐悄悄地说，大桂你不挺有眼色吗？

回到张副总经理办公室，张副总经理随便问了刘大桂几个简单的问题。比如，孩子多大了，出来工作能离开吗？平时是坐地铁还是坐公交……接着就对胖姐说，带小刘去办个手续吧！

出了门，胖姐拍拍她的肩膀，夸奖说，大桂你行！

刘大桂不好意思地笑笑，我妹常教我说在北京这样的地方生活得有眼力见。可能是意识到自己有点得意忘形，又谦逊地说，姐你以后得多教教我啊！

刘大桂想到这里，心中的确感到愧疚。她对胖姐说，姐，张副总经理这边你甭管了，我保证把他高高兴兴地送走。说完，她一

第十九层

个人回了休息室。休息室里有一个银灰色的铁皮柜子，旧的，上下两节，是蒋秘书办公室"下放"的。当时，也是张副总经理安排放在她的休息室里，说是放点东西方便。她打开柜子，掏出一只书包，又从书包里掏出一个大牛皮纸信封，再从大牛皮纸信封里掏出一个小牛皮纸信封。那里边放着五十元钱。第一次卖报纸杂志，刘大桂得了三百多元钱。刘小桂问她公司有几个领导，她原原本本地告诉了刘小桂。刘小桂一边琢磨着一边帮她出主意。马总肯定不需要打点，因为马总看不上眼。再说人家马总还不知你是谁呢。刘小桂说，马总的秘书蒋秘书你得表示一下，哪怕给那个小姑娘买一张五十元钱的充值卡。韩副总经理那边你就送他盒烟，就一盒，一盒！刘小桂重复了几遍，不信你到时看，韩副总经理肯定很高兴。礼不在多少，在心意。张副总经理，你说不准，我更不了解，你自己琢磨要不要表示。就这几个够了。

刘大桂算了一下，如果按刘小桂说的做，得花去二百多元。她心疼了一阵子，最后想想，要是以后旧报纸杂志和纸箱包装袋一类的东西都归她，一年下来收入不少，咬咬牙照着刘小桂说的做了。

蒋秘书好像不太在意，接过刘大桂给的充值卡，看也没看，朝桌子上一丢，连声谢谢也没说。韩副总经理的确很高兴，把那盒烟拿在手上翻来覆去地看，边看边笑，对刘大桂说，小刘呀，我没看错你，你是个实在人。最后，把烟扔给刘大桂，你的心意我领了。不过你这盒烟我不能收，拿回去给你老公抽吧。

刘大桂不知道该给张副总经理买什么东西。刘小桂没教她给张副总经理买烟，所以她明知张副总经理比韩副总经理抽烟多，也没给张副总经理买烟。再说，一盒中华牌香烟五十多元，她也不想多花那几元钱。于是，她给张副总经理准备了一个信封。这个信封她之所以没有交给他，是她在反复权衡这个张副总经理马上退休，没有权了，管不了事了，我以后用不着他，甚至连续见面的机会也不一定有了……是胖姐的话让她心动了，决定把信封交给张副总经理。

张副总经理对刘大桂帮他收拾办公室心存感谢，已经说了不下十多次谢谢。刘大桂把信封放在他面前时，他大吃一惊。他摘下老花眼镜，上上下下打量了刘大桂一会，疑惑的目光让刘大桂有点局促不安。

张副总经理问，小刘，你给我的这是什么钱？

刘大桂答，是，是人民币！

张副总经理问，我知道是人民币。我是问你，你这钱是什么钱？

刘大桂愣了，是，是人民币！又说，张副总，我保证不是假钱。

张副总经理站起身，右手托着下巴，围着宽大的办公桌转了一圈，然后单刀直入地问刘大桂，我是问你这钱从哪儿来的？

刘大桂吃惊地睁大了眼睛，说，张副总，这钱是我给你的啊！她心里想，这老头真该退休了。看看，他都问了我些什么奇奇怪怪的问题呀！

张副总经理不再问了。他虽然还让刘大桂帮他收拾，但从那时起直到收拾干净，他要下楼走了，也没再和刘大桂说一句话。刘大桂感到惶恐不安的是，张副总经理把那个信封给她留下了。

第二天，刘大桂刚刚做完十九层的保洁，准备在休息室休息一会，胖姐过来找她了。胖姐说，大桂，跟我去一楼一趟。我有话跟你说。

刘大桂说，姐，在这说不行吗？

胖姐摇摇头。

刘大桂说，我下楼要给蒋秘书请假，我，我怎么给她说？

第十九层　133

胖姐说，你就给她说，我让你跟我到楼下帮我拿点东西。

刘大桂疑疑惑惑地跟胖姐下了楼。

这些年北京的城市绿化突飞猛进，街道两边的绿化带、微公园方兴未艾。刘大桂所在公司处于金融街中心一座大厦里，楼下既有广场又有公园。胖姐把刘大桂带到门口的公园里，开门见山地问，大桂，你昨天是不是给张副总经理一个信封？

刘大桂点点头。她疑惑地看着胖姐。

胖姐又问，里边是不是放了五十元钱？

刘大桂既没点头也没摇头。不过，她把眼睛转向脚尖，避开了胖姐严肃的目光。

胖姐说，大桂，咱姐妹之间没有不能说的话吧？

刘大桂说，嗯。

胖姐说，那你能不能跟你姐我说句实话，这是什么钱？

刘大桂没吱声。

胖姐急了，大桂，我就请了二十分钟假，你那边也有好多事等着……姐……刘大桂打断了胖姐的话，吞吞吐吐，断断续续把经过讲了一遍。她的想法很简单，我不能对胖姐隐瞒。当然她也有保留，而且保留的比说出的多。说完了，她坦然地望着胖姐，等待胖姐指点。

胖姐低着头想了想，果断地说，大桂，这钱你不能这样处理。第一，不能自己留下；第二，你没权分给谁……

刘大桂见胖姐说得很认真很严肃，一下子蒙了。胖姐拉着她的手，亲切地说，大桂呀，那些报纸杂志是公司花钱订的，是公司的资产，即使处理，收入也得公司说了算。你私自拿去卖了，钱装自己口袋……

刘大桂辩解说，没有，没有，我只留了几十元钱，血汗钱，辛苦钱。姐呀你是不知道，打捆是我一个人，拾掇是我一个人，在楼上往电梯里搬，到楼下从电梯里往外搬也是我一个人。

胖姐笑笑，说，大桂呀，你出的力再大，也不是你私自占有这笔钱的理由。举个例子说，小偷挖墙脚偷银行不提心吊胆，不出力流汗啊？那还是犯罪。

刘大桂扑通一声坐在水泥地上，几乎要哭出来了。姐，你别吓唬我。我，我这能叫犯罪？

胖姐说，我是举个例子。大桂你别紧张。姐会帮你想个办法，把这事给公司说清楚。

刘大桂皱了皱眉头。她心想，说了半天，胖姐你也有想法。她从地上爬起来，拍了拍屁股，诚恳地说，姐，你那份我给你留着呢，明天给你带来。

胖姐生气了，说，大桂你，你怎么这样理解呢？

七

刘大桂你这回动脑子了，理解对了！刘小桂在电话中夸奖刘大桂。你那个胖姐，不，是社会上所有人，有谁和钱有仇啊？

刘大桂心里得意，嘴上也张狂了。就是，平时看着人模人样，老拿好话甜哄人，谁知道也那么奸呢？她还吓唬我，说这是犯罪。唏，我也不是吓唬大的。说完，咯咯地笑了。

刘小桂沉默了一会，说，刘大桂你还别不当回事。你得小心点。不防君子得防小人。那个胖姐万一把你给告了……

刘大桂的心好像被吊了起来，那怎么办呢？我给她，她死活不要。

刘小桂说，你得找一个牢固的靠山懂吗？

刘大桂说，我哪有靠山，我的靠山就你。

刘小桂说，那个韩副总呢，蒋秘书呢，你得拉他们当靠山。有了靠山你就啥都不怕了。

刘大桂觉得为难，我一个保洁的，咋能挨得上人家呀？

刘小桂毫不留情地讥讽道，你不是挺有本事吗？你不是把你那个恩人胖姐都说得面红耳赤说不出话吗？办法还是你自己想。说完，挂断了电话。

刘大桂一时没有主意。过去，她拿不定主意的事可以问胖姐。可现在自己把胖姐给得罪了，怎么好意思去找人家？再说找靠山这种话更不能对胖姐说。她苦苦想了一天，晚上回到家睡觉还在想，身子像翻烙饼一样翻过来翻过去，幸亏她老公这个月在工地上值夜班，否则她这样在床上折腾准挨耳光。

第二天早上，刘大桂在韩副总经理办公室快要做完保洁时，韩副总经理来了，手里拎了个塑料袋，里边放着一杯奶一个鸡蛋两根油条。刘大桂一看就明白韩副总经理没吃早饭。她赶忙帮韩副总经理收拾桌子，又帮着剥鸡蛋。韩副总经理说谢谢你大桂，接着又问她，最近没啥烦心事吧？刘大桂一听这话，突然来了灵感，有了主意，呜呜地哭了。趁着韩副总经理发愣，她装着害羞，从茶几的餐巾纸盒子里抽出两张，用茶几上的几滴水沾湿了，转过身子故意让韩副总经理看着扔到垃圾桶里。

韩副总经理问：小刘，你怎么啦？

刘大桂突然出其不意地跪在地上，泣不成声地说，韩总啊求求你救救我啊。

韩副总经理惊讶地看着她，没说话。

刘大桂想起在老家曾多次亲眼看见过那些妇女遇到难题诉求时的情景，有的在地上打滚，有的一把鼻涕一把泪，有的死死抱着求助者的大腿……她跪着向前几步，伸手就去抱韩副总经理的大腿。韩副总经理吓得从椅子上跳起来，往后退了几步，用椅子挡住了刘大桂，惊慌失措地摆着手，刘大桂你别这样，让别人看见了多不好！有什么事你站起来说，站起来说，我要能帮你一定帮你。

刘大桂没站起来，仍然跪在地上，抹着眼泪告诉韩副总经理，张副总经理嫌她给得少，威胁她要给她定贪污罪……她没有提胖姐，因为她知道胖姐与韩副总经理关系也不错，韩副总经理随时会叫胖姐来问话，那样她编的瞎话就容易被揭穿。张副总经理已经把办公室交了，肯定轻易不会再来公司。他和韩副总经理一直磕磕碰碰，不会因这事去问张副总经理。

果然，韩副总经理耐心地听刘大桂讲完，猛地拍了下桌子，扯淡！你是在尽职尽责做好公司的保洁工作，怎么叫犯罪呢？要说犯罪是他姓张的犯罪。堂堂一个公司的副总，领导，还是党员，伸手要人家一保洁工的血汗钱，钱少了还威胁你！这，这……

刘大桂心里得意地笑，表面上却还是战战兢兢，恐慌地问，韩总，我，我这真不是犯罪呀？

韩副总理推开椅子，伸手去拉刘大桂。刘大桂趁机猛地站起来，装着站立不稳，一个趔趄倒在韩副总经理怀里。虽然韩副总理往后一退闪开了，但她从韩副总经理有点慌乱，又有点惊喜的眼神中读到了点意思。一个男人如果对一个女人动了心思，在没有得到这个女人认可或者同意的情况下，心里慌张，眼神也必然慌乱。刘大桂清楚，自己的身份是个保洁工，但也是个有几分姿色的女人，

第十九层　137

尤其是自己线条分明的身材，高高隆起的胸，多次被韩副总经理的目光扫荡过。她曾经问过刘小桂，你说韩副总经理是不是打我的坏主意？刘小桂哼了一声，那叫坏主意呀？对你来说是好主意。你要真能和他有一腿，你就有福了。她当时十分生气，还骂刘小桂不要脸。我咋能做这种对不起我老公的事。刘小桂反过来骂她傻，你以为你老公是啥好东西？你来北京之前，他找过站街的；这二年他和一个车场看车的相好，你也不是不知道！刘大桂当时被刘小桂骂哭了。刘小桂抱着她，抚摸着她的脸，称赞地说，看看你也细皮嫩肉水灵灵的，挺招男人喜欢。你年龄是大了点，三十好几了，可是在五十好几的姓韩的眼里你还年轻着呢！

韩副总经理可能意识到自己的表现会让刘大桂多想，马上坐回到椅子上，点燃了一支烟，恢复了常态，认真地对刘大桂说，大桂你放心吧，你不要怕姓张的姓王的姓刘的说三道四，这事归我分管，只要我没通知你停下来你就继续做。有风有雨我给你挡着。

刘大桂又扑通一下跪在地上，而且发出咕嘟一声响。这次她是发自内心地感谢韩副总经理。

第二天韩副总经理上班时，桌子上放着一杯牛奶两只鸡蛋和两根油条。他抿着嘴笑了笑，左手拎起茶几上的热水壶，让热水壶身子稍稍倾斜，不至于溢出水来，右手去摸底层那个铜圈。当时如果有台摄影机录下他的表情，播放出来一定会让人们惊叹。他双目紧闭，眉头一皱，表情庄重，摸着铜圈的手轻轻转一圈就微微睁开眼睛，目光流露出轻松和快感。那个过程大约有两分钟时间。放下热水壶，他长长地舒了口气。但是，他没有动桌子上的早餐，而是吃的自己带的早餐。吃完，他把刘大桂叫来，对她说，小刘呀，这份早餐你拿去吃吧。

刘大桂说，韩总，这是我给你买的。

韩副总经理笑笑，我知道，我知道。谢谢你小刘！明天，明天我就不买早餐了。

刘大桂从韩副总经理办公室出来，心里有些隐隐不乐。成心每天让我给你买早餐啊？一天十几元钱，一个月就好几百呢。这旧报纸杂志纸箱子能一个月能卖几个钱？真黑！她开始怪刘小桂。你刘小桂教我的啥法子呀？赔本的买卖。哼！

胖姐已经两天没见了。刘大桂心里挺想她，过一会就找个理由到胖姐办公室去看一眼，或者找个借口打听一下胖姐的去处。她总觉得对不起胖姐。她想给胖姐打电话，发信息，又不知说些什么。她把心思给刘小桂说了，刘小桂劝她，咱这些来北京打工的，就是挣钱，不是处朋友认亲戚。她现在对你反感了，烦你了，你也没必要对她那么一往情深。表面上说得过去就行了。刘大桂说，我老觉得心里对不起人家。刘小桂说你咋对不起她？没听她的话是吗？听了她的话你挣不了"外快"了！刘大桂说，噢，我知道了。话是这样说，她还是惦念胖姐。今天，从蒋秘书那儿，她终于了解到胖姐的下落。

上班后不久，蒋秘书把刘大桂叫到办公室，递给她一个装着现金的信封。刘姐，你去买几节五号电池。钱，我先给你，你到胖姐那报销了再还我。

刘大桂说，胖姐不在。

蒋秘书看了刘大桂一眼，她去开会了。上级最近分给公司几套房子，马总让她和新来的副总去会上听听，把政策带回来。今儿下午就回来了。

刘大桂说，噢。我说咋两天没见她呢。

刘大桂上了电梯，正巧公司有两个员工也上电梯。那两个员工议论的正是公司分房子的事。一个说，听说了吧，这回给咱公司五套房子，在东四环。你打算申请换房吗？另一个说，我不想换。那地方过去是化工基地，还发生过泄漏，水质特不好。再说还是经济适用房，住那院里出出进进脸上都不好看……

刘大桂心想，还挑三拣四呢，俺们在西南五环外郊区租间平房，十几平方米住了老老少少一大家人，上个茅厕得跑半里路，俺婆婆去年冬天一个下雪的晚上去茅厕的路上滑倒了，摔断了腿，住了几个月的医院，花去了大半年的房租……

这时的刘大桂只是心里感到愤愤不平，但是怎么也不敢想公司的房子和自己有缘。

八

一连几天，十九层的那家公司员工议论的主要话题是房子。在电梯中、卫生间里、走廊上、杂物间，而这些地方恰恰是刘大桂出入或者待得最多的。那些员工不回避她，因为她不是公司正式员工，没有参与竞争的资格。刘大桂开始也没留心没在意。你刘大桂算老几呀，关心那么多事就不怕老得快？

第一榜公布出来了，有蒋秘书、胖姐。刘大桂听员工议论，蒋秘书的房子最好，是本系另一家公司的一个领导新调换房子退下的，虽然有七八年了，可是位置在北二环和北三环之间，楼层、朝向、小区环境、物业管理都很理想。表面上，蒋秘书却装着不满意甚至很委屈，在人们面前，脸上几乎看不到笑容，偶尔还发几句牢骚。可是刘大桂到她办公室去做保洁时，看见她满面春风地在给一个朋友通电话，声音也得意扬扬。我已经去看过了，到底是领导住过的，装修没得说，不需要再重新装修了，提包入住……

胖姐的的确确不满意。她到刘大柱的休息间来给刘大柱诉苦，说着说着眼泪就掉下来了。大桂你评评理，论年龄我比她大十几岁，论工龄我比她长十几年，论职务我好歹也是中层……她不就是在领导身边，给领导服务得好吗？刘大桂听出胖姐在说蒋秘书，安慰她说，姐，你再找领导说说呗！

胖姐摇摇头，没用。马总拍的板，谁敢和她争？韩副总和其他几个副总哪个敢违了马总的意志？

没办法了？刘大桂小心翼翼地问。

胖姐沉默片刻，说，有办法。

刘大桂脱口而出：我说嘛，姐你也有靠山！

胖姐眼泪汪汪，情绪低落，叹息着说，认命。

胖姐告辞，刘大桂破天荒地没有送她，只是半掩着门说了句，姐你心放宽点。心里却嘲弄地说，这也叫办法？换了我，不认命，我跟他们玩命。

第二天，刘大桂听说胖姐办了入住手续。她见了胖姐，本想说句恭喜恭喜，话到嘴边又咽了回去。胖姐从她的眼神中看出了那层意思，好像有点儿不乐，把脸扭了过去。刘大桂后来去财务部收拾旧报纸杂志，别的人都跟她打招呼，只有胖姐头也没抬。

这天是刘小桂的第三个孩子过满月。刘大桂中午请了两小时的假去吃满月饭。瞅着空闲一点，她把胖姐的事简单说了，问刘小桂，胖姐咋对我有情绪有意见呢？房子又不是我分的。刘小桂指着她的额头，你呀你刘大桂，听听你说的话，看看你的眼神，别说胖姐，换我也接受不了。刘大桂惊讶地张大嘴巴，咋啦，咋啦？刘小桂说，你那是瞧不起人懂吗？刘大桂感到委屈，我没有呀。我是同情她。刘小桂十分肯定地说，你同情就是瞧不起人！胖姐堂堂一大国企的财务主管，连你一个保洁工都去同情，她面子往哪儿搁？刘大桂恍然大悟，拍着脑门儿直后悔，我咋就想不到呢！

刘大桂回到十九层，看到很多人还在午休。胖姐也在办公桌上放了个厚实的垫子，额头抵在垫子上睡着，两肩随着呼吸不住地颤动。一个女孩没有午睡，却全神贯注地盯着电脑玩游戏，没有在意她。她悄悄地走到胖姐那儿，放了几块喜糖，又悄悄退了出去。

刘大桂刚回到休息间，手机的信息提示音响了。打开一看，是收旧报纸杂志的那人，说是已经到了楼下，给她送钱的。半年多过去了，刘大桂从卖旧报纸杂志那一项的收入就超过了万元。其实，她老公要是继续坚持做，两万都不止。一开始，是她老公怕钱让别人挣了去，非得要由他直接送到废品收购站，说那样少了中间程序，钱会多挣些。可是一个月没到，也就送了两趟，她老公又不愿干了。嫌脏。她只好找了个收废品的，由她送到楼下，那人送到废品收购站。那人每回都说是和她五五分，她压根就不信。刘小桂也不信。她老公更不信。她老公说，少给你两个倒无所谓，多给你相反有问题了！刘大桂没有独吞这份"外快"。蒋秘书那儿每月一张充值卡，由原先的五十元一张，涨到了一百元一张；韩副总经理不让她给买早餐，她按照刘小桂出的主意，给韩副总经理上中学的女儿换书包、交上网的费用。胖姐后来没再提及过此事，所以她也一直没提过。今儿，那个收废品的一把手给了她三千多元，说是两个月的。这两月废品的确比过去多了，因为前几个月进了一批年轻员工，女孩子占多数。这些孩子喜欢网购，每天大大小小的纸箱子堆积如山。刘大桂学聪明了，只要没撕破的纸箱子，用点时间折叠一下，拿出去卖的价格比废品高。尽管加大了她的工作量，但是她乐意。

蒋秘书，我出去一会，去移动营业厅办点事。刘大桂去给蒋秘书请假。蒋秘书点点头，表示同意。在刘大桂出了门，快到电梯口时，蒋秘书追了上来。刘姐，蒋秘书低声说，别买卡了，你在营业厅直接让他们给充到手机上就行了。

刘大桂点点头，说，明白。她上了电梯后，心想，这小妮子，鬼点子倒不少，做事也小心，怪不得马总喜欢她。

这些年，做生意最精明，网点开得最多的是银行和移动。只要城市里建起一片商业高楼，这两大家就会贴上去、粘上去，所以很多商业大楼的底商基本上被这两家垄断。移动在楼下就有营业网点。刘大桂给蒋秘书的手机充了钱，又买了两张上网卡，看看手里还有二千八百元，心里喜洋洋的。没想到，一个不幸的消息突然降临：她老公来电话说她家租用的平房失火了，虽然消防队及时赶到灭了火，损失不算太重，但房子不能住了。刘大桂哇的一声就哭开了。

刘大桂请假赶回西南五环外租房的家。她老公带着两个孩子垂头坐在大杂院的水泥地上，身边堆着从屋子里抢出来的乱七八糟的东西，有的焦糊味儿还没散尽。她一屁股坐在他们身边，搂着两个孩子就哭。哭罢，她问她老公，那咱住哪呀，总不能带着孩子住露天吧？她老公没好气地说，你问我，我问谁去？我上班那个单位肯定不会管。我和人家合同都没签。刘大桂说，我也是一临时工，做保洁的，公司也不会管。两人一时都沉默了。

好在那排平房失火的原因不在刘大桂家，所以她家不用承担什么责任，也不用赔偿房东，可是房东更不需要赔偿她家这样的外来人口租房客。刘大桂给刘小桂打了个电话。刘小桂说，你手里今天不是有几千元吗？该吃就吃该喝就喝，先带孩子下馆子，再到附近

第十九层　143

的快捷酒店住一晚。我晚上过去看你。

刘大桂这次听了刘小桂的,带着孩子到附近一家小饭店,花了二十多元钱点了两个小凉菜和四碗炸酱面。她刚刚吃了几口,胖姐电话来了。大桂你在哪呀?我刚听说,急死我了。是哪家不小心惹出这么个祸?家人没事吧?没事就好,我就放心了。你千万别着急上火。有什么事给姐说啊!胖姐迫击炮似的又是问号又是句号再加感叹号,几乎没给刘大桂回答的机会,只好连连说谢谢,谢谢!等胖姐挂断电话,刘大桂心里突然生出一计。她没有告诉她老公,也没有像过去那样遇事给刘小桂打电话,让她帮着拿主意。这一回,她下决心自己帮自己拿主意。

第二天一上班,十九层的员工发现保洁工休息间门前铺着张席子,上边睡着两个孩子。隔着门缝看去,狭小的休息间被乱七八糟的家当塞得满满的,几床被子就扔在走廊里。

有的说,怎么了,咱十九层成家属宿舍了?

有的说,不是家属宿舍,是保洁工的家搬进来了。

有的说,太不像话,这是办公地点,不是露天广场。

有的说,露天广场也不允许住人……

马总办公室的门紧闭着。韩副总经理的办公室门开着,但里边是保洁员刘大桂在忙碌。胖姐在门口停了片刻,好像有话要对刘大桂说,看见刘大桂大颗大颗的泪珠掉在地上,又把话咽了回去。

临近下班的时候,蒋秘书才把刘大桂叫到小会议室,郑重其事地对她说,刘姐,这是公司办公的地方,你不会打算在这儿安家吧?

刘大桂抹着眼泪,抽泣着说,孩子他爸回老家了,我这边工作忙得不可开交,还没来得及去租房子……

蒋秘书皱起眉头,严厉地说,那也不能搬进公司来!别说你一个保洁工，正式员工也没人敢这样做。

刘大桂说，那怎么办呢？要不，我带孩子睡广场上吧？

蒋秘书厌烦地一个劲儿摆手。那怎么行？咱这大厦加上周边几座大厦上百家公司几千员工，要是人家知道你是咱公司保洁员，那不是破坏公司形象吗？

刘大桂说，那我们娘几个就先在这休息间挤挤住下……

蒋秘书火了，不行，坚决不行！刘大桂我告诉你，到了下班时间你还不搬走，别怪大厦保安人员采取强制措施啊！

刘大桂早已想好了对策，此刻也板起了面孔，认真地说，蒋秘书你们要那么做就是把我们娘几个朝死路上逼。那我也告诉你，我抱着孩子从这十九楼跳下去……

蒋秘书一下子愣了，惊诧地望着刘大桂，好像第一次见到她。年轻的蒋秘书怎么也想不到，平日里温顺、谦恭，说话都轻柔的保洁工，竟然变得粗野、蛮横起来。不知是气还是急，她脸色苍白，浑身颤抖，猛地用劲把刘大桂推了出去，然后重重地关上门。那砰的一声可能太响太沉重，引得很多人探头探脑地向这边张望。

刘大桂豁出去了，干脆把钢丝床架起来，床头在休息间里，床尾在休息间外，一米五宽的过道让床尾占了一半。

马总的门依然关着。韩副总经理的门也关上了。

九

总得让他们一家有个过渡期缓冲期吧！胖姐恳切地对韩副总经理说，她真抱着孩子从楼上跳下去，咱公司怎么也得承担点责任。万一媒体一炒作，公司的损失不更大了？

韩副总经理慢腾腾地抽着烟，眼睛盯着桌上的热水壶，脸上的表情非常平静，好像没有什么事儿一样。过了一会，他才问：你给马总说过了？

胖姐点点头，说了。马总说这事给你说就行。

韩副总经理说，哦，是这样啊。反正公司把房子给你了，是你的。你愿意借给刘大桂住几天住几个月，那是你们两人之间的事情。你让公司表态，公司咋表态？

胖姐说，我就是给领导说一声，让大桂娘几个先住那，等她老公回来找到了房子再搬走。我不收一分钱。但是我怕有的人说我租给大桂用的……

韩副总经理没等胖姐说完就不耐烦了。行了行了，公司不管这事。不过，我有言在先，万一刘大桂不搬走，常住了，你可别让公司给你担着或者帮你赶人啊！

胖姐笑了，韩总，你觉得大桂是那种人吗？

韩副总经理淡然一笑没有回答。

胖姐把自己的房子借给刘大桂用，而且不收一分钱房租。这事让刘大桂感激涕零，眼泪就像山洪暴发，毛巾、袖子、巴掌都用上了，怎么也堵不住。她的腿弯了几次想跪下来，都被胖姐拦住了。胖姐也哽咽着说，大桂妹妹咱是姐妹。哪有姐姐看着妹妹有难不帮的道理。姐现在住不上那房子，你现在又没房子，权当你帮我看着房子吧！等你家找到房子再还我！

两个月过去了，刘大桂家没找到房子。她一遍遍诚恳地对胖姐说，姐，找了，老找不到合适的，不是价钱贵就是交通不方便。我给我老公说了，再找不到合适的房子，我们就到河北固安去找……

胖姐说，那怎么行！那你一天时间都在路上了。你先住着，我又没催你。

又过了两个月,有同事在胖姐面前提醒她,那个保洁工是不是想占你的房子?胖姐笑笑,怎么会?话是这样说,她心里的确有点不安。后来听说刘大桂把公公婆婆也接来住了,她心里发毛了。不开口也不行了。终于有一天,胖姐给刘大桂挑明了。大桂,你家房子找到了吗?我们想搬过去住……

刘大桂说,姐,我在努力找呢!你能不能再给我一个月的时间。她伸出一根手指比画着,坚定地说,就一个月!

胖姐无奈地说,那就一个月吧!说定了啊大桂。

让胖姐怎么也想不到的是,半个月后刘大桂突然辞职了。蒋秘书打电话找她,手机关机。胖姐打电话找她,手机已欠费停机。胖姐这才隐约感觉到一种危机在临近。这天下班以后,她直奔房子所在地。小区门前的大街上,有一个农贸市场。胖姐看见一个好像刘大桂的妇女在买菜,匆忙赶了过去,那人却头也不回,急急忙忙地走了。胖姐到了门口敲门,里边没有回应。过了一会儿,隔壁一家的邻居回来了,低声对胖姐说,这家从来敲不开门,但家里从没断过人。

胖姐一边比画着刘大桂的模样,一边问是否这人住在这里。那个邻居点点头说,可凶呢!看人的眼光都像刀片能割破人脸皮。反正这层楼的人不知道她的来历,不知道干啥的,谁也不和她家来往。

胖姐的心越来越沉重。第二天,她找到韩副总经理,把所见所闻和自己的担心如实说了。韩副总经理一边漫不经心地听着,一边若无其事地摆弄着打火机,自始至终都没抬头看胖姐一眼。直到听见胖姐抽泣,他才长长叹息一声,说,给马总汇报一下,听听他的指示。他是一把手,办法比我多。

胖姐排了两天队才够上给马总汇报。马总听得很认真,一会皱

第十九层

眉头，一会敲桌子，神情也从平静发展到愤怒。蒋秘书在一旁做记录，手中的笔不停地飞转，笔尖摩擦着纸的沙沙声表达着她心中的不满。可是，马总听胖姐说完沉思了一会，却冒出一句让胖姐哑口无言的话。马总说，她没说不还你房子吧？你也没和她签过合同明确借住时间吧？

胖姐只好点点头。

马总说，那你再找她谈谈。这房子是公司分给你的，是你的房子。你当初自愿借她住的，公司不好出面解决这个问题。

胖姐又忍了一个月。一个月后，她请了一周的事假，专门在小区大门口堵刘大桂。她想刘大桂不可能不找工作不上班。果然，第二天晚上九点多，她在小区门口堵住了刘大桂。她刚开口叫了一声大桂妹妹，就被刘大桂粗暴地打断了。刘大桂说，我不是你妹，是你的冤家。咱俩是冤家路窄。你不是到马总韩总那儿告我侵占你的房子吗？世上有姐姐这样告妹妹的吗？

胖姐觉得不好意思，赶忙赔礼道歉，说，大桂，姐也是着急没办法呀！

刘大桂嘲讽地说，马总韩总怎么没派人来帮你赶我呀？韩总还让我安心……

胖姐惊讶地张大了嘴巴。

刘大桂故意显摆，说，你觉得韩总对你好？那不假。可是韩总对我也不错。给你说吧。韩总那热水壶底的铜圈有秘密，只有我一个人知道。

胖姐摆摆手说，我不想知道。我就想知道你什么时候还我房子？

刘大桂不假思索，脱口而出，我还给你明说了吧，这房子我得接着住。

胖姐小心翼翼地问：那，那你打算住多久？

刘大桂理直气壮地说，看吧，看情况。我公公婆婆现在行动不便，下不了床，总不能因为搬家把二位老人折腾死吧！说完转身上了电梯。

胖姐两腿发软，一屁股坐在地上。

第二天，公司的员工就知道了胖姐找刘大桂和刘大桂的态度，都感到十分愤慨。有的说，一个保洁工怎么那么狂妄，敢占正式员工的房子不还？有的说，告她去，让法院赶她走！有的说，要真是她家公公婆婆出了人命，那谁担呀？有的说，一个国企大公司，竟然对一个保洁工束手无策。有的说，房子是胖姐的，公司怎么去要……

胖姐几经周折找到了刘小桂，想让刘小桂劝劝刘大桂把房子退出来。刘小桂在电话中大发雷霆，胖姐你是好人，对大桂好，我都知道。刘大桂过去到现在没少了夸你。她这样做太不合适了。我给你说，你找几个人到那去，先礼后兵。她要硬是赖着不搬，你就把她从十九层扔下去！

胖姐哭了，心里说，这姐俩一个比一个心狠。我把她从十九层扔下去，她死了，我还能活成吗？唉！

几年过去了，刘大桂一家依然住在那个房子里。胖姐有时到楼下站一会儿，无奈地转身离去。她对别人说，再等等吧，等两年我儿子要结婚时才找她要，她到那时怎么也得还我吧？

听的人笑笑。

那套房子也在十九层……

想要快速了解《寸土寸金》故事梗概？
获取本书【高效阅读】服务方案

● 微信扫码，根据指引，马上定制体验

北京上午九点钟

一

唏，亏你想得出来，让我收垃圾！二泉不满地对大泉吼起来，我抛家别子来北京是挣钱的。你当着处长，住着宽敞的三房一厅，开着几十万的小轿车……

大泉手指着二泉的额头，你挣钱还挑三拣四？

二泉说，你在楼上吃喝拉撒睡扔了的垃圾包括擦屁股的卫生纸都让我去给你捡。你不要脸，我还要脸呢！

二泉你喊什么喊？大泉的声音也很高。你以为这捡垃圾收破烂的事是谁想干就干的？给你说吧，你知道上个捡垃圾的走的时候带走多少钱吗？

二泉哼哧哼哧地直喘粗气。

大泉伸出两根手指头，不容置疑地说，一辆汽车，还有老家盖了栋新房子。我帮他算了算，少说也得三四十万。

二泉眼睛瞪得像熟透了的葡萄，你，你骗人！捡垃圾收破烂成了好事？让你这么说人人都抢着干啊？

大泉说，是呀，你以为那么容易？我给小区物业经理两条软中华，加上我这个业主单位行政处长的面子，他才答应让你干。他轻轻地饮了一口酒，接着又说，二泉我告诉你，你千万不能说认识我，否则，会有人告我利用职务影响力为自己弟弟谋私利。

二泉举起酒杯，一仰脖子喝了个底朝天，不服气地说，在北京当处长的哥哥给自己的亲弟弟找了个捡破烂的事，还以权谋私？那我就不给你添麻烦了，我不干！

场面一下子僵持了。兄弟脸一个脸转向东，一个脸转向西，谁也不搭理谁。小酒店里没装空调，只有一台吊在房顶的电风扇。那台风扇好像患了重感冒，吭哧吭哧地喘着粗气。二泉几次抬头看那电风扇，心想，北京这熊地方，电风扇还不如俺们家的管用呢！过了一会儿，服务员来上菜，兄弟俩才不约而同地转过身，又脸对脸了。大泉到底比二泉大几岁，又在大机关待了多年，修养比当弟弟的二泉好一些。他主动给二泉夹菜、倒酒，但口气依然不容改变。他说，二泉你好好想想，再给你媳妇商量商量，我等你信！

二泉低着头喝酒，没有开口。他心里想着是大泉不会哄他。毕竟是亲兄弟。大泉从上高中就离开家，父母双亲是二泉在照料，母亲病重卧床几年，也是二泉在床前服侍，几乎没让大泉操心。再说，他到北京来也是大泉一次次劝来的。可是，他又一下子接受不了大泉这样的安排。千里迢迢跑到北京投奔当处长的哥哥，可哥哥给找了份捡垃圾的工作，怎么给媳妇交代给乡亲交代？他一连又喝了几杯酒，有点儿醉意了，又对大泉说，反正我是奔你这个当哥哥来的，你一个当官的不怕丢人现眼，我这个老百姓还怕什么？

大泉见二泉有点心动，安慰他说，你放心，不出半年你就再不会说这种话了。

三天后，二泉走马上任了。他干活的工具是一辆电动垃圾车、一把铁铲子、一把铁抓钩，穿戴也很奇怪：蓝布长褂、草帽、墨镜、手套、口罩，脖子上还挂了个环保标志的牌牌，和大街上来来往往的人们相比，地地道道一副20世纪七十年代在城里干杂活的农民打扮。按照大泉指点的方向，他先到物业报到，领取了进门卡。这是一个高档小区，管理相当严格，进出都要刷卡。但是门口留着小平头的保安让二泉感到不舒服。小平头先是打开窗户，盯着二泉的眼睛，恶狠狠地问二泉，干什么的？二泉一时回答不上来。他既不想说是捡破烂的，又找不到合适的词。总不能说自己是收电费水费的吧？

小平头用怀疑的目光上上下下打量了他一会，推开门走出来。他的右肩膀往下倾斜时，二泉才发现他的腿脚不灵便。小平头看了看二泉脖子上的牌牌，疑惑地问：新来的？二泉点点头。小平头又问：搞卫生的？二泉又点点头。小平头挥挥手说，去吧！二泉走出几米远，小平头又冲着他的背影喊道，小心点，别弄一地垃圾。二泉好大的不悦，在心里骂了句，去你妈的！

这个小区有两栋楼。高的那栋二十五层，矮的那栋十二层。在每栋楼下，都并列摆放着三只绿色的垃圾箱，上边分别写着：厨卫垃圾、普通垃圾、再利用垃圾。二泉心想，这北京到底是皇帝老子住的地方，垃圾也分三六九等。边想，他开始边干起来。大泉给他说过，这个小区收垃圾的一般上午九点才能进来，因为那个时间该上班的都已走了，而他们大都是上班走时把垃圾顺便带下楼。大泉的媳妇、二泉的嫂子也说过，她每天几乎是第一个上电梯，电梯里味道还不太差，要是过了八点半，她一边说一边下意识地捂鼻子，那电梯就不敢进了，酸味、臭味、辣味……五味俱全，熏得人睁不开眼喘不过气。果然，几只垃圾箱里都塞得满满的。刚打开一条缝，他马上又盖上了。垃圾箱里的气味呛得他直咳嗽，尽管他戴着口罩也觉得受不了。妈的，北京人吃得拉得啥玩意儿？那一刻，他对大泉不禁又有些不满。骗人，就这垃圾能挣着钱还怪呢！

这时，一位戴鸭舌帽的老头拎着只塑料袋步履蹒跚地走过来，盯着二泉看了一会，笑了，小伙子，新来的吧？

二泉点点头，开玩笑地说，大叔，我不是小伙子，是小伙子的他叔了！

老头哈哈大笑，声音很爽朗，说，你是小伙子他叔，那我就是小伙子他爷爷。我姓杜。你前边还有你前边前边那两小伙子，有时还到我家里帮我拎垃圾。你记住了，我住十八楼，上了楼梯右转一直走到头，白色的门。那一层只有我家的门是白色的。

二泉说，我记住了，杜叔。

杜老头答应道，哎！又高兴地笑了，说，你忙吧，我到门口溜达溜达。走了几步又转回身，把垃圾袋放地上，自嘲地摇摇头。

二泉想先把杜老头放在地上的垃圾袋收到车上。他打开看了一眼，惊奇地睁大了眼睛。原来，杜老头的垃圾袋里有一只红木烟斗。那是一只有年份的烟斗，历经过去的岁月和主人数次的抚爱，烟斗的底部和身躯已经变得发亮，能映出二泉的眉毛、眼睛。二泉虽然不识那只红木烟斗的实际价值，但也意识到是一件好东西。他马上想到可能是杜老头不小心丢在垃圾袋里的。他拣出来，用蓝布大褂擦了擦，随手装进口袋里，准备见了杜老头还给他。二泉是个聪明人、有心人，他由这只红木烟斗马上联想到，垃圾箱里说不准可能还有其他人家不小心不留意扔的宝物，或者北京人认为从值钱已经变成不值钱的东西。这也许就是大泉暗示他的能使他致富的路径吧？二泉马上来了精神，也来了兴致，干脆连铁铲子、铁抓钩也不用了，两只手齐头并进插进垃圾箱里翻腾起来。一会工夫，高层楼下的三只垃圾箱全都倒腾空了。他用心地在垃圾堆里仔细地寻找

北京上午九点钟

了一遍却大失所望，除了几只矿泉水瓶子，酱油瓶子、咸菜坛子，没有什么值钱的东西。他快快不乐地蹬着三轮车到了矮层的楼下，又打开了那里的三只垃圾箱。这一回没有让他失望，在再利用垃圾箱里，他捡到一只小学生铅笔盒、一件破了几个洞的女用羊毛衫，那只羊毛衫还被主人用心地放在一只塑料袋里，好像预感到有人会收拾起来再利用。他在再利用垃圾箱里还拣了一副仅仅断了半条腿的花镜。他捡起戴了一下，度数正好适合自己，高兴地几乎要跳起来，心里却骂道，北京人真熊烧包！他想起母亲的老花镜，两条眼镜腿都折了，用皮筋拴起来代替，一直到死都那样戴着。

二泉兴致勃勃地蹬着三轮车往门外走。到了门口，小平头又出来了，直截了当地问他，哥们，有扔烟的吗？

二泉说，没有呀！又惊奇地问，谁会扔烟呢？

小平头说，有，经常有，还有整条扔的。

二泉大惊失色，是吗？

小平头说，哥们，咱不要见面分一半，你给哥留一盒行吧？

二泉点点头，要是有就都给你。

小平头歪着头斜着眼看了他一会，好像在琢磨他话中的含义。

出了大门，二泉还在想着小平头的话，心里直犯嘀咕，整条烟的扔进垃圾箱，会吗？

第一次二泉没有太大收获，不过，他却从大泉那里得到了新的信息。大泉告诉他，高层楼住的大多是回迁户，租房户，这些人家收入不高，也没有多少可以再利用的垃圾扔，而矮层楼住的大多是和大泉一样的部里的干部，不少是司局级、处级，收入稍好些，有的稍旧的东西就当垃圾扔，碰巧了就能捡到好东西。大泉再三叮嘱二泉，不管你捡到什么值钱的东西，你就当垃圾从这个大院弄出去,弄出去你再处理,挣多少是你自己的,绝不允许你胡说八道,更不允许你瞎打听。甭给人家惹祸,更不要惹祸上身!

二泉听得云里雾里。他往红木烟斗里塞满烟丝,点上火,得意地抽了几口,说,哥,我记住了。

二

唏,好烟就是好烟,味儿就不一样!二泉猛地抽了几口烟,赞不绝口地说。

小平头把二泉给的半盒中华烟拿在手上掂量来掂量去,又放在鼻子前闻了闻,才抽出一支点上火放在嘴边,刚抽了两口,脸色马上变了,指着点着了的烟,义愤地说,妈的,又是放霉了扔的。

二泉也把烟放在放在鼻子前闻了闻,说,是吗,我咋闻不出来呢?哥你鼻子真尖。

小平头把烟扔在地上。我不光能闻出烟味,还能闻出是哪家出来的。我给你说哥们,是十一层那家扔的。

二泉问,高楼还是矮楼的十一层?

小平头说,什么高楼矮楼?你把它当高板凳矮板凳呀?咱这叫板楼塔楼。

二泉不解,挠着头皮,犹犹豫豫地问,啥叫板楼塔楼啊?

小平头说,板楼南北通透,一梯两户;塔楼四周都是房子,一梯多户……我,我也给你说不清楚。

二泉不解,那塔楼又胖又高,板楼又瘦又矮,还是塔楼好啊!

小平呸了一声,屁,你懂个屁。你以为是在大唐朝挑美女胖的丰满。不给你说了。以后这种霉了的烟千万别抽,抽了伤身子。说着，他把一盒没拆开的烟放进抽屉里。

二泉觉得不解，问，不能抽你咋还收起来？

小平头笑笑，兄弟，我给你说你千万千万不能往外说。说着，他伸头向外看了一眼，关上窗户才说道，以后捡到这种好烟你别拆也别扔。拆了，你就得抽了它，你有抽这种好烟的命吗？扔了，你就扔了钱。二泉听不懂小平头的话，冲着他轻轻地摇了摇头。小平头说，你到外边看看，那些烟酒店门前都挂着什么牌子，回收名烟名酒冬虫夏草人参……

二泉这回听明白了。在这方面他也有亲身经历。大泉过去年节带回家孝敬老父亲的名烟名酒，老父亲不舍得抽不舍得喝，让他拿到镇子的店里换过现金。镇子上有收名烟名酒的店，一般都是对半砍价。但是，他想不通的是霉烟怎么去换现呢？小平头这回直截了当地说，买好烟好酒的多是送礼的。你没听人说抽好烟喝好酒的，不是花的公款就是别人送的。现在戒烟的越来越多，胆子大点的收的好烟拿店里变现，胆子小的只好放霉了当垃圾扔。

二泉又不解了，那他不抽烟收它干吗呀？

小平头说，这不懂了吧？收礼也是一种身份象征！你这样我这样的人想抽好烟想喝好酒，得有人给你送给我送啊。

二泉听明白了，使劲点了点头。

二泉出了门，把烟放在鼻子前又闻了闻，感到味道确实有点呛。可是他舍不得扔，又抽了两口，抬起左脚在鞋底上踩灭了，把烟头装进衣袋里。他现在有杜老头扔了不要的红木烟斗，可以把烟屁股残留的烟丝取出来装在烟斗里抽。

小区门口的马路对面，坐落着一排门面店，有烟酒店、理发店、美容店、礼品店，还有修手机的、修家用电器的店。二泉把电动车放在马路边，忐忑不安地走进一家烟酒店。烟酒店的老板是个40左右的中年人，两只脚架在柜台上，嘴里还哼着小曲儿，见二泉进来，漫不经心地问了一句，买什么？二泉犹豫了一下，说，看看。老板一个唏字的音拖了很长。看呗，随便看。二泉一下就猜到他是河南人，笑了，老乡，你在北京发财了啊？！老板有点得意，发啥财，也就挣个养家糊口的钱。

二泉问：门口那黑色奥迪车是你的吧？

老板：A6，不值钱。

二泉心想，我的个亲爹，几十万还叫不值钱？还说才挣个养家糊口的钱？他咳嗽了两声，眼睛盯着烟架上的烟看。老板哎哎两声，开门见山地说，你是来问烟价的吧？别不好意思。

二泉嘿嘿嘿地笑了。

老板说，见面分一半。停了一下又说，咱从来不欺负外来人，更不用说老乡了。你要是不信，可以到周边的烟酒店去打听打听。

二泉说，我信，怎么能不信呢。不过，不过……他不好意思说出霉烟两个字，抽出一支烟递给了老板。

老板接到手里看了一眼，闻也没闻就说，这种烟最多给你20元钱。到了别的烟酒店你倒找人家也不收。

二泉高兴地连声说谢谢，谢谢！20元就20元一盒，我也不给你还价。以后有了这烟我全都送你这。

老板脸上的笑容好像被台风连根拔起。他指着二泉严厉地说，唏，我说你这个老乡还不如抢银行来钱快呢。

二泉问：咋啦？

老板说，我说的是20元钱一条，你他妈要20元钱一盒。你这不是明火打（执）仗吗？

北京上午九点钟　　157

二泉这下子明白了，两人的话是两股道上跑车两岔去了。可是，他心里不服气，问：那你向外卖时收多少钱一条？

　　老板火了，嗓门很高，我他妈卖多少钱一条与你有鸟关系。你咋不问人家找上门来赔偿，人家打上门来骂娘，人家拉着上法庭打官司谁都承担？给你说吧，风险都在我身上。你以为在北京做点生意容易？天子脚下，就连居委会老头老太太我都得喊爷爷奶奶。我平常打点的费用那可……他可能意识到说多了，马上住了口，冲二泉摆摆手，你再去找别人吧。

　　二泉愣了。他没想到这些有钱人，一张口也像开了闸门一样苦水哗哗向外流。他狠狠地瞪了老板一眼，趁老板还没反过响来又换成了一副笑脸。大兄弟，就依你，就依你还不行吗？

　　老板虽然消了气，可目光看着门外，表情十分冷淡，看得出他压根儿就看不起二泉这样一个收垃圾的。二泉也觉得没有在烟酒店待下去的必要，怏怏地转身向外走。刚要出门，老板在背后喊了他一声，哎，你回来。

　　二泉只是回过头。

　　老板说，过去那些家里收了好烟好酒好礼品的，都是让媳妇孩子来兑换现钱。有大半年了，媳妇孩子也不敢登门了。肯定和现在的形势紧有关。有个和你个头、长相差不离的什么处长，过去每个月最起码要来兑换万儿八千，要是年节过后得好几万。

　　二泉心里咯噔一下，唏，这小子八成是说大泉吧？他不动声色地听老板往下说。老板从柜台里走出来，在门口四下张望了一会，转过身又对二泉说，我琢磨着他们不敢亲自到店里来了。为啥？我这店里装了摄像头。不装不行，有人来检查，不装就得罚钱。他见二泉好像听不懂，在那儿傻傻地站着，就递给二泉一支烟。他掏出火机，刚要二泉点烟，好像又想到了什么，把火机装进袋里。这个老乡，我给你指条挣钱的路子。那些人不敢送到店里来，但也不能总放着。你呢，在你的车上贴张条子：回收名烟名酒各种礼品……

我的车，我啥车？二泉皱了皱眉头。

老板轻轻给了他一拳头，我操，你这衣服，你胸前这牌子，还有你刚才在门前停的垃圾车……还用问吗，我早知道你干啥的了。

二泉好像一下子矮了半截，低下了头。

老板说，老乡兄弟，你照我说的试试。

我哪有钱跟人家兑现？二泉不满地说。

老板说，没让你马上兑现呀？你拿到我这儿，我跟你兑现，然后你再给他们兑现不就行了？你一个乡下来的，一个收垃圾的，你还怕摄像头会拍到你？再说，你想挣钱又不敢冒险那怎么成！

二泉心里不踏实，反问一句，那些人能信我吗？

老板说，他们不信你，但是信钱呀！

三

又是北京早晨九点半，小区里只有几个遛弯的老头老太太，还有两个带客户看房子的中介公司的姑娘。二泉刚打开垃圾箱，就听见门口汽车喇叭声。他扭头朝大门口一看，有几辆小轿车小心翼翼地开了进来，小平头笑容可掬地在一旁指挥着停车。二泉心想，这些人也真是，上班了还把车开回家来。转念又一想，不对，我进来的时候这个小区住的人的车都开出去了，这些进来停车的，八成不是本小区的人。铁面无私的小平头为什么把这些车放进来呢？他不明白，也想不明白，所以干脆就不想了，埋头捡起垃圾来。厨卫的垃圾箱里还是老一套，可再利用的垃圾箱里今天也没有什么让二泉兴奋的东西。他装好车正要走的时候，有个女的在背后叫他，哎，那个收垃圾的，你别忙走，我这还有垃圾给你捎上！

二泉仔细一看，那个女的今天是第一次见。这个小区的很多人二泉都没有见过，也属于正常。她高高的个子，圆圆的脸庞，皮肤白白净净，又穿着一件白色夹克，显得干净利索，充满朝气。要说印象，她让二泉怦然心动。可是，让二泉心里老大不高兴的是那个女的叫他收垃圾的。他愤愤地想，还以为北京人都有教养有礼貌呢，不叫同志也得叫个师傅吧？哼，收垃圾的就不收你的垃圾，你想扔哪扔哪吧！

那个女的已经快步走到二泉的垃圾车前，一扬手，把一个红色垃圾袋扔到了车上。不知垃圾袋里装着什么东西，有几滴水状的东西溅到二泉脸上和脖子里。二泉火了，从车上跳下来，指着那个女的吼道，你，你干什么？怎么这么没文化？

那个女的摘下墨镜，盯着二泉看了好大一会儿，突然哈哈大笑，你一个收垃圾的还讲究文化？你以为你是谁？大学教授，中学教员、作家？哈哈……

二泉一时无话可说了，呼哧呼哧地喘粗气。

那个女的扬长而去，到了大门口停下脚步，与小平头咕哝了一会，眼睛不时地向二泉张望。二泉知道她是在和小平头说他的坏话。二泉等那个女的出了大门，怒气冲冲地把她扔在车上的垃圾袋从车上拎下来，刚准备扔掉，突然眼睛一亮，垃圾袋里有一只茅台酒瓶。他拿起来晃了晃，里边还有哗啦哗啦的声音。他知道市场上有专门收茅台酒瓶的，一只空酒瓶的价值并不低。他一高兴，忘记了那个女的刚才对自己的不恭，竟然哼起了老家的豫剧名段：刘大哥讲话理太偏，谁说女子不如男……

今儿收到什么值钱的宝贝了，那么高兴？小平头问二泉。

二泉说，没有。我这是自己给自己找乐子。

小平头说，刚才那个女的就是我给你说的十一楼的那家主人。她老公原来在部里当处长，十年前下海当老板。现在是咱这个小区里的首富。

二泉好生奇怪，问：处长那么大的官还下海？

小平头说，人和人想得不一样，有人图官有人图钱，有人图快活。我听她老公说，他图的都得到了，有钱，照样指挥得那些当官的团团转，快活就更不用说，想睡到几点睡到几点，想去哪去哪，想泡女孩也没人管。

二泉说，噢，那么厉害。她住高楼矮楼？

小平头说，什么高楼矮楼？给你说住板楼的是些当官的，住塔楼是些和我一样回迁的。

二泉问，啥叫回迁？

小平头不屑一顾地哼了一声，这也不懂？回迁就是原来老辈就住这。老房子被拆了盖楼了，又迁回……我靠，我也说不清。你也别问了。还说那个女的吧。她老公在外边彩旗飘飘，三天两头不回家，一回家两口子就吵就打，吵了打了就砸东西扔东西，砸什么东西扔什么东西连眼皮都不兴眨的。

二泉挠着头皮，似信非信地说，那，那咋不烧房子？

小平头说，屁话！烧房子那不就是真傻子！

二泉好奇地问：那她和她老公没孩子吗？

小平头乐了，哎，你也别说，她就是肚子不争气，一直没有孩子。我也纳了闷，这小区两个最有钱的都没孩子。是不是家里钱放多了也污染？

　　二泉摇头，不知道。不懂。

　　小平头说，听人家乱传，她老公在外边找别的女人生了孩子。她呢，认了咱小区一个处长家的儿子当干儿子。看到又有汽车进院，小平头赶忙指挥二泉，走，快走吧！以后她家扔的垃圾你注意点，对你没坏处。

　　二泉出了门，腿上一个劲地用力，蹬得飞快。车上的垃圾装得太满，虽然加了盖，但由于他骑得快，又顾不上看路况，轮子不时碾着石子、坑洼，颠簸一下，一些零零碎碎的垃圾就会蹦出来，特别是受挤压破碎的垃圾袋里的脏水，沥沥拉拉在马路上画着曲线，引得一些行人指着他骂。他没有直接去垃圾回收站，而是拐进了一条巷子里。停好车，他先把那个女的垃圾袋仔细搜查了一遍。除了那只空茅台酒瓶，没有小平头说的值钱的东西、贵重的东西。不过，有一张照片引起二泉的注意。照片上有宽大的落地窗户、宽大的双人床、宽大的沙发，一个女人拥着一个男的亲密无间地坐在沙发上，男的端着酒杯在给女的喂酒，酒杯里的红酒映衬得女的脸色分外娇艳……照片上那个女的，就是今儿骂二泉的那个女人，而那个男人看上去比她小十几岁，从年龄上看不像她老公，从在她面前那副巴结、谄媚的表情看，二泉也不相信是她老公。二泉乐得笑出声，嘿，今儿挨骂不亏！

　　二泉把垃圾送到回收站，接着就马不停蹄地返回小区。他想让小平头帮他辨认一下照片上那个男的是不是那个女的老公。假若不是，这张照片就是他二泉的财富。到了小区门口，三轮车已经进不去，院子里停了两排十几辆车，大门被堵住了。一位满头白发的老太太正在和小平头理论，杜老头站在旁边，歪着头饶有兴趣地听着。

老太太指着院子里问小平头,为什么小区里一下子冒出这么多车,好多车根本就不是这小区的。

小平头好像不把老太太放在眼里,爱搭不理。老太太见杜老头也不搭茬,看见二泉来了,好像看见了救兵,忙拉着二泉评理。这位同志你说说,咱这小区凭什么让外边的车进来停车,把地方占了把路都挡了。

二泉挠着头皮,看了小平头一眼,支支吾吾没说出话。

老太太不依不饶地说,我看这里边有文章。

二泉说,噢,文章!又指指小平头,他会写文章?

老太太说,他会搞腐败!别看这些平民百姓平时对腐败恨得咬牙切齿,到自己手里有点小权,比谁都敢腐败。她指着那些车,又指着小平头,说,这些车停进来,都要给他钱……

小平头没等老太太说完就火了。你说话要有根据。要说腐败谁能比得上你比得上你们家。我在这看门十几年了,前几年你还没退,哪个年节给你送礼的车不排成队。你那时怎么样,跑来求我把来你家的车放进来,说车上东西多。你女儿现在当处长,她装清高装廉洁,把一些送礼的赶这来找你。有一回一辆外地车来,我亲眼看见光茅台酒就朝你家搬了三箱……

杜老头在一旁哈哈大笑,笑声震得大铁门都晃悠几下。老太太不知是气得还是吓得浑身颤抖,面红耳赤,说话都有些哆嗦,好,好,你一个看门的竟然敢整小区居民的黑材料,你等着!

小平头重重地拍了一下那条瘸腿,毫无惧色地说,看看谁等着,老子一条瘸腿跨不进监狱,倒是你和你女儿小心点。

老太太走后,杜老头反过来劝小平头,别生气,那老太太脑残,别给她一般见识。说完,又转过身对着老太太的背影骂道,住板楼的老觉得高咱一等。在这住十几年了吧？天天碰面，她一句话也没和我说过。

小平头说，是呀！当初他们要占咱的地盖房，让咱拆迁，等拆迁回头一看，他们家家户户都比咱房子大，十几年光景，个个变成了千万富翁。

老杜头说，可不是，咱这块房价涨到八九万了，他们那楼最小的面积也差不多一百来平，不千万富翁咋的。级别高点分的房子面积大点的一千多万呢。

二泉听着杜老头和小平头发牢骚，心里愤愤不平。唏，你们不也住这小区，不是千万也是几百万家产，俺再用两辈子三辈子也赶不上。你们和他们比，俺们和谁比去？他不想再听下去，转身走了。他觉得不能把照片的事给小平头说。这个小平头太可怕了，如果给他说了，轻着说他得见面分一半，重着说他连老子也一起算计。这老北京，又不要命，惹不起！二泉想，还是找大泉吧，毕竟那是亲兄弟。

酒喝了，饭吃了，当然还是大泉埋单。一直到分手，二泉也没把捡到十一楼那个女的照片的事告诉大泉。他犹豫过，就是下不了决心。不是不信大泉，是怕大泉阻止他。

刚坐下时大泉就开门见山地抛出一串问题，问他感觉如何，习惯了吗，还生哥的气吗……二泉有的回答了，有的没回答，大多数没回答。大泉听他说捡了杜老头扔的红木烟斗，就禁不住批评他，看看，我的话你没听进去吧二泉？就是捡到金元宝，你装起来就是，也不要往外说，是吧二泉？你这样说让别人听见了，对扔东西的人不好，对你也不好，对吧二泉？二泉只嗯啊嗯啊地应付，没说对也没说不对。大泉有点不高兴。他故意把喝干了的空酒杯朝二泉那边推了推。二泉假装没看见，只给自己满了一杯酒。大泉狠狠瞪了二泉一眼，说，今儿开会有个副处长让我训了一顿。小子没眼力见，我的茶杯明明空了，他坐得最近，也不知给我添水。二泉眼皮也没眨一下，嗯啊一声，哟，你自己没长胳膊呀？大泉皱着眉头，眼里冒着火星，不满地说，你，你怎么这样说话？二泉见大泉真的急了，赶忙给他的酒杯倒满酒，赔着笑脸说，哥，我的意思是你没必要和那个副处长生气。他真是个小人，咱干吗得罪他呀！他要是存心和你过不去，你给我说，我去收拾他，犯不着你动手。

大泉激动地站起来，隔着餐桌倾斜着身子拍了拍二泉的肩膀。

二泉等大泉重又坐下才说，哥，你每回都喊我喝小二，你家那些茅台都放着等酒味跑光了变成水……

大泉瞪了他一眼，你哪只眼看见我家有茅台？

二泉嘿嘿笑了。哥，这不是信息社会吗？说着，冲大泉挤了挤眼。

大泉说，再信息社会也有个人的隐私呀！家里的东西是私有财产，不能侵犯。

二泉说，哥，我可没你家钥匙。你家啥私有财产少了可别朝我身上想！

大泉突然警觉起来。二泉，你是不是听到什么闲话了？

二泉摇头。

大泉又问：你瞎打听了？

二泉摇头，说，我是那样的人吗？

大泉板起面孔，严肃地说，二泉我告诉你，别看你只是收垃圾的，要时刻提高警惕。一个小小的社区就是一个大大的社会。社会上的任何事情都会通过社区的人、社区的生活表现出来。这社区板楼和塔楼住的是不同层次的人，有公务员，有老板，有回迁户，有租房客……每个人每个家庭收入不一样，生活水平不一样，工作条件不一样，想法也不一样。那个看门的小平头就不是省油的灯。

二泉点点头，附和着说了一句，我看他也不是好东西。

大泉看了二泉一会，称赞说，二泉你眼光不差嘛！你看看他，见了我们那楼的人眼里就冒火，说话没好气，好像我们欠他什么。有的人家来的快递食品，他硬是放坏了才告诉人家。

二泉说，还得给他点好处。

大泉说，对呀对呀！我过去抽烟的时候，经常给他递根好烟。

二泉突然问：你现在不抽烟了，好烟都放哪儿了？

大泉愣了一会，摆摆手，不抽了就不买了，什么放不放的。他边说边站起身，我先走，你打扫一下战场。

大泉二泉兄弟俩一起吃饭，每回都是大泉先走。他给二泉说过，让熟人看见咱俩认识不好。

北京产的二锅头酒有一个二两装的品种，被人简称为"小二"。二泉过去到北京来，吃饭的时候，大泉都是要两瓶小二，弟兄俩一人一瓶。他在北京住下后这段时间，大泉每次只点一瓶，他自己最多喝两小杯就不再喝。他说，喝不动了，胃里是酒，肝里是酒，血里是酒，就是撒的尿也有酒味。你嫂子你侄子都不愿意和我一桌吃饭，说我夹过的菜都有酒味。二泉也劝他，哥你别喝了。二两酒压根不够二泉漱口的。所以，每回大泉走后，二泉自己还得再要一瓶"小二"独饮，哪怕盘子已经净光。这回依然如此，他又要了一瓶"小二"，刚刚低头打开盖，一抬头，对面坐了个人，吓得他一个激灵，差点儿从凳子上跌下来。

坐在二泉对面的是十一楼那个中年女人。她好像刚洗过澡，头发还是湿的，发梢上挂着豆粒大的水珠儿。她的眼睛也是红的，里边的血丝就像一根根红丝线。大泉走后，服务员没有及时收走他用过的筷子。那个女人问二泉，还有人？

二泉摇摇头。

那个女人冲二泉笑了笑，说，不打不相识，不打没缘分。我姓雪，雪白的雪下雪的雪，你就叫我小雪吧！小区的人都这样叫我。

二泉说，噢。

那个女人抱怨，你怎么不告诉我你姓啥？你一身臭味，总不能让人叫你老臭吧？说完咯咯咯地笑了。

二泉见她没恶意，就没有生气，也笑了，说，那随你吧，叫啥都行。我老臭，和老臭在一起的人那不叫臭味相投了？

你还挺机灵，小雪说，看来对你们这些人还真得另眼相看。我小时候读书，书上说农民忠厚老实、本本分分。可是这几年我见过的进城务工的农民，一个比一个狡猾，一个比一个精明……

二泉不高兴了，饮了口酒，嘲讽地说，俺农民狡猾，不也是你们这些大城市的人逼出来教出来的呀！

服务员端上来小雪点的饭菜，让二泉大为吃惊，竟然只是一碗炸酱面，上边有几片菠菜叶。他想，唉，小平头个狗日的不是说这女人挺有钱吗，怎么吃得这么简单？是不是她老公把钱都花在外边的小三小四身上而虐待她呢？二泉这样一想，又觉得小雪挺可怜，忍不住发了慈悲之心，挥手把服务员招呼到跟前，来，来，点个菜。他想送小雪一个菜，他也需要下酒菜。服务员把菜谱扔在桌上，爱搭不理的样子。二泉把菜谱从第一页翻到最后一页，越看心里越发毛，狗日的一盘蒜泥黄瓜十元钱，你那黄瓜镶金边了那么值钱？炒菜就不用说了，没有低于二十元一盘的。他偷偷看了小雪一眼，小雪在低着头玩手机，一边玩一边开心地笑，好像手机里有人在给她讲笑话，根本没有在意他的存在。他有点不乐，把菜谱丢在桌上，把着小二的瓶子，瓶口对着嘴，一仰脖子喝了个底朝天。大泉给他说过，这叫"吹"。以后在北京和人家喝酒，人家要是拿着"小二"说吹一个，就是喝一瓶。你有酒量就和人家喝，没酒量就别硬逞能，喝坏了身子喝伤了胃可没人替你花钱替你受罪！

酒瓶见底了，二泉本来想起身离开，屁股挪动了挪动又坐稳了，对小雪说，妹子，你家先生挺年轻呀！

小雪大吃一惊，瞪了他一眼，你认识我先生？

二泉摇摇头，故意吞吞吐吐地说，不，不认识。接着又强调一句，真不认识。

小雪急了，端起剩下的半碗面条，起身去了另外一桌，对二泉撂下两个字：无聊！

服务员好像也看出小雪对二泉不高兴，用轻蔑和嘲讽的目光看着二泉，像针尖扎得二泉脸皮疼。他低着头匆忙离开了饭店，走出二十几米远，他还觉得有人在背后冲他骂他，一直不敢回头。他在心里骂自己，没出息的东西，要是大泉知道了，保准把你赶回老家去。

回到住处已经是晚上十点多钟，二泉躺在床上，捧着从垃圾箱里捡到的那张照片反复看着。那个男的也就一大男孩，而且这个大男孩他似曾相识。他一遍遍地问小雪，你身边那个男人是谁？是你什么人？他想用烟头烧那个男人的额头，手却不住颤抖。突然，他的眼前出现了幻影，照片上那张白净年轻的面孔，莫明其妙地换成了黑不溜秋的面孔，那面孔竟然是他自己。狗日的，做梦呢，还是眼花了呢？再不然就是喝醉了。他赶忙拉过被子把自己从头到脚裹了起来。唏，照片还在手里呢，好像小雪就在怀里……

这一夜是二泉到北京后第一个睡得最不踏实的夜晚。

四

第二天上午九点，二泉没有到小区去捡垃圾。但他不是在住处睡觉，也不是去了别的地方，而是躲在小区几十米远的马路边停放的一辆面包车后边，远远地看着小区大门出入的人们。只有他自己心里清楚，他是在等小雪出门。人就是那么奇怪，当他意识到自己对某个人心怀不可告人的秘密，或者自己的主观已对某人进行了侵害，那么他就会故意躲避某人，生怕被某人看穿而尴尬甚至难堪。二泉此刻就是这种心情。人家一个美女让你在怀里搂了一夜，虽然只是照片，那你小子也犯了人家！他这样责备自己。

小区的大门敞开着，出的人多进的人少。那些出门的无不行色匆匆，脚步匆匆，有的一边走一边吃，一些二十出头的女孩子还边走边吃边整理发型、衣着。二泉听大泉介绍过，这个小区不少居民在别的地方新买了房子搬了出去，把在这个小区的房子租给了来京务工或在京读书毕业后留下来工作的外地人。尤其是那些原来就是小户型的人家，朝外出租的更多。因为在这个地区，小户型更受那些租客欢迎。租客中的年轻人，白天忙于生计，晚上也不好好休息，网聊一聊就是大半夜，第二天起来慌慌张张，顾不上吃顾不上收拾打扮。大泉曾为他们感叹，这些孩子的身体……唉！二泉睁大了眼睛看着大门，连眼皮也不敢眨一下。他在等待小雪出门后再去收垃圾。

啪！二泉的屁股上挨了一脚。谁？他大吼一声，回头一看，杜老头笑眯眯地看着他，毫无疑问刚才那一脚就是他踢的。二泉想发火却发不起来，嗔怪杜老头，您老人家脚下还挺有劲，把我屁股都踢成两半了。

杜老头哈哈大笑，你小子屁股和正常人不一样呀？你躲在汽车后边偷看什么？你以为你是谁，地下工作者呀？

二泉不好意思地说，我哪是躲，是，是……是想撒尿。

杜老头两眼一瞪，呵斥道，你以为这是在你们乡下，你以为你是条狗，想在什么地方撒尿抬抬腿就行了。告诉你，这是北京，这是公共场所！你小子要是敢在这儿撒尿，我就把你送派出所去。

二泉一愣，问，派出所还管撒尿的事？

杜老头严厉地说，不是撒尿那么简单，你这是破坏首都良好形象和社会治安！

二泉连忙点头称是，杜老杜老，我只是那么想想。

杜老头听二泉称他为杜老，心里乐滋滋的。这老头知道杜老后边少了个"头"是什么分量。在京城，只有那些有名分有地位有影响的人才能被别人尊敬地称为某某老。住在他上一层也有个姓杜的老头，比他大五六岁，比他早退几年。两个杜老头经常在电梯里碰面。从下边楼层上来的人，见了那个杜老头都尊称杜老，而对他不是点点头，就是笑一笑，年轻人则称他一句杜叔或杜大爷。那个杜老头冬天里喜欢戴一条红围巾。这个杜老头也让女儿给自己买了条红围巾。即使那样，仍然没人称他杜老。他问过女儿这是为什么？女儿开导他说，人家是正司级退下来的，你呢，就一老北京退休工人……终于有人称自己杜老了，杜老头说话的声音都很激动。小伙子呀，北京公共厕所少得可怜。就咱这条大街，跑两个来回你都找不着一个厕所。这样吧，你要真忍不住了，就到我家去上厕所。

这，这不合适吧，杜老？二泉迟疑地问。

杜老头亲切地拍了下他的肩膀，大大方方地说，这有什么不合适。我家三室一厅两个卫生间呢。

那你家也是千万资产了？二泉问。

杜老头一愣，然后笑了，千万，是值千万。可我就这一套房子自家人住的……说完乐滋滋地走了。二泉望着杜老头的背影，挠着头皮想了好一会才想起杜老头为什么那么高兴。他心里想，怪不得从小老人就告诉我嘴甜点，原来嘴甜真能吃到甜的东西。

他这时也才想起，半天没注意大门那边了，不知小雪是否已经出门了。

到了大门口，小平头一眼就看见二泉车上挂的牌子：回收名烟名酒各种礼品。小平头乐了，二泉，你小子改行了，不收垃圾搞回收了是吧？

二泉笑笑，顺便，顺便。又说了一句，你不是也顺便收停车费吗？

小平头板起了脸，指着二泉骂道，你这个垃圾！怎么跟当官的有钱的一个腔调呢？谁看见我收停车费了？我是怕他们把车停在马路上给交通添堵。再说，你没长眼睛看见咱对门是所小学校吗？

二泉说，噢，你学雷锋呢？！

小平头假装没听见，又说，都是在咱附近上班的，也算半个邻居不是？邻居有难咱能眼看着不管吗？二泉你别听那板楼的人瞎嚷嚷。再说了，他们来钱的路子又都正路啊？

二泉说，那是那是。

小平头高兴了，走出来捧着二泉车上的牌子看了看，低声说，兄弟，要是有人找你麻烦，你就说这牌子在车上一直挂着，你接手时就是这样的。

二泉点点头。

小平头又说，发财别忘了你哥！

二泉又点点头。

让二泉大失所望的是他比平时多待了一个多小时，来来往往、上楼下楼的人没有一个找他送名烟名酒和礼品，甚至没有人问一句，倒是有人朝那牌子多看了几眼，也就仅仅多看了几眼而已。他对烟酒店老板的点子有些怀疑了：这小子是不是故意操我？

二泉刚出大门，顶头碰上了大泉。两人的目光相遇时，大泉吃惊，二泉发愣。大泉反应比二泉机灵，冲他吼了一句，几点了，怎么现在才收完垃圾？他的目光在二泉车上的牌子上停留了片刻，惊讶地张了张嘴，像是要问二泉什么，可是一转脸看见小平头伸着脑袋往这边看，又把到了嘴边的话咽了回去，只是冲二泉挥了挥手。

二泉气得差点儿把垃圾车扔了。你当你的大处长，管得着我吗？你嫌我晚，我明个就正儿八经晚给你看。

第二天二泉果然睡了个懒觉。

手机铃声把他从睡梦中叫醒。

喂，喂，你是那个收破烂的吗？

二泉没理。他一肚子火。妈的，收破烂，收破烂，北京还有这种不文明的称呼吗？

喂喂喂……对方急了，火气很大，嗓门很高。你看看几点了？雨下这么大，垃圾桶里的垃圾都长了腿爬出来了，满院子污泥浊水乌七八糟，你要再不来老子就投诉你，让你丢饭碗！说完就挂断了。

二泉看了看手机上显示的时间：10点钟。他一个鲤鱼翻身挺起，连滚带爬下了床，三下五除二穿上衣服。

突然，他站住了，又看看手机上显示的时间，嘿嘿一笑，重又躺在床上。妈的，污泥浊水乌七八糟去吧，爷爷不伺候你们，不伺候你们了！

往后一个小时里，二泉的手机铃声一遍遍响起。每一遍响起时他都拿起来看一眼，然后笑笑放在枕头边。他到北京后第一次感到心里痛快，浑身痛快。突然，他想起小平头告诉他的关于小雪老公的事，心想，妈的，痛快不是只属于你们有钱人。你们再有钱，那垃圾也不能长着腿跑出小区。哈哈，哈哈……

手机铃声又响了。二泉一看，这回是大泉打来的。他犹豫了一下还是接听了。大泉火气很大，张口就骂，我靠你小子还活着啊？我他妈的……二泉说，哥，哥，哥，咱是一个妈生的啊！大泉一下子哑口无言，过了好大会儿才换了口气，几乎是哀求二泉。二泉，好兄弟，小区里现在炸了锅了。你知道这是个老社区，下水处理得不好，一阵暴雨积水就淹没小腿肚子。垃圾在上边漂着……不说了，不说了。你赶快过来把垃圾拉走。有人要给电视台打电话了。万一电视台一曝光，我这个管行政的处长首当其冲。

二泉说，我在穿衣服，你少说几句行吗。

大泉说，好好好，我不打扰你，你也快点。

二泉正要挂断电话，大泉又小声问他：二泉，你找到下家了？

二泉开始没听懂，什么下家？

大泉说，看看，给你哥还来那个立格愣。我这办公室一会来人，你快点告诉我，下家给你出的什么价？

二泉这下听明白了，可是他装着不明白，反问道：你问什么什么价呀？

大泉有点不高兴了，什么什么，回收中华多少钱一条，软中，硬中价格也不一样吧？

二泉嗯啊两声没有正面回答。他心里对大泉有气。你已经戒烟了，家里有好烟也不给我吸，我可是你亲弟弟！

大泉那边真的有人找，二泉在电话里听见那边的敲门声。大泉着急地说，你想挣钱没什么错，可千万千万得多长个心眼。就说你车上大张旗鼓明目张胆地挂着那小牌牌，谁敢让你回收？再说人家谁相信你个收垃圾的？没等二泉开口，他又接着说，你得有个托。托，你懂吗？这样吧，我找个人找你……说完，急急忙忙地挂断了电话。

二泉听过"托"这个词。在他老家乡下那叫替人吆喝。他在小镇上做生意时就干过这种事。一排摆地摊卖西瓜的，他到张家的摊前一下子买几只大西瓜，还当面切开一只，边吃边夸那家的瓜甜。他不知道大泉会帮他找个什么托儿，但是相信大泉不会骗他。再说，他大泉家里那些名烟也等着变现呢。

雨虽然还没有停，小平头隔着窗户玻璃看见二泉来了，赶忙打开窗户，冲着二泉兴奋地喊，二泉二泉，你过来，过来哥有话对你说。

二泉人没下车，啥事？

小平头：刚才那个姓雪的女的来了两趟，问我你今天还来不来，什么时候来？

二泉一愣，真的？

小平头说，这我骗你干吗？那女的还挺着急，好像猴急猴急地等着你跟她上床。嘻嘻……

二泉说，别瞎扯了。

小平头朝小区院里努努嘴，二泉顺着他指引的方向看去，一下子睁大了眼睛。放垃圾桶的地方，一个撑着一把红色雨伞的人来回踱步。二泉从那人上身的白夹克认出是小雪。不知为什么，他忽然感到十分紧张，一颗心仿佛足球场上被踢来踢去的足球。小平头喊了他几声，他也没听清小平头的话。

哎哎，你怎么不去收垃圾，把车停在大门口挡道？那天骂小平头腐败的老太太一手打伞一手拎着装着菜的塑料袋出现在二泉面前，一看就是冒雨出来买菜的。她说话不仅嗓门高，语气也重，小平头曾对二泉说过，那老太太跟人讲话老是像在位掌权时读文件。她见二泉没反应，又说，你看看这小区成啥了？你这是严重失职。

二泉只好硬着头皮到了垃圾桶边，挨近了才看见小雪的手里拎了只塑料袋。小雪好像有些不耐烦了，见了面就开门见山地说，有人托我拿了两条中华烟给你。你也不用问是谁，问了我也不会告诉你。最好你明天来时就把钱给带来。二泉说，那得等我卖了。小雪说，没人让你一手货一手钱。如果这次你让人家满意了，相信了，以后回收的事多了。

二泉没吭气。

垃圾桶里的垃圾被雨水淋透了，臭味倒是少了，但分量却重了很多。以往，二泉是用抓钩把桶底的垃圾收拾完。现在抓钩不好使了，他毫不犹豫地下了手，两手并用，几乎把桶底的垃圾抱上来。等到装好车，他浑身上下已经湿透了。他把垃圾桶周边又清理了一遍。小区积水中之所以垃圾漂流，是一些居民懒得打开垃圾桶，随手把装垃圾的塑料袋子扔在垃圾桶边。他觉得院子里被垃圾污染的积水确实影响环境。假如雨住了，天晴了，积水流干了，太阳一晒，地热再一蒸，满院子味道肯定让人受不了。他一溜小跑到了传达室，向小平头问清了下水道口，然后卷起袖子，弯下腰，撅起屁股，吭哧吭哧掏起来。他那一刻并不知道，一高一矮两座楼的很多扇窗户都打开了，向他投来的是一双双尊敬的目光，只有小平头幸灾乐祸地朝他吹口哨。

哗哗……下水道通了，院子里的积水争先恐后地向下水道里钻。眼见看院子里的水一层一层 波 波地减少，二泉悄悄走了。

然而，让二泉想不到的是，烟店老板看了一眼那两条中华烟，摇摇头，把烟推到他面前。这烟我不能收！

为啥？二泉不解。

老板指着烟上一排数字，认真地说，这烟是从外地来的，准确地说是从咱老家河南来的。

为啥？二泉还是不解。

老板说，很多人不一定知道，这些名烟也实名登记了。凡是烟草专卖店，都有自己的登记号。他说着从柜子里拿出一条烟，指着上边的一排数字对二泉说，看看，这是我这家专卖店的专用号，也叫实名吧。

二泉想了想，哪儿来的烟不都是烟，你要只卖你自己的，还让我帮你搞回收干啥？

老板沉吟了一会，严肃地说，这一招很狠。老乡给你说吧，那些当官的再收别人的好烟，一查一个准。你在北京，啥时跑到河南买的好烟，一看就是收别人的。

二泉还是不明白，老乡，哪还会有人来查你卖给谁烟了？就是查你，你一手收，一手卖，与你啥关系？

老板的神情越来越凝重，看也不看二泉，说，这烟你要真让我留下，我也可以留下，不过价钱得再砍一半。

二泉有点不高兴了，心想，你说来说去说得那么神乎那么邪乎，不就是为了砍价吗？真他妈的心黑！但是，表面上他还不能得罪老板。老乡你看着办吧。你砍的价人家接受了，咱还合作。人家不接受，咱哥俩就一锤子买卖。

老板好像很不情愿，磨蹭了好大会儿才把烟收下，一条给了二泉两百元。二泉自己每条留下一百元，第二天给小雪每条一百元。

他有点不好意思，吞吞吐吐地说，烟酒店那个，那个老板娘……

小雪压根就没有和他讲价的意思，更没和他发生争执，爽快地收下钱，又给了他四条中华烟。最后对他说，哎，你昨天掏下水道的壮举让我们小区居民万分感动。我们一致推荐你为咱们这个区的好人。

二泉脸红了。

五

二泉今天在一个垃圾袋里发现一张购物卡。这是北京一家大型商场的购物卡，上边贴了一条胶条，清晰地写着2000元。他从没有用过这种购物卡，更不懂能不能用，干什么用。他愤愤地想，狗日的，2000元说丢就丢了，得是多有钱的主啊！再一想，谁能那么不小心把它丢了呢？说不定已经用过，只是一张作废了的卡片呢。他把那张购物卡又扔到垃圾袋里，拍了拍自己的脑袋瓜子，二泉呀二泉，你小子是不是想钱想疯了。嘿嘿……

垃圾箱掏空了，二泉好大会儿没有离开。他在旁边抽烟，一边抽烟一边等。他在小区里抽烟不敢用那只红木烟斗，怕被杜老头或其他人看见。他等购物卡的失主来找？他也觉得这个想法幼稚。一来失主怎么可能会想到丢在了垃圾袋里，如果能想到那就不正常了。二来也可能是用过的，用过的就是一张无用的卡片，那就不是丢失是丢弃。小平头也过来扔垃圾了。他把垃圾袋直接扔进二泉的垃圾车里，严肃地问，哎，你小子在这偷懒是不是？小心杜老头一会出来遛弯看见了骂你。那老爷子过去当过居委会治保主任，可严了！

二泉笑了笑。收垃圾的也归治保主任管呀？

小平头说，那可不。要是在十年前，像你这样外来人是治保盯的重点。到了过年过节，得把你们统统赶回老家去。

二泉说，现在也可以赶呀！赶我走了你这小区不用三天垃圾就堆成山，熏也把你们熏死。

小平头点点头，那是那是。接着他又伸手向二泉要烟，又弄什么好烟了，来一支。

二泉说，哪有那么多好烟。说着掏出烟，放在嘴角点燃后给了小平头。小平头看了看烟的牌子，拍了拍二泉的肩头，热情地说，兄弟，晚上过来喝一杯。

二泉一愣，就咱俩？

小平头点点头，认真地说，就咱俩，一人两瓶小二，怎么样？

二泉犹豫了片刻。他在心里计算着四瓶小二的价钱。小平头也许看出了他的心思，大方地说，酒，我那儿现成的。你带你那个最值钱的东西来就行。

二泉吃了一惊，什么？

小平头指指他的嘴，这家伙不值钱呀？

嘿嘿。二泉笑了。

在把垃圾送往集散地的路上，二泉把那张购物卡从垃圾袋里拿出来装在口袋里。回到住地，他匆忙冲了个澡，换了衣服，骑上大泉送他的一辆旧自行车急急忙忙就朝商场赶。他想去试一试那张购物卡还有没有用。2 000元呢！狗日的说扔就扔了，一点不心疼，换了我五十元、五元也得小心翼翼地藏好掖好。唉，人比人气死人。"几家高楼饮美酒，几家流浪在外头……"他情不自禁地哼起来。

商场门前是停车场，一辆车挨着一辆车，还有一些车在一旁等候着，司机的眼珠儿不停地四下转动。二泉心里想，这些人要是送去当侦察兵都是好样的，说不定一眼就能看穿好人坏人。他上小学的儿子看电视连续剧时，看了一集就能说出哪个人物是好人哪个人物是坏人。他找了好大会儿也没找到能放下自行车的空，急得汗都流下来了。停车场收费的小伙子很热情，主动问他，大哥停多大会？二泉说，就一会。小伙子让他把自行车横着放在一辆红色轿车屁股后边。搁这吧哥，我帮你看着。二泉眯着眼打量了他一下，他乐了，哥，我不收你的停车费。二泉这才放心把自行车停下。小伙子低声问，哥，你有卡卖吗？二泉马上警惕起来，什么卡？小伙子抹了抹嘴，购物卡呗！还能是银行卡？说着，他解开衣扣，露出胸前挂着的一排购物卡，有5000元一张的，有2000元一张的，有1000元一张的，还有500元一张的，看得二泉目瞪口呆。小伙子赶忙又把衣扣系上，对二泉说，我在这看车两年多了，什么人没见过。一看哥你的打扮和派头，就猜得出你捡了购物卡偷偷来这儿卖的。

二泉瞪了他一眼，啥啥，啥叫偷偷的……

小伙子朝二泉挤了挤眼皮，哟，大哥你别不爱听。真正来这地方购物的，不是咱这号人。

二泉既惊奇又惊悸。你，你咋有这么多卡，为啥不卖？

小伙子四下看了一眼，好像怕被什么人看见。他确认二泉是第一次来这儿，才用目光向二泉示意，让他四边看一看。他向二泉介绍说，看见了吗，那边门口站的两个女的都是倒买购物卡的。那边那个老大妈还有她旁边那个女孩也是干这行的。等你进了商场，电梯上下，各个柜台旁边全都是。这你是第一次听说第一次遇到吧？报纸上说这也是一个产业。嘿嘿嘿，他们说北京一产二产三产，我说他妈的八产九产都有。

二泉好奇地问：还有什么产业？

小伙子说，火车站的票贩子是不是一个产业？医院里的号贩子是不是一个产业？倒买倒卖发票算不算一个产业？

二泉觉得小伙子说的这些产业和自己不相干，只是点点头。

小伙子又说，大哥亏着你先遇到了我，不然的话，他们哪个都能骗得你吐血。

二泉问：啥意思？

小伙子说，不是一句两句能给你说清楚的。就像你上学读书，一开始就会X+Y呀？

那边有车要走，小伙子赶忙过去收费。他让二泉等他一会儿。二泉犹豫了一会，心里觉得不踏实，独自进了商场。

商场的一楼是黄金珠宝和化妆品专柜，人不是太多，但一眼看上去都是些有钱人。俗话说不看吃的看穿的，那些挑金选银的人，神情、目光、说话，包括一举一动都不像那些在菜市场买菜的，二泉相信自己还有这个眼光。让他感到为难的是不知向谁询问手中的购物卡如何出手。他到了柜台前，卖黄金的小姑娘用轻蔑的目光看了他一眼，就不再理他。他到了珠宝专柜前，卖珠宝的小姑娘连看也没认真看他一眼，给了他一个背影。倒是有位中年妇女悄悄挨近了他，低声问他，兄弟，有购物卡要卖吗？

二泉看了她一眼。她冲二泉亲切地笑，兄弟，我在这个商场干这行有三年了。这个商场干这行的没有一个比我时间长。为啥，就是我讲信用，给的价好。你一千的卡，别人只给八百，我给九百……

二泉脱口而出地问：为啥？

中年妇女上上下下看了他一会，反问：你问啥为啥？你要问为啥我给的价格比别人高。实话给你说，我的投入也就是成本比那些人低。我是北京人，不用租房子。我虽然下岗了，还有一份工资收入，还有社保，赚一分是一分。你要问为啥低价买你的购物卡？那很好说，你的购物卡怎么来的，你敢公开用吗？再说，这商场里的东西你舍得买，买得起吗？

二泉被那个中年妇女问得哑口无言。

那个中年妇女又说，别说是你小兄弟，就是那些当官的收了购物卡也不敢轻易用，让家里人偷偷地拿这儿来卖，跟做贼的似的。一张五千元的四千就出手。

二泉不信，唏，为啥？

那个中年妇女说，怕查着呗！

二泉说，噢，这也能查？

那个中年妇女说，你是第一次，没经验，也难怪，来三次五次也弄不清里边的道道，深着呢。再说，你不知道更好。能挣一单是一单，管它怎么来往哪去。她在柜台前转了一圈，对二泉说，兄弟，不想惹麻烦就赶快出手走吧。你认不出来吧，商场里有专门查那些用购物卡卖购物卡的……

二泉一听，吓得直冒冷汗。狗日的，购物卡还有这么多的秘密还有那么大的风险？这北京真是管得越来越严了。卖名烟名酒有人查，卖购物卡有人查，那些搞腐败的看来真提心吊胆过日子了。他四下瞅了一眼，发现有人在看他，有几个人还朝他这边慢慢地移

北京上午九点钟　　181

动。他不敢再待了，麻利地与那个中年妇女完成了购物卡交易，揣着1000元现金匆忙走出商场。也许是心情紧张，他提自行车时，后轮胎不小心碰到了那辆红色小轿车。小轿车好像被人扎了一刀，嘀嘀嘀地大声叫唤。二泉正手足无措，一个戴眼镜的女人匆匆跑了出来，直奔车后，看了一眼，双手握住二泉的自行车把，大声喊：你眼睛瞎了吗，碰到我的车了，还想跑呀？

二泉说，我没跑。

眼镜说，这是停轿车的停车场，你看有自行车停这儿的吗？

二泉指了指看车的小伙子，是他让我把车放这儿的。

看车的小伙子脸上已经没有了二泉进商场前的笑容，冷淡地说，我让你放车没让你蹭人家车呀！你蹭了人家的车就得赔偿。接着又说了一句，这是北京，不是你们农村。

二泉火了，推了那个小伙子一把，转身对眼镜说，碰你哪儿了？

眼镜指着保险杠，你看看你看看，就碰这了。

二泉说，伤了吗？

眼镜说，你问问它伤了吗，让它告诉你。

看车的小伙子在一旁火上加油，对眼镜说，大姐你报警吧，报警吧。警察一来，他准吓得尿裤子。

二泉听得出看车的小伙子话中的意思，也想到了商场里那个中年妇女的话。他知道万一警察来了，还不知会让他扯出多少事情，弄不好到手的一千元钱就飞了。算了，谁让你刚才没把购物卡卖给看车的小伙子呢？唉，老人说得好，小人不能得罪！他急于脱身，压着心里的火，态度也变得亲切了，问眼镜需要赔多少钱？眼镜不假思索地说，二百元。二泉火了，就碰破一层皮，值那么多钱吗？眼镜也不相让，二百你要嫌多就三百，三百你要还嫌多就五百……

看车的小伙子在一旁听了哈哈笑。二泉看再僵持下去对自己没好处，就掏出二百元钱给了眼镜。他推着自行车快出停车场时，冲着看车的小伙子吼了一句，你狗日的等着吧，哪天过来收拾你!

一个月的时间里，二泉先是捡了只红木烟斗，后又捡了张购物卡，再加上矿泉水瓶、酒瓶、旧衣服、旧雨伞、旧书，一些旧家具、旧家电……他晚上没事就鼓捣那些小家电，修好了再拿出去卖。他算了一下，收入好几千了。他开始相信大泉的话了。过去，他也听说过有人在北京捡垃圾发家致富的，看来并非谣传。他不知道往后还会不会有这种天上掉馅饼的好事。那些丢了贵重物品的人，以后能不小心吗？他们小心了，他就没机会了。光靠那些矿泉水瓶、酒瓶、旧衣服，一年能挣几个钱？他想，再干两个月看看吧。

二泉没想到，晚上刚到小区门口就看到一张"寻物启事"，是一手很好看的毛笔字写就的：

寻物启事

本人不慎，丢失一只红木烟斗。这只红木烟斗有着光荣的历史，对本人十分珍贵。如有人捡到归还本人，本人愿拿出一瓶茅台酒请客。

老杜

小平头一瘸一拐地走出来，指着寻物启事对二泉说，二泉兄弟，你好好看看，一瓶好酒呢，茅台!

二泉说，一只烟斗值那么多吗？说完他就后悔了，偷偷地看了小平头一眼，生怕小平头从他的话中听出破绽。还好，小平头好像没听见刚才的话，或者听见了没有在意。二泉忙补了一句，就是值,咱没那个福分。

两人进了传达室,小平头已经把四瓶小二摆在桌上。二泉把塑料袋一股脑儿倒在桌上。他买了半斤花生米,二两海带丝,二两牛肉。小平头先捡了块牛肉塞到嘴里,咕哝着,好久没吃牛肉了,忘了牛肉的味道。

几杯酒下肚,小平头脸红了,话也多了。二泉,哥给你说,老杜头已经在我面前念叨几回了。他呀,他怀疑他那个宝贝红木烟斗让你捡去了。

二泉心里紧张,表面上却装着镇静,嘿嘿笑着说,既然是他的宝贝,老头子怎么会舍得丢呢?说不定放在那儿忘记了。人老了,丢三落四是常事。我爸带我儿子去赶集,自己屁颠屁颠回家了。该吃饭了才想起孙子丢了。亏着我家邻居把我儿子给背回来了。

小平头哈哈大笑,这么说你哥可比你爸精明多了。

二泉大吃一惊,我哥?你,你认识我哥?

小平头挤吧一下眼皮,嘿嘿嘿地笑了。怎么,你不叫我哥呀?

二泉说,叫,叫你哥。你是我亲哥。话是这么说,但他心里却想,大泉还以为别人不知道我是他弟弟,我呸!

两个人又喝了几杯,小平头重又提起杜老头的红木烟斗。小平头说杜老头没出息,不就一烟斗吗?他竟然病了。他闺女说他不吃也不喝,老是盯着墙上挂着的红木烟斗的照片看……

烟斗也照相呀?二泉问。

小平头说,是,是老照片。跟那烟斗一样有历史了。杜老头是我老邻居,我小时候就见他每天叨着那红木烟斗,有一个词叫什么爱不释手。他就那样,就那样。

二泉低下头,深思了老大会儿,突然摸起酒瓶,仰起脖子一饮而尽，一边抹着嘴向外走，一边假装醉意，我，我有事，先走了，哥你慢慢喝吧。他到了门口，又折回头来抓了一把花生米。

六

杜老头握着二泉的手大半天了。别看人老了，力气不大，但握得时间长了，持续用劲，仍然让二泉感到手有点儿隐隐作痛。

说啥你小子也得到大爷家坐坐。杜老头诚恳地说，我虽然不喝酒，但我家里藏了几瓶好酒。茅台，30年了，那时才八块钱一瓶。

二泉说，大叔，不，不，杜老，您老千万别客气。我的胃是穷胃，喝那样富贵的酒弄不好就大出血。您还是留着自己慢慢喝吧。

杜老头说，我十年不沾酒了。医生不让我喝酒。这酒放在那就是水，对我来说还不如一杯茶。

小平头从传达室里探出脑袋，嬉皮笑脸地说，二泉，杜老是真心实意请你感谢你。你不领情也不能气杜老啊！

二泉不解，说，我没有啊！

小平头说，杜老是咱这小区第一大诚实人。他请你，你不领情，杜老会生气，觉得你不给他面子……

杜老头打断小平头的话，点点头说，是啊是啊！我杜老头还没让人驳过面子呢。

小平头又说，二泉你要不好意思，那我陪你去。他见二泉仍然犹豫不决，又对杜老头说，杜老，要不这样吧，您老人家把酒搁我这儿，晚上没事的时候我和二泉哥俩慢慢地品尝。

杜老头冲小平头翻了个白眼，轻轻地哼了一声，拉着二泉的手就往小区里走。二泉心里七上八下的，既想尝尝杜老头珍藏的三十年的茅台酒的味道,又担心自己话多必失让杜老头慧眼识破。他使劲给小平头挤眼,示意小平头跟着他和杜老头。小平头猜出他的用意,脑袋晃得像个货郎鼓,用手比画成个瓶子,指指他的传达室,又指了指二泉和他自己,意思是让二泉把杜老头的好酒拿到传达室和他一起共饮。可能是怕二泉不明白他的意思,小平头又向二泉招手。二泉假装没看见,心里想,真会装孙子!

其实二泉还有别的心思。他并不十分情愿把杜老头那只红木烟斗物归原主。杜老头的寻物启事贴出好几天,他每次路过都是匆匆看一眼。直到前天大泉打电话给他,责令他还给杜老头,他才恋恋不舍地还给了杜老头。他对杜老头编了个谎,说是他听说杜老头因为丢了这只红木烟斗吃不下饭睡不好觉,于是找到垃圾中转站反映。经过垃圾中转站联系,他又亲自到垃圾处理场,一堆一堆垃圾地翻腾,终于在垃圾的海洋里捡到了这只红木烟斗。杜老头感激不尽。但二泉心里不安,怕杜老头较真地问起前因后果、翻腾的经过,自己回答不上来。

二泉硬着头皮跟杜老头上了楼。一出电梯,他不由自主地站住了。他的眼前一片黑漆漆的,仿佛入了一个深深的洞穴,只有几十米远的尽头露出一片光。这就是北京人住的塔楼啊?杜老头咳嗽了一声,楼道里的灯才亮起来,但光线十分微弱,就像黎明前那样朦朦胧胧。杜老头说这层楼二八一十六对灯,瞎了十二对。二泉问为什么不找物业的来修。杜老头来气了,咳嗽了一阵,骂道:反映八百次了。这小区的物业归那个板楼业主所在的部里管。板楼人家有点小事,一反映就立马过来修。他不敢不来呀!部里民主生活会可以给管物业的提意见呢!可我们这楼再大的事,求个一遍两遍不中用。二泉感叹地说,这也分三六九等?他一眼望去,心又咯噔一下。楼道里几乎就是个废旧物资市场，旧家具如床、桌子、柜子、衣架、床垫，旧纸箱如牛奶箱、酒箱、衣箱、家电箱，还有些破破烂烂的坛坛罐罐，如漏了底的花盆、洗脸盆，旧电器如电视机、洗衣机，还有多年不用的破旧自行车、少了轮子的三轮车，有的人家的鞋柜、杂物柜也摆在自家门前……他想，就是在俺老家乡下也在搞美丽乡村建设，谁家门前不整洁不卫生也得上"村容村风栏"曝光，评不上五好家庭。这天子脚下的北京城大街上倒是搞得净光，楼里怎么就没人管呢？还有，那些破破烂烂的东西你放门口不怕影响观瞻，就不想万一孩子绊倒了摔着了呢？再说，这也是消防隐患呀！想到这里，他情不自禁地对杜老头说，杜老，你们这楼道里的东西咋不处理呢？

杜老头无可奈何地摇摇头，叹息一声说，你到那栋楼看看就不这样。居委会光告示贴了几十次，限期，限期，就是动不了家家户户门前的东西。真要动，有人提着刀给你拼命。他放自家门前又不犯法，能怎么着？

二泉脱口而出，这也不卫生呀，你说对吧杜老？

有一家的门敞着，二泉路过时往里看了一眼。唏！开旅馆啦？！他看见的是客厅被隔成一个个小格子，二十平方米隔成五六个小房间。一个年轻人正在属于自己的小房间里玩电脑。杜老头没等他问，坦诚地告诉他，这些都是外来人租的，报纸上叫什么什么"蚁穴"。别看屁眼大的地方，听说一个月租八九百元呢！他好像与二泉看到的那个年轻人很熟，在门口问了一句，小伙子今儿没上班呀？

年轻人头也没抬，直言不讳地回答，上一家单位老板把我炒了，正在找新单位，过两天再去上班。

杜老头摇头，大学生，天之骄子，天之骄子啊！

二泉深有感触地说，以后我的孩子上了大学毕了业，我说什么也不让他留大城市受这份洋罪。

杜老头的家住在尽头。二泉看了一眼门上的号码：26。他明白这层楼上住着26户人家。他心里又是一番感慨，只是没有说出口。

你喜欢大杯喝茶还是小杯品茶？杜老头问。

二泉说，大杯，大杯吧。小杯不过瘾。

杜老头倒了一杯茶放在茶几上，招呼二泉在沙发上坐下，然后搬了把椅子坐在二泉对面，拉出一副和二泉促膝谈心的架势。二泉有点紧张。你一退休老头，领着退休金吃着社保日子过得无忧无虑，我还得撅着屁股挣钱养家糊口呢！他端起茶杯喝了一口，咧开大嘴扑哧吐了出来。水太烫，舌头烫得起了泡。他转念一想，自己还得在这小区挣钱，从杜老头那儿多了解点信息也没坏处，于是就静下心来，找了个话引子，问：杜老您咋没住那边那楼，听说那楼比这楼房子大，又结实……

杜老头没等二泉的话落地就拍起了椅子把手。爷们说起话长。一说就让老子上火生气。他走到里屋，二泉听见稀里哗啦翻箱倒柜的声音。过了会儿，他捧着一摞红皮绿皮蓝皮的本本出来，一本本翻给二泉看，嘴里不停地发牢骚。老子的爷爷从关外过来就住这里，按说是地道的老北京了。拆迁之前，老子也算这片房子最多的，大大小小十二间。拆迁的时候，一个叫什么泉的天天往我家跑，那嘴可甜了，从他嘴里迸到我脸上的唾沫星子都像从蜜罐里出来的。

你是说他骗你？二泉问。

杜老头义愤填膺地说，怎么叫骗？那是个地道的大骗子！他动员我带头,因为我家的房子多。我带了头,他好说服其他人家。他每次来都不空手。他知道我不抽卷烟抽烟斗,给我带来了一大包国外的好烟丝。说是他特托他单位出国的人给我带的。那瓶30年的茅台酒其实不是我存的,是他送的。你想想就是当年8元一瓶,我当年一个月工资才二十几元,舍得买吗?

杜老头把茅台酒拿出来,也放在茶几上,接着往下说,当时小平头他爸劝我别出那个头,条件低了不能答应。要不然街坊邻居会骂我几辈子。

那他给你开的价低吗?二泉问。

杜老头说,那要看跟什么时候比,跟什么条件比。谁也没长前后眼能看十年几十年。现在这片儿的房价一平方米上八九万了,可那时候一平方米六千多也没多少人问津。唉……

二泉安慰杜老头说,你老人家等于给街坊邻居办好事了。您想想要还是小平房,能卖八九万吗?

杜老头说,我呸!你怎么不说现在这片儿拆迁什么价?要是换现在,给我三大套房子我也不会同意。

二泉说,可是我听说现在再拆迁的回迁户都是往五环外安排呀!你老爷们和你闺女你外甥愿意迁那地方?

杜老头不说话了。他翻着那些证件,神情越来越暗淡,突然眼圈红了,接着落下几滴眼泪。二泉慌忙往衣袋里掏,掏出他常用的毛巾,想给杜老头擦眼泪。杜老头摆摆手拒绝了,从茶几的纸面巾盒里拿了两张擦了泪。他说,不提这事了。反正那小子从房子盖好搬进这小区就没再来找过我。他立了功,听说提了处长。杜老头说着,打开冰箱,从里边端出两盘早已切好的菜,一盘牛肉,一盘咸鸭蛋。然后又打开了酒瓶盖。来,来,喝酒喝酒。

二泉不是第一次喝茅台。大泉春节回家每次都带两瓶茅台酒。村里的头头脑脑只要听说大泉回来了，都到他家去看他，两瓶茅台酒一次就喝个底朝天。二泉最多也就喝个三五杯。不过，大泉给他说过，茅台酒和别的酒不一样，看是见底了，但里边还会残留一些。大泉还示范给他看过：用脚使劲儿把瓶口踩破，或者用筷子把瓶颈里的一颗小珠粒儿扒拉出来，还能倒出半杯甚至一杯酒。这回，虽然是和杜老头两个人喝，可杜老头倒了一杯酒就看着了，每回端起来就是滋溜滋溜品一品，却让二泉杯杯都要喝个见底。二泉心里那个得意劲，不亚于参加盛大的国宴。十几杯酒下肚，他心里发热，脸上发烧，话也稠了。他扑通跪在杜老头面前，满怀歉意地说，杜老，您那红木烟斗，我，我……

杜老头说，你帮我找回来了，我谢谢你。我说到做到，请你喝酒。

二泉说，不是，我，不是，我……

杜老头有点不高兴了，你这孩子怎么见外了。怎么，你杜伯伯的酒是假酒？你要觉得要是假酒你就倒马桶里去。

不，不是，我，我是，我是说……二泉醉了。

二泉从杜老头家出来，刚出楼门，迎面碰上住板楼那个白发老太太。老太太睁大了眼睛，目光变成了大大的问号，警觉地往后退了几步，好像发现了一个窃贼。二泉用锋利的目光瞪了一眼，她吓得浑身哆嗦，张了张嘴，你，你要干什么？

二泉冲她用劲吹了一口气，得意地说，茅台，茅台……

老太太快步朝楼门口走，回过头来冲二泉说，神经病！

到了门口，小平头拦住了二泉。二泉故意和他面对面打了几个饱嗝。小平头妒忌地说，妈的，茅台味，纯茅台味！接着，他把二

泉拉到门外的公告栏前,指着一张粉红纸,大声念给二泉听:

感谢信

本人不慎丢失的红木烟斗,已由清洁员二泉同志捡到送回。本人代表本人对二泉同志拾金不昧的精神表示崇高的感谢并代表本人给予表扬。

老杜

二泉双手扶着墙,伸长脖子,脸几乎贴到那张纸上。突然他一下子弯了腰,哇哇哇地大口吐起来。

小平头狠狠地瞪了他一眼,转身进了传达室。

七

三个月了吧?人头熟了吧?大泉问二泉。他并没有等二泉回答,接着又说,我听说了,小区大多数居民认可你。不过,也有些人反对你。所以你不能骄傲……

二泉忍不住了,反驳道,我骄傲啥,谁让我骄傲呀?

大泉说,我就是这么一说,也是为你好。

这一次,弟兄俩不是在小酒馆,而是在大泉找的一家私人会所。北京这样的私人会所很多,有的是在深巷中的四合院,有的是在小区里,有的是在五环外一座大院里,有的更隐秘在住宅大楼中的一套大房子中……私人会所突出特点是其私密性。随着公款吃喝限制越来越严格,一些高档消费的酒店纷纷关门,私人会所应运而生。这些私人会所虽然冠以"私"字,但大多名不副实,会所的宴席还是姓

"公"，只不过出入者是以私人名义参加罢了。大泉找的这家私人会所就在一座住宅楼的一套三室一厅的房子里。二泉一开始还以为大泉带他到朋友家聚会，坐下来以后，两个女服务员上茶上菜，他还感到惊奇，后来他听到隔壁大房间里劝酒、谈笑，看到人泉到隔壁房间去敬酒，才隐隐约约想到是挂羊头卖狗肉的变相酒馆。

这是你开的？二泉问，一边起身想四下看看。

大泉用筷子指了指他，示意他老实坐着。唏，你小声点，隔壁有领导。

二泉咧咧嘴，故意激大泉，唏，哄谁呢？领导会到这样的小地方吃喝？

大泉说，这小地方安全，没有人发现，没有人拍照。

二泉心想，这些当官的有钱的也真能折腾。既然是怕三怕四就别做多好。

大泉说，赶快喝赶快吃，吃完早点走。

二泉问：你带我来这儿就是喝酒吃饭？

大泉皱着眉头，沉吟片刻才开口问，那个姓雪的是不是和你接触最多？

二泉没吭声，眼皮不眨地看着大泉。

她嘴上没站岗的，看不住话。大泉一本正经地说，小区人的议论我都听到了。部里一个退休的女司长给部领导写信告了她一状。

二泉还是没吭声。不过，他不再看大泉，而是低着头喝酒吃菜。

大泉说，你车上那个牌牌虽然不挂了，但是小区里的人都知道你三天两头搞回收。十有八九是小雪往外说的。有几个托她找过你的对她意见都很大。

二泉不满地说，意见大就甭托人家了呗。一个愿打一个愿挨，人家小雪又没硬拉着他们。再说，就我所知小雪也没从中赚他们的钱。

大泉说，不是对钱有意见，是对她的嘴有意见。算了算了，你不懂。我今儿就是要给你交代一下，以后不要再让她当中间人了。现在送礼的少了收礼的也少了，有人找你，你就偷偷做。

二泉说，噢，知道了。

大泉又到隔壁屋里忙活去了。二泉倒拣了个利索。今天喝的又是茅台酒，可是他不知为什么喝不下去，几次端起酒杯又放下了。小雪不做中间人，那就意味着他的回收活儿停了，最起码是少了，直接影响的是收入也少了。这条来钱的路一旦堵死，他就是一个纯垃圾清运工。他当然心情不好。来北京干吗？就是挣钱。钱挣不到在北京待啥。北京是大，北京是好，可与我有啥关系？他决定和大泉好好谈一谈。

大泉去了半个小时没回来，又过了半小时还是没回来。一个女服务员倒是过来催二泉了。她客客气气地说，先生，处长让我告诉你，他在那边有客人。你吃饱喝足了可以先走。

他不让我等他？二泉问。

服务员笑嘻嘻地回答，是，不要等。

真不要等？二泉又问。

服务员仍然笑嘻嘻地回答，不用。

二泉猛地起身，头也不回地走了。

第二天上午，二泉没去小区清理垃圾。他住的地方有台十几年历史的老式电视机，是他从小区捡来的。小区里有专门干旧家电回收的，像这种老掉牙的家用电器，一般都卖不上价钱，有的还得倒找钱让回收的人给运走。二泉这台电视就是房主给了他二十元钱，让他帮着找地方扔的。他拉回家对着说明书鼓捣了几天，插上电源，唏，有两个频道还能出现影像。他心里得意扬扬：唏，二泉你小子不笨呀，电器都会修理了。于是他就把那台电视机留了下来，有时间时就打开看看。这会儿电视里正播着专题节目，是关于安全过节的。二泉突然来了灵感。唏，这不正是说我天天清理垃圾的小区吗？楼道里堆满了废旧物品，其中有的是易燃品、污染源。早就该好好清理清理了。他们清理的是废旧物品，我要的是把这些废旧物品变成钱。想着，他用手机把电视上公布的电话号码记了下来。

接着，二泉就马不停蹄地打过电话去。那个电话总是占线，拨了二十几次，对方都是"对不起，你拨打的电话正在通话中，请稍候再拨……"气得他脸都青了。

一上午的时间里，他的手机电话也响了多次。有杜老头打来的，有小平头打来的，有社区居委会主任打来的，都是吵着嚷着让他赶快去清理垃圾。他说，皇帝老子也有生病起不了床的时候，我怎么就不能有个头疼发烧呢？杜老头给他说话比较客气。他说，你要是病了就赶快去看医生。不然我用我的医保卡给你拿点药。二泉说，不用，谢谢了，我能抗过去。杜老头说，居委会的让你填张表。二泉说，我早就把表交了，还有我的身份证复印件。杜老头笑了，这是另外一种表，你填了对你有好处……从这些电话中，二泉感觉到了自己在小区的地位和价值。没我这个收垃圾的帮你们清理垃圾，你们的日子能过得舒坦吗？闹心了吧？添堵了吧？嘿嘿……

那个电话终于在中午时打通了。二泉报出了小区的名字，添油加醋地描述了一遍楼道里的情景，最后着急地说，俺们天天提心吊胆地过日子，生怕哪天有个火星把楼给点了，家给毁了！接电话的男生可能听出他的口音，问他，你是业主还是租房的？二泉火了，冲着电话喊道：你管我是谁呢？我就一爱命的爷们！

二泉挂断了电话，手机却还紧紧地攥在手上，不时地看一眼，好像在等待着什么人的重要电话。他看一眼，嘴里就嘀咕，不会打不进来吧？打不进电话发短信总可以吧？我的手机没出问题呀……

二泉租的房子是间约有五平方米的小平房，一开始只铺了张单人行军床，屋子里还有点空。他有时还在床边练练俯卧撑。现在，屋子里堆满了他从垃圾桶里捡来的、从回收的废旧物品中截留下的旧家电等乱七八糟的物品，屋子里只有下脚的地方了。只要空闲下来他就鼓捣。有的业主扔的旧皮鞋的鞋跟坏了，他就鼓捣换个新的；有的业主扔的雨伞把手断了，他就鼓捣给接上；有的业主扔的炒菜锅破了，他就鼓捣换个底……到了晚上华灯初上的时候，他就带上这些经他的手鼓捣了能用的东西到大桥下边去摆摊儿，几个月下来收入也有几千元。他想，要是塔楼楼道里的废旧物资清理了给他，他鼓捣鼓捣变废为宝，肯定是一笔不小的收入。这事一定得促成。他暗暗下了决心。

直到这时，他才明白自己是在等小雪的电话或者短信。这个女人看上去盛气凌人，说话狂傲，心眼倒是不坏，也好打交道。他情不自禁地把压在枕头下的小雪的照片捧在手上，仔仔细细地看了一会，然后装在身上。留着有什么用呢？也就喂饱眼睛，却坏了心情。他想，物归原主吧。

二泉刚出门，手机电话铃声又响了。这个电话是小雪打来的。她一张口就骂，你丫还在挺尸呢？小区里炸了锅了。那个老太太又到居委会告你一状。

二泉笑着说，让她告吧！以后她扔的垃圾我给她单独放着，让她自己运走，要不就给她送回家门口搁着。

小雪说你敢！二泉你丫以为你是谁？别搬梯子够脸。清理垃圾是你的职业。你干了这个职业就得讲职业道德。人家老太太作为业主给你提意见，反映你的问题有什么错吗？再说了，人家老太太没告你偷了抢了耍流氓了……二泉不知是不是做贼心虚，赶忙辩解说，我怎么耍流氓了，我跟谁耍流氓了？

小雪呵呵呵地笑了，你丫就是有贼心有贼胆，也得有机会有对象才行。

二泉沉默。

小雪问：二泉你几个月前是不是在垃圾袋里捡过一张购物卡？

二泉一下子紧张起来，没有没有。我长这么大还没见过你说的什么卡，倒是在垃圾堆里见过过期的电影票。

小雪说，那老太太说她过生日时闺女送给她一张购物卡，后来怎么也找不到。她怀疑是不小心不注意丢在垃圾袋里当垃圾给扔了。这个老太太也真是……

二泉说，那你得让她去垃圾中转站反映，垃圾中转站再给她向下一站反映，下一站再向下一站反映……

小雪打断他的话，你丫存心气老太太呀！你抓紧过来清理垃圾。完事了我还找你有话说。我怕你没吃饭，帮你要了份外卖放在传达室了。

二泉觉得眼圈一热，心里也热乎乎的。

八

清理楼道的告示是以街道名义下发的，张贴在小区的大门口和每层楼的电梯旁。告示里的话很严肃，既说了清理楼道里废旧物资的重要意义，也限定了清理的时间。明确过了时间由街道强行清理。二泉注意到告示一开头的一句话：据本小区有责任心的居民反映……看来是经过了琢磨和润色的。因为反映人的身份没明确，说是业主不妥，就是租房客也不合适，说是居民比较恰当。居民居民，住在这里的都可以称居民。不过，他对有责任心这个评价不习惯。我可没想到什么重要性，我只是想借这个机会多回收点废旧物资多赚点钱。眼看着就要回家过节了，回到家总不能对热切期望自己的老婆孩子说，在北京这大半年抽过中华喝过茅台，钱却挣得不多吧？

二泉看过告示以后，就到垃圾中转站借了辆大点的车，比他平时用的长出一倍，宽出一倍。他还花了二十元钱做了个牌牌，上边写的不是回收名烟名酒礼品，而是改成了回收废旧物品。让他没想到的是那个牌牌几乎没发挥作用，一些清理门前废旧物资的人家，主动把清理的东西放在了垃圾桶边上。第一天就堆积得像座小山。二泉挑挑拣拣装了满满当当一车，还没装下三分之一。这下他又犯愁了，蹲在垃圾桶旁边扑哧扑哧抽烟，绞尽脑汁想着怎么运输。

这台洗衣机你要吗？白头发老太太把一台洗衣机推到垃圾桶边，这是十几年前买的，也没少什么零件，就是太旧了。

二泉问：要钱吗？又指着车上和地下的废旧电器说，这些人家都不要钱呢。

老太太哼了一声，我没问你要钱呀！说完转身走了。

二泉算计了一下，这台洗衣机摆小摊卖的话，怎么也能卖个百儿八十元钱。他想把已经装到车上的几件东西拿下来，换上洗衣机，可是摸着哪件都不舍得。索性，他把洗衣机放在最上边，用绳子捆紧了。这样一来，车上的东西堆起来比他还高出一头，如果上了大街让交警看到肯定要罚款。北京的规矩多，垃圾车是要加盖的，怕的是在街上丢三落四污染环境。二泉急得团团转，心里骂自己没出息，贪多嚼不烂。又一想，东西多了钱就多。管他的呢！交警真的逮着了再说。

二泉第一趟往住处送东西，没有碰上交警。他把车上的东西一股脑儿全扔在屋里，顾不上收拾整理，接着又往回赶。一路上他在反复想，车不行，装的东西太少；自己住的地方不行，已经放不下了。怎么办呢？他把车停在路边，给大泉打了个电话。哥，你得帮我！他开门见山地说了他的苦衷他的烦恼和他的要求。大泉训斥他，那你是想让我给你派辆车帮你搞回收是吧？还得给你找间大仓库是吧？二泉说仓库不找也行，我在我住的门口搭个临时棚子先放一放，一个礼拜，不，不，十天我就处理完了。我现在就想找辆大车，拉东西的大车。大泉说，你做梦去吧你。你就不能拣点好东西收下，破破烂烂没用的别收。

二泉说，你们不用的没用的，对我和那些打工的收入低的可能是好东西。再说，好东西像名烟名酒高档礼品购物卡什么的既贵重又不用车拉，可得有人……他意识到自己说漏了嘴，赶忙停住了。

大泉那边好像着急上火，口气越来越严厉。二泉我告诉你，有不少人家尤其是塔楼那边的和街道不配合，至今不动。到明天限期一到，街道就会行动，就用不着你小打小闹地收了。

二泉恼羞成怒，挂断电话后拳头朝地上咚咚咚砸了七八下，指关节都渗出了血。

第二趟，二泉拉了十几辆破旧自行车。

第三趟的时候，他刚进小区就看见小平头正在忙着往传达室里搬一台冰柜。小平头看见他过来，麻利地用身子挡住传达室的门。二泉也没推理他，趴到窗户往里看。唏，传达室里堆了半屋子废旧物资。有旧冰箱、旧电视机、旧洗衣机、旧书架、旧衣架、旧桌椅……二泉火冒三丈，对小平头毫不客气地说，大哥，你这是趁火打去(劫)，老虎嘴里抢食啊！

小平头也不客气，我呸，你当你是老虎？在我眼里你就一只跑到北京寻食的小老鼠。

你，你……二泉脖子上的青筋一下子变粗了，脸涨红了，拳头也扬了起来。

小平头瞪了他一眼，骂道：滚，滚！

二泉！小雪突然出现在二泉眼前。她伸手把二泉的拳头拉下去，又拍了拍他的脸，严肃地说，想打架呀？

二泉愤愤不平地说，他欺负人。

算了算了。小雪说，谁也不兴欺负谁。见二泉无动于衷，又低声说，给你找了辆车，大车，在门口等着呢。你看是和小平头打架呢，还是赶快拉东西呢？

二泉这才不情愿地松开了拳头。

到了垃圾桶前，二泉看见杜老头坐在一张红色的小凳子上，嘴里叼着红木烟斗，手里拿着一根拐杖，好像在看守那些废旧物资。他又火了。难道杜老头也和小平头一样想来和自己争？

杜老头看见二泉，用拐杖头捣着地，十分不满地说，二泉呀二泉，你那天怎么又迟到呢？再这样，爷们就不给你说好话了。

二泉说，看门的小平头欺负我。

杜老头说，他欺负你，你可以投诉他，再不行就告他。可是，可是我们没欺负你吧。你把垃圾往这一扔不管不问，像话吗你。

二泉这才明白杜老头不是来和自己抢，相反是来帮自己的。他嗯了一声就往车上装东西。楼上有人往下送废旧物资，杜老头就站在楼门口,挥动着拐杖指挥他们:就放垃圾那边,让二泉帮咱运走。

车装满了,临出发时小雪来了。她把一个塑料袋交给二泉,对二泉说,这里有两部旧手机。一部摔过,可能有毛病。一部年头久了,但还能用。我知道你喜欢鼓捣。你鼓捣鼓捣看,修好了还能卖个百八十元钱。

二泉原想说声谢谢,可是马上想起自己是在帮她忙清理废旧物品,应该是她感谢自己。他犹豫了片刻,问小雪:你随手往垃圾袋里丢过什么贵重东西吗?

小雪目不转睛地盯着他看了约一分钟,摇摇头说,没有。

二泉问:真没有?

小雪又点头,真没有。

二泉启发她说,比如一张纸、一张照片。

小雪眉毛扬了起来,神情也紧张了。你捡到过一张照片是不是?噢,怪不得你曾经在我面前提起过我老公……照片呢?我一直以为是寄丢了。

二泉掏出照片递给了小雪。小雪高兴地捧在眼前看了又看,呵呵呵乐得像个孩子。她指着照片上那个帅气的男孩,问二泉:你不认识他呀?

二泉摇头,我咋会认识他。

小雪说,他就是你亲侄子,我的干儿子泉生。看看,你这个当叔的真称职啊!

二泉伸头看了看照片,这回倒觉得照片上那个大男孩似曾相识。过去他每次看照片只顾看小雪,压根就没有认真看过她身边那个大男孩。不过,他还是不太相信。我有十年没见过泉生。他奶奶去世时他回过一次老家,那时候不是这个样子嘛!

小雪：他瘦了？

二泉：听说他出国几年了。国外吃的住的都不如在家，所以就瘦了，就像我在北京……他鼻子哼哧哼哧几声，好像很难过很委屈。

小雪：别怪你哥。

二泉：不怪。

小雪：你哥其实不容易。

二泉：嗯。

小雪：你哥还是很关心你。

二泉没吭声。临出门时他回过头对小雪说，麻烦你给我哥我侄子都捎个话，家再穷兄弟再穷，还都是最亲最亲的打断骨头连着筋有血肉联系的……说完，他的眼泪流了出来。

春节前夕，居委会主任打电话给二泉，说是社区推荐他为街道的"好人"，已经被评上了，节前要开会表彰。二泉在电话里沉默了片刻，问：有奖金吗？

居委会主任说这是荣誉！

二泉说，我已经在回家的路上。那奖状你替我领吧。

居委会主任急了，那，那春节谁清理垃圾？

二泉那边电话已经挂断了，传来的是嘟嘟嘟的长音……

2016年10月6日于北京官园

我的文二嫂子

一

如果不是多年隔墙而居，如果不是她的模样儿在我脑海中印象太深太深，我真得不敢相信这就是我的文二嫂子。

她上身穿着件血红色的蝙蝠衫，下身穿一件雪白的西装短裤。上边露出雪白的脖颈，下边露出细嫩的大腿。你难以想象在豫西偏远的山沟里，怎么会生长出这么一个白白净净又水灵灵的女子。她长长的披发又黑又亮，犹如一片瀑布。她站一个坡上，身子顺势挺成了直线，波浪形的胸脯特别抢眼……夕阳好像也格外喜欢美女，悄悄地打扮着她，给她脸上添一片胭脂，给她身上添一层美丽。她的这副样子，让我想起时装店橱窗里的时装模特。别说这是乡下，就是我们学校那些"开放型"的女大学生，也只是西边的太阳快要落山时，在操场上打排球打羽毛球或者在宿舍里才敢穿这一套。

兄弟，你看什么？她大大方方地说，你在城里上大学，什么样的女人没见过？嘻嘻……

我的脸红了。因为我觉得额头有点发烧。我在心里骂自己：瞧你小子这点出息，亏着还在城里上大学，让一个美女问得脸红。

放假了？回来几天了？她又问。这时，她抬头看了看夕阳。夏天的夕阳余晖照到人脸上还有点儿火热。她从衣袋里掏出一副墨镜戴上，隔着墨镜看了看我。

回来十几天了，全庄大人孩子都见了，就是没见着你。我说。

她笑了，想见我了？文二嫂子喜欢开玩笑。

我也笑了。

兄弟，你这一笑让我发现了你的一大变化。她说，我要是说出来你千万别见怪别生气！

我说，怎么会呢。嫂子你说吧。

她犹豫了片刻，好像在琢磨是不是要向我说。也许见我态度诚恳，她才半是认真半开玩笑地说，你的牙齿白了。过去，你可是一笑就露出黄牙板儿，就像抽了十几年烟，被烟熏的……

我能说什么，只有笑笑。

她问：听说我干什么去了吗？没等我开口，她自己就先作了回答。她说，我在城里开了个素汤馆，专做素菜素汤。店就在火车站对面那条很繁华的街上。我那门挨着门有五六家饭店。你反正懂得竞争吧？我和他们搞竞争。

我点点头，竞争就是比，比较、比试、比拼。我用了几个排比。

她没有注意我的用词，也就是说我没有引起她的注意。她说，他们都争不过我比不过我。不知你听没听说过，我父亲，你得叫大爷，他是开饭店出身，最拿手的招儿是烧汤，特别是烧菜汤。他用山芋秧子也能烧出人人喜欢喝的汤。一个字，鲜。

我说，鲜就是新鲜、鲜美、鲜嫩、鲜味。又是一串排比。

这回不知是她听出了我的学问，还是听出我在赞扬她，认真而又仔细地看了我一眼，不无自豪地说，那几家店有的搬走了，有的停业了，现在还剩下两家，一天下来的"流水"赶不上我中午一顿的。

那说明你经营有方，我说。其实我心已有点不乐。我的文二嫂子，你怎么就不知道夸别人两句呢？这世上有不喜欢被夸的人吗？无论是男是女，是老是小，哪个不喜欢被人夸呢？夸人又何尝不是一种风格，一种态度。

她可能没有想到我的感受，也可能是心里压抑太久，终于见了一个知音，所以想一吐为快。当初，我再三劝你二哥出去闯闯。他会开汽车，人又不笨，再加上我给他当帮手，怎么就不能……唉，他不听，还骂我心野了，不能与他共苦了。他还说我浑身上下没长一根经营的细胞，癞蛤蟆想吃天鹅肉。我就和他赌气。我原想在附近的镇子上，最远也就县城干干、看看。后来一想，要闯就闯大城市，大不了再回家和他一起伺候那两亩地呗！没想到，这一去就真闯出来了。

我说，你是咱庄上女的里第一个到城里务工的，而且是开饭店当老板，没有闯劲根本不可能做得到。我这句话绝对不是奉承她讨好她，而是发自内心地赞叹，也是对她的肯定。但是，说罢我就后悔了。因为回家这些天，我听到的关于她的说法几乎都是负面的。有人说，文老二的媳妇跑到城里当"鸡"去了，陪男人一个晚上就能挣多少多少钱；有人说，她高中还没毕业，写自己名字有时还丢胳膊丢腿，竟然搞什么餐饮文化，笑话！甚至有人说，她每天在城里用洗屁股洗连着屁股那个女人最忌讳说的地方的水烧汤给城里人喝……不知出于什么原因，我还跟那些说她坏话的人争辩过。我说她不是那种人。她搞餐饮文化是有人帮有人带。他们反问我怎么知道她不是那种人。帮她带她的人和她什么关系？我无言以对。不过，我希望她是纯洁的，像我们村庄旁女儿河水一样纯洁。

文二嫂子！我想对她说点什么，话到唇边又咽了回去。我是没有勇气，也不想伤害她。把别人背后说她的话当面说给她听，岂不是当面骂她一遍。

要往庄子里走了。我想和她挨近点，不知为何心里却有些惧怕。她倒是很大方，靠得我很近，身上的香水味直朝我肺腑里钻。

此刻，我俩走在竹林里的蛇形小道上的。这是我家乡的青竹林。在这片青竹林里，我家乡的父老兄弟们演绎过许多许多爱恨情仇、生死离别的故事。从小学到大学，我有很多篇作文都写过青竹林。在我心中，它是美丽的青竹林，受过千般苦难万般折磨流过血的青竹林。曾经爱过也失恋过献了身又被抛弃过的青竹林。一天下来，青竹林里聚集了浓烈的炎热，人在林子里觉得很闷热。我甚至怀疑竹子也热得汗淋淋的。文二嫂子额头上布满了密密麻麻的汗珠，有几滴还落在了她长长的睫毛上。我想用手里的一本书给她扇一扇风，让她凉快凉快，又怕引起她怀疑，就没敢动。我说，文二嫂子，要累了，咱就歇歇。

她突然在我的肩膀上轻轻拍了一巴掌，嗔怪地说，兄弟你在城里两年了咋还不懂？像称呼比你大几岁的女人，城里都叫大姐，或者叫姐们对吧！

我说是，叫嫂子习惯了，觉得亲，一下子改不过来。

她哈哈大笑，嫂子亲，姐就不亲了……话没说完，她的身子忽然向左边一倾斜，幸亏她反应机敏，抓住了一根竹子，才没马上倒下。我赶忙弯腰去拉她，没拉着胳膊，却拉着了大腿。这是我第一次接触母亲之外的女人的皮肤，身子像触了电一样猛地抖动。

你，你……她好像察觉到我的心并不安分守己，瞟了我一眼。但是，我从她的眼神里看不出有恶意和反感。

我的脸红了。

就要走出竹林了。竹林外就是那条足以让故乡儿女自豪又令故乡儿女深爱，但同时又曾给故乡儿女带来过耻辱和灾难的女儿河。可以听见河边洗衣的女人谈笑声了。不知为什么，我的双腿突然沉重起来，迈不动了。

你还有事？她问我。

我想和你好好谈一谈。懂吗？我是为了你好！回到家这些天，茶余饭后，田边小憩，听人们谈论的都是关于你的故事，那些故事红红绿绿，情节乌七八糟。在乡邻们眼里，你已经变成了一个坏女人，甚至变成了一个恶魔。我想问问你真的变坏了吗？你没有权利破坏你在我心目中的完美。可是，这些只是我的心思，没有说出来。真的，我就欠那么一点儿勇气。

她说，那我先走了。等你回城后，到我的饭店去吃饭。走了几步，她又回过头给我开了句玩笑，兄弟，别忘把你女朋友也带来！

望着她像一只红蝴蝶翩翩消失在绿色的竹林中，我十分沮丧。你这个窝囊废，在大学生演讲会上，在成千上万双眼睛注视下，你能滔滔不绝；在一些研讨会上，你能据理力争，和不同意见的人吵得面红耳赤，为什么在她面前吞吞吐吐呢？你怕她，还是喜欢她？

我怏怏地走出竹林。女儿河边洗衣的几个女人，不约而同地把惊异的目光投向我。

大嫂，洗衣服呀？我主动和文大嫂子打招呼。

哎呀，是状元郎兄弟回来了。这么热的天钻竹林里做啥的？文大嫂子上上下下打量着我，好像我是偷盗了竹林什么宝贝的窃贼。说着，她还站起身，向文二嫂子离去的方向望了望。回头问我：见了二嫂子了吗？

我点了点头。我知道文大嫂子和文二嫂子不和。这几天，光她给我讲的关于文二嫂子的坏话，用俺村人的话说"用箩筐也装不下，抬不动"。当然，我也知道她和文二嫂子矛盾的根源。她嫉妒文二嫂子的聪明、灵巧，甚至连文二嫂子的漂亮，她也恨得发狂。我心里话讨厌她，表面上又不能不应付。我说，刚才路上见了，打了个招呼。

等着吧，这个小妖婆一回来，咱这儿甭想安宁了。文大嫂子愤愤不平地说，她不知把哪个男人的魂勾了去呢。

几个洗衣服的女人也跟着文大嫂子发起了感慨。

瞧那打扮，就不是个正经人，活脱脱像个白骨精！

哎，你们没听说，她在城里天天跟野男人睡觉。不信让她脱了衣服你们看看，那肚皮上的老茧有三指厚，都能当磨刀石用了。

听说她还要带咱村几个女孩进城跟她干去，做梦去吧！谁家敢把孩子交给她带。

接下来几个女人骂得骚话不堪入耳，我觉得就是女儿河听了，都会羞红了脸。

快到家门前了，我看见文二嫂子正站在门前的街中心同一个高个子男人说话。看上去她讲话时很得意，细腰不停地左转右转，两手不住地摇下摆。

大概是谁唤了文二嫂子一声，她和那个高个子男人分开了。瞧她大大方方向那男人伸出白嫩的手，我真的有点感动了。我的文二嫂子，你是在同现代文明握手吧！当然，我也知道如果是另外一个同村人看见了，会对她嗤之以鼻，如果是文大嫂子看见了，又会骂她"浪货""骚货"。在我们那个乡下，男人女人见了面，一般会点点头，顶多问一句吃过了？去哪儿？握手，还是女的先向男的伸出手，我还没见过。别看这样细微的动作，有可能会引起一番热议，甚至招来骂声。

我的文二嫂子　207

她进了她的家。

我进了我的家。

我们两家一墙之隔。那可不是城里机关大院或学校的院墙，而是用一块块狼牙般的石头摞在 起的。很矮，只到我胸窝。站在墙跟前，可以看见她那个干净利落小院里的一切，还能透过窗户看见屋子里。不过屋子很矮，光线也差，看不太清楚。

忽然，从她家的堂屋里传出一个男人粗哑的叫骂声，吓了我打了个激灵。不用辨别，是她丈夫文二哥在骂她。你这个骚娘们，活脱脱像只不着窝的野兔子，回家来也不说好好给我做顿饭，又跑哪儿撒野去了？

哟，你守老营有功劳怎的？我回家来是招工、订菜的。大半天跑了几个村。文二嫂子的声音也很高。你一天什么也没干，连饭也不能做吗？告诉你，我可不是你文老二花钱买来的奴隶！

文二哥骂得更凶了。奶奶的，开口钱闭口钱，钱，钱！你觉着捞几个钱回来就了不起了？屁，老子一分也不会动你那脏钱！你说，那张报纸上搂着你的男人是不是你的野男人，睡没睡过你？

文二，你，你真不是人……文二嫂子哭了。

接着是乒乒乓乓的摔打声。再接着是咚咚咚的脚步响。我姐用力把我推到屋里，关上了门，幸灾乐祸地说，这个女人是该好好管管了。她给文老二挣了多少顶绿帽子呀！

我没心思听姐说文二嫂子的不是。我关心的是她和文二哥之间接下来还会发生什么事情。我从窗户向她家看。不一会，看见她披散着头发从屋里跑出来。我一下子目瞪口呆。文二嫂子上身的血红色蝙蝠衫当胸撕掉了一片，向两边敞开着，一片洁白和两堆丰满向晚霞和人间裸露着羞辱。文二哥追了出来。他的手中攥着从文二嫂子衣服上撕去的一片布，狠狠地掷在地上。我觉得那分明是从文二嫂子身上撕下的一块血肉。

奶奶的，我叫你这个浪货还浪不浪？从今天起你出门一步，我揍断你的狗腿！文二哥气势汹汹，长方脸扭曲成了四方脸，眼睛瞪得圆圆的，活像一尊凶神。

我一来不想听他们夫妻吵骂；二来因文二哥出现，我不敢再抬头向那边看，就关上了窗户。

文二哥真无能。打到的媳妇，揉到的面。这样的小妖婆，换别的男人早就打得哭爹叫娘，老老实实了。我姐在屋里纳着花鞋垫，嘴里却也在骂着文二嫂子。

你，你怎么能这样说人家？我很不高兴地责备姐，人家文二嫂子做了什么丢人事？

她做得丢人事还少？光挣的绿帽子，就够文二哥戴一辈子的了？姐说，都是本庄本村的，谁不知谁吃几碗干饭。她在城里凭什么挣了那么多钱，还不是靠脸蛋俊和一身香肉换的。她和野男人的照片都登报了。有人从城里寄给二哥。

我没看见登她照片的那张报纸。但是，凭我了解的情况，报纸上不会登人家隐私的照片。我怀疑是给文二哥寄报纸的人故意陷害文二嫂子。这里边必有隐情。

姐说，看着人模狗样的，做的事猪狗不如！

你，你再说一遍！我气得怒目圆睁，握紧了拳头。姐吓得惊慌失措，针尖扎到了手指，疼得轻轻叫了一声。接着把被针扎的手指放到嘴里吮吸。突然，她又笑了，说，哟，我说的是邻居家媳妇，就把你气成这副模样。要是你媳妇，我说几句，你还不把我连皮带骨头活活给吞了。

我说，姐，文二嫂子不像人家说得那样子。

我姐嫁的是她初中一个同学。姐夫在地勘队工作，天南地北到处跑着找矿，一年四季回不了几次家。姐生了孩子后，就搬回我家住了。姐对她自己丈夫倒是十分理解。男人嘛，做大事情。一天到晚朝家跑的男人有啥出息？她养了几只母鸡。她把母鸡下的蛋，一半给孩子吃，一半放在一只罐子里留着，等姐夫回来又是煮又是炒着给他吃。我曾听姐夫开玩笑说，在家待一周，回去大伙说我打嗝都有鸡蛋味！可姐对文二嫂子一百个不顺眼。昨天晚上，她还数落文二嫂子给我听。你看见二哥家院里院外堆的红砖了吧？快大半年了。是他媳妇让盖房子用的。他媳妇要二哥把老房子拆了，换成砖墙瓦顶。二哥现在也没动。我问为啥？姐说那还不明白？二哥怕乡亲们说钱不干净，盖了房子带来邪气。我气得骂了句脏话：净他妈扯淡！

姐知道我挺喜欢文二嫂子。不过，在她看来，那种喜欢就是乡邻之间的一种普通感情。所以，她拦住不让我出门。姐知道你大学生，赶时髦，和俺们想得不一样了。可是，你总不能不听乡亲们的吧？一个人看不起她，两个人看不起她，那不是她的错。可咱全村几百号子人都骂她，难道都错了？我针锋相对地说，你说的几百号人有几个敢像文二嫂子一样出去打拼？

姐说，那你等着。文二哥肯定能打得她说真话。

这一夜，我的心像被一只手揪着……

二

我还清楚记得第一次见到文二嫂子的情景。

那年我刚上初二。一天中午放学后，我和几个小伙伴光着屁股在女儿河里泡了个痛快才回家。我家的门楼和文家的门楼挨得很近，一蓬葫芦架在两家的门楼上，绿色连成一片。文家院子里有棵石榴树，到了石榴挂满枝头时，有几枝头伸到我家。文家爷爷隔着墙喊，狗蛋，把那些石榴摘了吃吧！不想吃去换点盐……我家的枣树也伸到文家院子里，挂枣的时候，我奶奶也会叫文家人摘了吃。文家爷爷在世时曾感慨地对我爸我妈说，咱这墙挨墙门挨门已经有三代人，两家的亲情是怎么也不能割断了。

远远就看见有一堆人围在门前，站在中间的是身着一身黄军装的文二哥。文二哥是前年参军走的。这家伙本来就长得挺英俊，再穿上一身军装更显得帅气。在我这个连山沟也未出过的初中生心目中，他就像电影里的英雄。昨天夜里我还做了个梦。梦见我穿上了他那身军装，个子也长高了长壮了，威风凛凛地朝学校里一站，浑身都光彩夺目，吸引了很多同学驻足观看。

哟，那是谁？我的一个同学惊讶地轻轻叫了一声。我循声望去，眼睛也不由地一亮。我看见文二哥身旁站着一位漂亮的长辫子姑娘。她是谁呢？是来俺庄走亲戚的吗？还未等我走到跟前，人群就散了。文二哥和那个长辫子姑娘挨着肩进了文二哥的家。我忽然头脑开了窍，这姑娘是文二哥的媳妇。回到家，一问姐姐，果然是文二哥未过门的媳妇。我乐了，咧开大嘴不住地笑，趴在墙头上探着头去瞧长辫子姑娘。可是，我没看见文二哥和长辫子姑娘，却听见屋里有人哭，是个女的声音。我心中生疑：人刚进家门怎么就哭？

姐扯着我的耳朵把我从墙头上拽下来，玩笑地说，你是看上文二哥的媳妇俊了吧？等你长大了，也让爸爸妈妈给你找个俊媳妇，让你当画看，不要吃饭就能撑饱！姐虽然是玩笑话，但话中有话。

那时候，我和小伙伴放学回家，放下书包不是拿起镰刀去河湾里割猪草，就是背只粪箕子漫山遍野去拾柴火。我姐把我从墙头上拉下来，就把镰刀递到我手上，催着我出去。我的心情格外愉快，一气走了好远好远。不知为什么，文二哥媳妇的长辫子老是在我眼前晃来晃去。那天，我直到太阳落山才回家。离很远，又见文二哥家门前围着很多很多人，吵嚷嚷乱哄哄的，好像发生了什么事情。我赶忙钻进家。我家院子里也站了很多人，隔着墙头朝文家看，已经没有容下我的位置了。在我从小的记忆中，村子里隔三岔五有人家吵架。一到这时村里人都会去围观。如果碰到吃饭的时候，有的端着饭碗蹲在一旁，一边呼啦呼啦地往嘴里扒饭，一边津津有味地听着吵架的双方对骂，好像给他的饭里增添了味道。

我急中生智，爬到我们家院里的老枣树上，文家院子尽收眼底，我看见一个矮胖的黑脸女人气势汹汹，满嘴唾沫星子乱飞，指手画脚地骂着些不干不净的话。她的身后，站着几个年轻小伙，地上还蹲着一个干瘦老头。文二哥和矮胖女人面对面地站着，满脸汗水像一条条小溪往下流。

亏着你还是个当大兵的，勾引人家的媳妇，不知羞耻，这是犯罪！黑脸女人先是对文二哥说，接着又面向大伙，拍着巴掌吆喝，小文沃的父老乡亲们你们来评评这个理。把人家的媳妇勾引来做媳妇，按你们文家祖传家法该治个什么罪呀？

人群中没有回声。

黑脸女人急了，哟，你们小文沃没有通人性的呀？要是有人把你们文家哪个媳妇拐走，你们也会这个样子吗……黑脸女人气恼得又是跺脚又是拍手。我相信她的两个巴掌都拍肿了。

这时候站出一个人来，是东老太太（注：安徽萧县一带的农村民俗，称呼比爷爷辈分大的男人"老太太"，以表示尊敬）。我们小文沃文姓占得多，辈数也悬殊。东老太太是我们文家辈数最长的，连我爷爷都称他为大叔。因为村子里和他同辈分的还有一个老人，所以人们就根据他们两家住的方位，分别称他们为东老太太和西老太太。东老太太比西老太太又大几岁，理所当然成了我们文氏家族的权威。他那时已经八十多岁了，身体十分硬朗，耳不聋眼不花，说话声音洪亮。据说他的牙不但没掉而且很有劲，什么饭都能吃。不像有的老人比如我爷爷，只能吃些软面和喝点汤。他满脸怒气地冲那个矮胖女人说，我说妇道人家，嘴打扫干净些，说话别咬脏字，文家人没有都得罪你，有理讲理，想给姓文的泼脏水可不行！

黑脸女人很会察言观色。她从东老太太的相貌，举止以及大伙对东老太太的表情中，看出东老太太在村子里的地位，笑容可掬地说，老人家您别生气，怪我气糊涂了，说了些对不住您老人家及乡亲父老的话。您老人家海涵，可甭跟我一妇道人家一般见识呀！说完，她冲蹲在地上的瘦老头瞪眼了一眼，还不给老人家敬烟？瘦老头从衣袋里掏出半盒烟，递给黑脸女人。黑脸女人抽出一支递给东老太太。

东老太太被黑脸女人几句好话说得心里挺得意，神情也温和多了。他接过黑脸女人递的烟，夹在耳朵根上，仰着头问：你们到小文沃来有什么事，尽管讲吧！要是俺文家有人不讲理，我给你们做主。要是你们来胡闹，我也不会轻饶你们！

黑脸女人突然呜哇呜哇地哭了，老人家，您老要跟俺做主呀！俺家花了一笔钱给俺儿子换了个媳妇，还没过门，就被你们这个后生给拐骗来了！她指着文二哥的鼻尖说，俺来找他要人，他，他不给；俺要钱，他说没有……

人群一下子寂静下来，就连刚才还在娘怀里哭闹的孩子也安静了。几十双目光都集中在东老太太和那个黑脸女人身上，想知道后边会发生什么事情。黑脸女人两眼也紧盯着东太太，目光既有怀疑，又有期待。

东老太太望着文二哥，目光冷峻，突然厉声问道：小二子，这是真的吗？

文二哥倔强地昂着头，没有回答。

东老太太问你话，还不快回答！人群中有人向文二哥发出呵斥。

文二哥仍然没有回答。

我真有点傻眼，眼前发生的故事让我一时难以弄懂。媳妇还要花钱去换？多新鲜的词儿。

黑脸女人忽然转过身，拉起一直耷拉着脑袋蹲在地上的瘦老头，说，亲家，你给这个老人家说说是不是真的？你闺女我那儿媳妇是不是被这个当大兵的拐骗来的？

瘦老头浑身颤抖着，点了点头。

人呢？东老太太厉声问文二哥。

就在他屋里藏着！黑脸女人指着文二哥屋说。

东老太太的脸一下子拉长了，眼睛瞪大了。他四下扫视一遍，看见了文大嫂子。文大嫂子这会儿急忙钻到屋里，果然把长辫子姑娘给拉了出来。东老太太恼羞成怒，指着文大嫂子就骂，你这个嫂子怎么当的？你公公婆婆都走了，老嫂子比母你懂不懂？兄弟带着个女人家来,你也不问一问是谁?接着,他又骂文大哥,还有你这个当老大的,父不在,兄为父,你光为你自己老婆孩子热炕头,闹到给文家丢人现眼。奶奶的,文家的脸面不能败在你们几个孽种身上。今天,当着这几个客人还有外姓亲邻的面,咱给你们动动文家的族规家法,来……

东老太太一个"来"字刚出口,长辫子姑娘挺身站在文二哥面前。她因气愤而涨红的面颊上还留着泪痕,目光却被泪水洗刷得更加明亮。她义正词严地对东老太太说,老人家,一人做事一人当,这一切与文家没有关系,有什么事我担了!

你,你……东老太太气得身子发抖,半天没想到一个词儿。倒是黑脸女人早已胸有成竹,走到长辫子姑娘面前,拉着她的手,亲切地说,孩子你受苦了,婶子知道你是被骗的。俺不怪罪你,走,咱们回家去吧!

回家,回哪个家?长辫子姑娘甩开她的手,反问道:想让我跳你们挖好的哪个坑呀?给你说吧,我死也不会回去的。

黑脸女人被激怒了,你敢不听我的话,也不听你爹的话?给你明说,别敬酒不吃吃罚酒,今天老娘就是拖也要把你拖走。

你敢!文二哥挥了挥胳膊,把长辫子姑娘拉到自己身后。那一刻,文二哥的形象在我心中变得更加高大了。我想到了顶天立地这个词。用它来形容文二哥一点儿也不错。

长辫子姑娘可能心里更有了底气,寸步不让地说,我一不情愿嫁给你儿子,二没和你儿子领结婚证,三没跟你儿子有不正当关系,你凭什么要强迫我?

你爹吃了我家的饭,用了我家的钱。黑脸女人说。

长辫子姑娘说,他吃你家的饭早成大便,要讨你向茅厕讨去。

我的文二嫂子

他花你家的钱与我没关系,谁花了你找谁要去!

人群中爆发出一阵热烈的笑声。

黑脸女人恼羞成怒,伸手要抓她的长辫子,被她推了一个趔趄。她又去拉那个瘦老头,瘦老头无可奈何地闪开了。无奈,她又去求东老太太帮忙。东老太太被她几句话捧得心里乐乎乎的,竟对文大哥文大嫂子下了令,你们两口子现在就把这姑娘赶出村去。

文大哥没动。文大嫂子想去拉长辫子姑娘。长辫子姑娘瞪了她一眼,她再没敢轻举妄动。

长辫子姑娘望着院里院外,墙上墙下的人群,说出了黑脸女人沟通媒婆搞买卖婚姻的事。她也含沙射影地责怪了东老太太一番。接着,她挽着文二哥的胳膊,说我和文泉是自由恋爱,我跟他回来就是结婚的。他没骗我没拐我。我就喜欢他堂堂爷们气派!是你们小文沃、文家人传给他的爷们气派!

她的这番话让我们村在场的老少爷们心里高兴。我也打心里为文二哥骄傲。文二哥找了个那么俊的媳妇,为文家争了气。我竟然不知天高地厚,脱口而出地喊了一句:买卖婚姻犯罪!

姐在我屁股上拧了一把,疼得我咬牙咧嘴。姐说你咸吃萝卜淡操心。看看那女人,哼,我觉得她不配二哥。

不知是长辫子姑娘一番话的威力,还是她一身正气的威力,人群中开始有人为她说话。有的说花钱买媳妇,也得人家闺女同意。有的说这都什么年代了,还敢干买卖婚姻犯法的事。有的说这姑娘配文老二,天生一对。黑脸女人像泄了气的皮球,再也没有吵闹,向瘦老头丢下一句,咱的账得算清,然后灰溜溜地走了。

长辫子姑娘终于留下来,第二天就同文二哥拜了天地。

从那时起,我就很崇敬她,甚至把她作为心中的女强人。放了学，我回到家第一件事就是先隔着墙头往文二哥家看。她也许因为对我那天吼的那一嗓子记忆深刻，看见我就笑着和我说话。我们的话题越来越多，有时聊着聊着我竟然忘记去割猪草，挨爸爸一顿骂。她顶喜欢我。有几次她正在洗衣服，让我把脏了的褂子脱了帮我洗。我姐嫉妒地说，让文二嫂子做你姐吧！

其实，她比我大五岁，和我姐同龄，的确是做姐姐的。

我上高中时在离家十几里的镇上。别的同学住校，一周回家一次取食粮。我却一周回家二次三次。有时回去见了她一面，披星戴月再赶回校。如果回去见不到她，心里就挺不乐。

我后来才知道，这就是男人的初恋。

我到省城读大学的第一个寒假，回村时没见到文二嫂子。姐告诉我，她到省城做生意去了。

我第一反应是吃惊：她一个人？

姐说，就她一人，兜里揣了卖石榴的50元钱。和二哥吵了一架走的。走时撂下话，不混出个人模狗样不回来见你！

我摇头，愠怒地说，二哥也太不负责任。怎么能……

姐说，你不知那女人心有多高多野！她早就对二哥不满意了。她说二哥没出息，就知道守着那两亩承包地。她说二哥身上不再有当兵时的精神气，终日为没要孩子唉声叹气。她还说，多了，多了。二哥一提她就恼火。

我不想听姐姐说她的不是，就直截了当地问：文二嫂子在省城待得下去吗？

姐说，听说好着呢！开了饭店，自己当了老板娘。

我心里想：二嫂，你怎么不与我联系呢？

三

夏日早晨的女儿河美得令人心神荡漾。河水像女人的乳汁一样白,看了忍不住想饮一口。翠绿的竹林披着一层雾纱,像一群"绿衣仙子"。近处的山远处的山,在淡淡的晨雾中时隐时现,让人觉得他们都活得更精彩了。

我走在女儿河边,心情沉重,脚步沉重。

昨天前半夜,文二哥家里的吵闹声几乎未断。到了后半夜,我实在犯困睡着了。今天早上一起来,我姐就对我抱怨说,二哥这个媳妇,真是越来越不像话。二哥一觉醒来,发现她在床头上留了张纸,人不见了影子。

那张纸上写了什么?我问。

姐说,能有什么好事?说是要和二哥离婚。停了片刻又说,谁也不怪,怪文二哥自己,当初就不该娶这种女人。人家上门来要还给人家,今天就没这烦心事了!你想想,她给二哥惹了多少是非,就说你知道的那块表……

那时候,文二哥还在部队上。他给文二嫂子寄来一块"钟山表"。这在当时是要"走后门"才能弄到的。在我们这个山村里,别说普通老百姓,就是大队里那些头头脑脑们也没混上手表。文二嫂子手腕上那块金灿灿的东西,一时成了众矢之的。我记得大队里,小队里那些头头脑脑们,经常到文二嫂子那儿去问时间。规矩点的,走门口喝一声"文二家的,几点了?"得到回答后就走了。有心术不正的,钻到文二嫂子屋里,假意问时间,却扯上半天话,还不住说,才这几点钟,不晚不晚!有的大队头头,还经常借文二嫂子的手表戴，有时十天半个月也不提还。我们那个大队书记去县里开"三干"会，借文二嫂子手表用以"掌握时间"，开了几天会回来，站在门口对文二嫂子说，你这表是他妈什么玩意，怎么老停在一个地方不走！当时我就在旁边站着。文二嫂子什么也没说，把表递给了我。我一看，原来大队书记不懂给表上劲，劲完了当然停在一个老地方了。我一说，大队书记脸红了。妈的，这玩意儿也要上劲啊？！

村子里风言风语，说文二嫂子是块"吸铁石"，把那些男人"吸"到家里来。文大嫂子说得最多，骂得最多。东老太太那时还活着。他从一开始就对文二嫂子没好感，一说到文二嫂子，他就摇头叹气，说文老二家的是麻绳串豆腐——提不得。

我那时候学前学后都要帮家里干活。有时不用我去问，文二嫂子就隔墙甩过话来：快该打预备铃了，晚到校小心老师熊你！后来，因为那块表惹了一场口舌，文二嫂子一气之下把表扔进了火里。

那天，大队书记又找文二嫂子借表。文大嫂子正巧也来找文二嫂子。她半是认真半是玩笑地对大队书记说，你借俺家兄弟媳妇的表，她借你什么呀？

大队书记哈哈大笑，我身上有的她都可以借。

文二嫂子正在烧火做饭，听了文大嫂子和大队书记的话恼羞成怒，把表扔进灶膛熊熊燃烧的火中。

有一阵风儿从女儿河的河面上吹过，河水颤抖起来。

我这时已走到文家的牌坊前。小时候，我在河岸上见过很多座牌坊，后来都毁于"破四旧"了。文二哥的老父亲，曾偷偷把文家立的一座贞节牌坊运到家里，作了垫猪圈的料。前年，文大哥按照老父亲的遗愿，把那座牌坊取出来，立在原来的位置上。听说为这

我的文二嫂子

事，另外一些姓氏的人还闹了一场，因为他们姓氏的牌坊都找不到了，即使找到的也残破不堪。就是文家又立起的这座牌坊，字迹也模糊不清。

记得我上大学第一个暑假的一天早晨，在女儿河边散步时，到了文家牌坊前见过文二嫂子。当时，她手里捧着一本书，在低声念着。我听出她是在读英语。我简直目瞪口呆了，在女儿河边的乡村，在贞节牌坊前，一个当代女子在读英语，这，这太令人不可思议了。

听到我的脚步声，文二嫂子回过头，朝我点了点头。

你在学英语？我问。

文二嫂子像个小女孩，把书藏到身后，摇着头说，没有！没有！

我说，我听着就是英语。

文二嫂子犹豫了一下，点点头。我从电视里看到，外国人到咱中国来得越来越多了。万一那天到了咱村里，咱一句话也跟人家对不上，不是不礼貌吗？

那时，我没有想到她已经在琢磨进城做生意的事了。

我没话找话，看着文家的贞节牌坊问她：这牌坊上边写的什么，二哥给你说过吗？

她沉默了。早霞正如泼血似的从东边的天幕漫无边际地铺开。女儿河仿佛涂上了一层胭脂。远处的山近处的山也越发英俊了。村子里响起繁忙的喧闹声。她叹息了一声，说，这种贞节牌坊能写什么？不就是对女人的一种约束吗？

我非常惊讶，看她的目光都直了。

她反问我：省城现在乡下去做生意的人多了吧？

我点点头。

寸土寸金

她忽然发了一通感慨：旧习惯旧势力的新生，不经过千百次阵痛，甚至头破血流是根本不可能的。这两年，我总是在想，咱这山里人什么时候才能混出个人模狗样来？你听有些城里人说乡下人的话，不是说咱人蠢，就是说咱人刁，说咱人滑……好像当乡下人就是一个错误。我就想，乡下人也是人，难道就不能做出点壮举？比如你就是乡下人，不照样上省城的名牌大学？在人的价值这个天平上，城里人也好乡下人也好，当官的也好老百姓也好都是平等的。

我似乎理解了她，但又好像没听懂她话中的含义。

当时，有人从我们身旁走过，但都是跟我打招呼，仿佛她根本就不存在。有人投向我的目光也含着疑窦和鄙视。我是我们村第一个大学生，在乡邻们眼里是个为他们赢得骄傲的能人。而文二嫂子却恰恰与我相反。我真怕伤了她的心。她却毫不在乎。忽然，她指着那座贞节牌坊说，等着吧，也许有一天，后代也会在河边为我立一座碑，当然不是这种碑？

是丰碑？我问。

她没有回答。但是，从她坚定而自信的目光和神情中，我得到了回答。我的心竟有一阵激烈的冲动。

回城，去见见她！我这样想。

可是，我刚一进家门，还没来得及给姐说我要提前回校，就听见隔壁有女人尖叫。姐愤懑地说，那个浪女人让文二哥追回来了。二哥把她捆在自行车后座上，硬是像驮死猪似的拖回来的。你听，她叫得就像挨了刀子的猪叫！

我一切都明白了。但是，我什么也不能为她做。

到了第二天夜里，她在一个人的帮助下逃出了家门。

后来才知道，那个帮她的人是我姐。

四

回校后,我约了几个同学去素汤馆用餐。话一出口,竟有两个同学连呼赞成,并说他们是素汤馆的老顾客。同学小刘随口说出一段顺口溜:

七鲜汤馆有七鲜
不信你去看一看
小笼蒸包味道美
香喷喷的大米饭
素菜汤儿喝一碗
保你快活如神仙
桌明碗净环境美
热情似火的服务员
有钱没钱先吃饭
下回再来一块算
还有一鲜最惹人——
年轻漂亮女老板

据小刘说,这个顺口溜还曾在报上发表过,是一个记者的文章中提到的。

那个女老板姓文,和你是一家子呢!小刘说,听口音也是你们东北乡的人。她可不简单,不光做一手好汤,待人也热情大方,不卑不亢,对了,她跳舞也很棒!

她会跳舞？我一惊。

小刘挺认真地说，不骗你，她每逢周末的晚上，就带着素汤馆几个年轻漂亮的服务员去舞场。

我敢说，如果小刘不是欺骗我，我对文二嫂子产生了一种反感。怪不得乡邻们那样议论她，怪不得文二哥不让她再进城来，都怪她自己在城里不学好。她能去舞场跳舞，难道，难道？我不敢也不愿再想下去了。如果文二嫂子现在站在我面前，我一定会愤怒地狠狠瞪她一眼。你听那顺口溜后边唱的：还有一鲜最惹人——年轻漂亮的女老板，这，这是什么意思呀？她是"一鲜"，"惹人"，因为她"年轻漂亮"，岂有此理！

哎哎，你老兄是怎么听说素汤馆？小刘走在路上时，突然想起问了我这么一句话。我没有说出文二嫂子是我的老邻居，甚至怕她不好的名声玷辱了我似的。我顺口回答说是在报上看到的。他不信，说是地方小报，大学校园里根本不会有。这家伙，非打破砂锅问到底不可。再隐瞒不行了，我就暴露了和文二嫂子的邻居关系，甚至暴露无遗。

原来是你嫂子！小刘笑了，这么说她早已嫁过人了？看样子倒像个没出门的大姑娘。再说，她也不像是从乡下来的。哎，她丈夫干什么？怎么没和她一起进城做生意？他们夫妻感情好吗？

扯淡，你问这些干什么？我有点火了。尽管我心里对文二嫂子已有了反感，但是不能容忍别人说一句我亲邻的坏话。好狗还护三村呀。

小刘笑着说，伙计，我可没别的意思。说真格的，我很敬佩你这个文二嫂子。她是个了不起的角色。要让我说，她可以称为改革时代的"花木兰"。

我的文二嫂子　　223

我们边说边走，已来到了素汤馆。仅从门面的装潢布置看，汤馆的经营者就是个有现代头脑，善于思考善于号准企业脉搏的有心人。用我们这一带的话说"货卖一张皮"，门面装潢确乎是很重要的。汤馆的门前，是一小片菜园，里边种着青菜。门楼搭的是乡村人家的门楼，乍一看，我有种到了家的感觉。广告词也写得很诱人：要想身体健康，多喝一碗菜汤。进门的一个大橱窗里，放着汤馆女老板和服务员彩色大照片，下边写着一行大字："欢迎你！"文二嫂子留着长发，笑容可掬，不知是请哪儿的摄影师，摄影技术极高，无论你站在哪个角度上，都能看到文二嫂子那双温存的大眼睛在向你致意。看起来，这种设计是颇下了一番功夫的，如果真的出自文二嫂子之手，倒似乎表明她的才气和灵气。

就是在橱窗里，我看见了登着文二嫂子照片的报纸。那是省城一家生活类报纸，有一篇文章介绍文二嫂子从山沟来省城创业。那个与她合影的男人是文二嫂子开饭店所在区的餐饮协会会长，背景的横幅上写着是区餐饮协会食品安全表彰大会。显然，她和那位会长是在会上的合影。我心里一阵悲叹：就这么一张照片，竟然让她挨了乡亲骂，丈夫打；就这么一张照片，竟然让她回乡招工，带乡亲致富的良好愿望成了泡影。

汤馆的布置也是按照乡下人的餐桌布置的，唯一的区别是干干净净，让人觉得很舒坦。汤馆里挤满了人，有的桌子坐不下，干脆端着汤碗站着喝。

小陈，雅座开个包间，这位是你们经理的老兄弟！小刘对一个姑娘说。

小陈看了我一眼，问：你是不是上大学的那个文化兄弟？

我点了点头。奇怪，这姑娘我从来没见过，她怎么知道我的名字而且知道我在上大学呢?

刚刚坐下，小刘就让小陈去叫经理。

小陈说，经理不在，出去办事了。

小刘说，饭店经理不在饭店里，办什么事呀?

小陈听了撇了撇嘴，不满地说，问问文化大哥不就知道了?

我一愣，问我？我怎么知道。

小陈不平地说，你们文家那个文二哥真是不识好歹。凭他凭我们大姐，真是牛屎配鲜花。他倒不知足，老是找我们大姐的碴子。大姐回一趟家，想给家里盖新房子。他倒是好，污蔑我们大姐不守妇道，又打又骂。大姐回来，脸肿着，身上也青一块紫一块，要是换我，早和他分道扬镳了。

小陈一席话，说得我哑口无言。我的几个同学也都目瞪口呆。酒菜上了桌，小刘硬要我和小陈把文二嫂的事告诉他们。

这是人家个人的隐秘，你就不必打听了。我训了小刘一句。谁知这家伙越发上了劲，把酒瓶夺了过去，说我和小陈不讲他就不打开酒瓶。我是不愿在背后议论别人，何况是文二嫂子！我耍了个滑头，说，我上大学前在家时，二嫂在家和二哥感情蛮好。我上大学离开老家，以后的事就不知道了。你要问就问小陈吧。

小陈却毫不推辞，大大方方讲起文二嫂子的个人生活。她先是声明让我评评理，并让我这个兄弟把话捎给文二哥。她口口声声称文二嫂子"我们的大姐"，崇爱和尊敬之情溢于言表。从她那里，我得知了文二嫂子的一段不愉快的岁月。文二嫂子把小陈和另外五个乡下姑娘从山旮旯里带出来，在这个城市的一角，用辛勤用真诚用信任，在大大小小的数以百计的饮食店竞争中站住了脚。文二嫂子在省城饮食行业中已打出了名声。老家所在县对她很重视，据说她已被列为县人民代表候选人。

小陈动情地说,有些人捕风捉影,败坏我们大姐的名誉,目的就是想搞垮我们的大姐。咱们这儿人就是有毛病。人家有的人搞竞争,你比我强,我要靠努力赶上你。可咱们这儿有些人却是,你比我强,我不如你,可是我要千方百计让你也不好。可又摊上你们小文沃那个地方的人都害"红眼病",那个文二哥又不知道什么是爱情,硬是把我们的大姐朝污水坑里推,非沾她一身臭屎不甘心。

小陈看样是二把手,里里外外忙得不亦乐乎。她只在偷闲的时候到我们这边发几句感慨或牢骚。她一去,我就成了文二哥的替罪羊,小刘和几个同学为文二嫂子打抱不平,把火气都朝我身上发。

小陈讲得是真的吗?你们小文沃的人还都有"红眼病"呀?伙计,你当初不应当学中文而应当学医,回来好治治你们小文沃的病患呀!

是呀,"红眼病"可得抓紧治疗,危害确乎不小!

文二嫂子真该和她那个丈夫离婚,干净利索,干起事业来无牵无挂了。以后还愁找不到理解她的好丈夫吗?

我的心要碎了。是的,我为我那个遭人讥讽的小山村感到羞愧。为文二哥感到惭愧。为文二嫂子的不平感到不安。

回到学校,小刘在宿舍里发起了一场"文二嫂子应不应该离婚?"的讨论。他一直是学校里的活跃人物,经常组织我们对热点问题进行讨论,诸如:关于人生意义的讨论;关于解放思想的讨论;关于坚持四项基本原则的讨论;关于某同学做了某件好事的议论,这家伙善于思辨,又有一定的组织和活动能力,身边总是团结着一批人。

我没有阻拦他们,而且积极参与了讨论,几天来闷在心中的压抑一吐为快。当然，我对文二嫂子赞成的话比较多，也说了一些指责的话，比如她上舞厅之类。

小刘却和我争了个面红耳赤，非要我承认自己的思想还有一半属于小农和保守。他对我的批判既激烈又无情。他说，文二嫂子去舞厅，的确是为了推销自己，广交朋友，扩大经营门路，这一条怎么不对呢？我的大学生高才生同志？在你认为，文二嫂子下班以后应该坐在灯下为她那个不值得爱的丈夫缝衣做鞋，为她那个尚未出世的小宝宝祈祷才对是吗？你心目中良家妇女的形象就是这么一个标准吗？他还说到，文二嫂子开的素汤馆还别出心裁地搞了"送汤上门"活动，直接同一些中小型工厂商店联系，每到开饭前，用车子把汤菜送到工厂车间和商店，很受欢迎，被称为"快餐车"，有个记者已经把这一条写成文章，最近就要见报了。

我承认这的确是饮食行业的一项改革。其实，我心中何尝不希望人们给予文二嫂子一些赞扬和肯定呢！

你回家以后，能不能把这一切转告给你的文二哥？如果你的文二哥还不能理解文二嫂子，再给她气受，我们就要动员她和他离婚，并且帮助她把官司打赢！小刘慷慨激昂地说。

这个难题，我无法做出回答。

扯了一下午。晚饭以后，小刘提出去跳舞，大伙都响应，我也只好顺大溜。

文二嫂子！一进舞厅，小刘惊喜地尖叫一声。果然，文二嫂子看见我们，高兴地走了过来。当她的目光和我的目光相遇时，我发现她的目光是坚定而自信的，没有了悲伤和忧虑，好像回到家里任何事情也没发生过。

我还没能够和文二嫂说话，小刘早已抢先一步邀请文二嫂子跳舞了。文二嫂子的舞步很漂亮，可以想象的出这双从泥土中、山道上走出来的脚板，在初入舞场的时候一定怯过阵，也一定被熟练的舞步踏踩过，痛苦过。我忽然觉得这双脚，从小文沃那个山旮旯里走出来，走的是一串辉煌的脚印，这双脚不应再蒙受委屈了。脚是伟大的，它支撑着人生，开创着道路，经受的磨难最多，吃的苦最大。我诗兴大发，但在舞场上又不好伏案疾书，只好在心里默诵着，默诵着。

文二嫂子一直没有闲空，有时刚坐下来想和我交谈，舞曲一响，又被人邀上舞场，只好冲我抱歉地笑笑。直到舞会结束了，在走出舞厅的路上，我们才有了交谈机会。

二哥怎么又同意你回来了？我开门见山地问。我了解文二嫂子这个人。她对你真诚，也要求你对她真诚。

果然，她一如既往也是开门见山地对我说，要是等他同意我回来，除非太阳从西边升起。

我吃了一惊，你是私自逃出来的？

她摇头，不是。是你姐帮的我。

我姐？我打心里不相信。

文二嫂子说，有的话我说了你别生气。我早就怀疑你姐和他有那种关系了。他老是让我给你姐家的孩子买这买那。一开始我还以为是我们没孩子。他喜欢你姐家的孩子才那么做。这次回去，我发现了你姐的围巾在他的枕头底下。

我一时悲愤交集说不出话来。

文二嫂子说，我也不想让大家都难堪。我就喊你姐的名字，让她到我家拿围巾。你姐去了，我就和你姐直截了当地谈了条件。

我们已经走到黄河大桥上。两边的路灯下，围着一堆堆打扑克下象棋的人们。我们找了个背着灯光的地方站住了。宽阔的黄河河面上，倒映着两岸楼房的倩影，灯火的晶莹，显得拥挤而热烈。文二嫂子说，我承认，我已经深深地喜欢城市了。真的，如果有可能，我都想把我这个素汤馆搬到北京、上海、深圳去开连锁店！

沉默了片刻，她又深情地说，我在城里生活了这两年，觉得活得叫痛快！这种生活既紧张繁忙又轻松愉快，让人舒心让人聪明让人活得越来越年轻。我要是在咱们那个小文沃说这个话，会被乡邻们撕个粉碎的。其实，人穷并不可怜，而可怜的是不敢面对事实！我并不看城市户口，那不过是个小本本。我是想争一口气。如果我在城里站住脚，赚了大钱，并且能改变更多乡下人的传统观念如恋土难移、怕钱咬手、人穷志长等，我也就满足了。

文二嫂子一席话，说得我很为感动。可是一想到文二哥，我心里又十分沉重。她这样私自逃出来，文二哥会善罢甘休吗？她能够冲破文二哥这道坚固的障碍吗？

也许文二嫂看出了我替她心有余悸，果断地说，我一路上已想好了。我要和他离婚！当初，我因为不满家里拿我的婚姻换钱，冲破阻力和他相爱并嫁给了他。婚后我们过得是什么日子呀？你是知道的。吃，勉勉强强填饱肚子；穿，缝缝补补遮住身子。山上湖里拼死拼活干一年，换来的麦粒子还不如洒得汗粒子多。

文二嫂子现在变得爱思考了。我想，假若我们小文沃的人们，不，我们千千万万个农民都认真思考，我们的国家会是什么样子。

文二嫂子见我不语，又接着说，我也想过，你不是爱过他？你和他可不是家庭包办的，而是自由恋爱的！你过去为什么不提离婚呢？是你喜新厌旧还是他另有新欢？是的，这一切都很难说清楚。世上的事本来就模糊，特别是感情更难说清楚。当初，我和他结婚，确实没想到今天还要离婚。尤其是我提出来。可是，我真的是忍无可忍了。

我说，我理解。

她看了我一眼。灯光下，那双眼睛温存、温柔，又有些温馨。我不禁有点儿冲动，对她说，你不用怕。这事说到哪儿你也占理。当初你爱的那个文二哥，我也爱。今天你不爱的文二哥，我也不爱了。爱情不是常青树，没有心血浇灌也会枯死。我自己都惊讶说出这样有深度的话。她显然受了感染，或者说受了启发，忽然激动地拥抱了我一下。兄弟，我没看错你！我给店里那些年轻人经常提到你，让他们向你学习。

我反过来不好意思了。

很快，她的情绪又沉重起来，看着黄河水的目光有点呆滞。

你是不是怕社会舆论？我问。

她点了点头，脸上的神情显得沉重而沮丧。说不怕是假。你想想，父母亲会怎么责备我？乡邻们又会怎样指责我甚至恶语伤我？

你不是有意中人了吗？我又问。

文二嫂子并没介意，大大方方地说，意中人，我意中人家不一定意中，有人意中我，我不意中他。不瞒兄弟你说，我的意中人要有学问，有思想，懂感情，懂生活。可是，人不可能每件事都十分中意，完美不一定就好！如果这世界没有缺陷，也许就不这样美好了。

来往的行人和河边乘凉的人们，纷纷向我们投来各种各样的目光。文二嫂子好像全不在乎。不等我回答，她又长叹一声，说，我现在真正体会到了做一个女人很难，很难，下辈子就是做牛做马，也不做一个女人了。

我见她又陷入了颓丧，也没有安慰她。我知道此刻她的感情选择。任何一个人的感情都不是别人的感情能替代的。

我一直把她送到餐馆门前才和她分手。她有点恋恋不舍地约我明天再来找她,说是想和我再好好谈一谈。我答应了。

五

我没有等着和文二嫂子再好好谈一谈,第二天她就回家了。

和文二嫂子分手后,我回到宿舍,把和文二嫂子谈的话全都说给小刘听了。他大为不满,既责备文二嫂又责备我说,既然在一起生活不幸福,还不如赶快分开。离婚就离呗,前怕狼后怕虎什么也做不成。你也是对文二嫂子不负责任,为什么不支持她坚决离婚呢?你知道这时候有人推她一下,她会坚定迈开脚步的。你的态度暧昧,只会给她多设一道障碍。他说着,风风火火地穿上衣服就要去找文二嫂子,被我拦住了。

我说,她是喝女儿河的水长大的,这一点你也知道。喝女儿河水长大的女人,现在还不能人人解放自己,这需要一个过程,你懂吗?

小刘吵着不懂。他骂女儿河,骂束缚了女儿河儿女的条条框框,骂文二哥,最后连我也捎带着骂上了。我看他那副模样太可笑,于是就笑了。我越笑,他骂得越厉害。后来,他自己也笑了,奶奶的,与我又何相干。我他妈真是多管闲事。让别人知道了,说不定会说我打文二嫂子的坏主意呢!

不知道这家伙到底有没有坏主意,反正我对我的文二嫂子有过"坏主意"。是她让我知道了想女人,在河边上谈话那会儿,我老是想扑上去拥抱她吻她。真的,漂亮的女人,我不止见过一个两个,从来还没动过情。可是一见到她,我就有一种冲动。

这些当然不能告诉小刘。

小刘向我提了一件事，使我本来就不平静的心更加波澜起伏。

小刘刚认识文二嫂子时，还以为她是尚未结婚的年轻姑娘，就向小陈打听文二嫂子的个人隐秘。小陈对小刘说，文二嫂子早已结婚了，只是没生育。还说她根本不爱她那个丈夫，她心目中有一个。那个人从小和她是好朋友，比她小几岁。她很喜欢他，却从来没敢向他提出过。她也知道他喜欢她。她说那个她喜欢的人已经不和她在一起了，离得很远很远。小刘讲完，对我说，咱们应该帮助文二嫂子找到那个她的心上人。天下有情人应该成眷属嘛！

小时候的朋友。她喜欢他——他也喜欢她。我最明白这个人是谁。我竭力控制着奔涌的感情，没让小刘看出破绽来。我只给小刘说了一句：那是不可能的。

为什么不可能？小刘翻来覆去问了我很多遍，我无法回答。躺在床上，我难以入眠，想起女儿河，想起青竹林，我的所有的记忆和怀念。突然，一轮圆月在我心头升起，朦胧的青竹林又浮现在眼前。

第一年高考，我落榜了。尽管父母亲责备我，姐姐埋怨我，乡亲们嘲讽我，我都能接受。我顶不住的是自己的懊恼和沮丧。我战胜不了自己的自卑和痛苦，不吃不喝地在竹林里躺了一天。

不知不觉，月亮升起来了。青竹林挤满了扑朔迷离的光影。忽然，一阵哗哗啦啦的水声传到耳畔。我神使鬼差般地站起来，向女儿河里望去。文二嫂子光溜溜地站在水里。水只没到她的小腹，上半个身子全暴露在我的眼前。不知她在想什么，呆呆地站着，眼睛却望着很远很远的地方。我感觉到浑身上下如同着了火，恨不得马上跳到河里。可是，我的情绪竟被自卑战胜了，对着一棵竹子恨恨地踢了一脚。

文二嫂子一惊，慌乱地双臂交叉抱在胸前。

我慌了，如同做了贼被人发现，吓得拔腿就跑。

站住兄弟，别跑！文二嫂子在喊我。

我站住了，大口大口地喘着粗气，额头上涌出了汗珠。

文二嫂子穿好衣服走过来，开口就问，你一天不见影子，跑到哪儿去了？让人心里一会儿也不安宁。

我，我没脸见人！我赌气地说，我想死。

你，她惊慌慌地来堵我的嘴，身子却贴到了我的身上。我看见她本来高耸的胸脯被挤平了，好像有一种兴奋剂注射进我的血液里。我的血液沸腾了。

你还像个男子汉吗？遇一点挫折就颓废到这个模样了。你知道吗？女人最讨厌没有坚韧不拔精神的男人了。你这个样，有谁愿意嫁给你？她数落我，今年没考上，再下点决心，明年再考，再考不上，还有很多事等着你。人生又不是只有一二件事让人做。

那天晚上，我们谈了很久很久。就是那时候，我惊讶地发现，我的文二嫂子肚子里装着很多东西。我承认，我确确实实想过，如果文二嫂子能做我的媳妇，我该是多么幸福。

可是，那毕竟是过去了。今天，我已经是一个堂堂名牌大学生，她说到底还是个进城务工的农民。再说，她还有丈夫，即使离了婚也还是个结过婚的女人，我和她怎么可能。

这一夜，我翻来覆去睡不着觉。文二嫂子的意中人会不会是我？也许是，也许不是，我不能肯定。唯一能够肯定的是，她喜欢我，我也喜欢她。但是，我和她几乎不可能。因为我们现在毕竟有差距。我想：明天见了她，一定劝她尽快下决心。过去人们常说"宁拆一座庙，不拆一家人"。如果这个家已经风雨飘摇呢？

第二天，小陈给我传来文二嫂子回家的信息。

后来才听说，文二嫂子离家后，我姐和文大嫂子就不停地劝说文二哥盖新房。她们说，你管她怎么挣的钱呢？反正是钱。谁还怕钱咬手？砖瓦买回来了，谁能说那不是砖瓦。在她们的劝说下，文二哥决定扒了旧房盖新房。也许是心里还不痛快，那天中午吃饭的时候，文二哥喝了不少酒，连脖子都红了半截。下午上房时，他晃晃荡荡地从脚手架上掉下来，一块水泥板正砸在他身上。

都是那个臭婊子害的呀！她挣的钱不干净，污了文家的人，给文家带来了祸。文大嫂的叫骂声全村都听得见。

文二哥被人们七手八脚抬上了拖拉机送往医院。

听小陈说，文二嫂子接信，脸上像被人重重打了一个耳光，立马变红了。她扔下手中的活，给小陈简单交代几句就马不停蹄地往家赶。

我不知道一路上她在想什么，有没有哭泣。但是，我能想象得出村里人的反应。

女儿河大堤比我们的村庄还高，且冲着两面山口，像一条夹巷，夜晚两面来风，夏时十分凉爽，冬日却冷得站不住人。每到夏日的晚上，我的乡亲们就带着席子到大堤上乘凉，只要是晴天，还在大堤上过夜。有的人家全家都搬到大堤上过夜。你到大堤上听吧，男人们女人们嬉笑怒骂，甚是欢愉，比城里的俱乐部还热闹。有时候，村里的大会都在堤上开。

我能够想象得出那天晚上在大堤上乘凉的乡亲们的中心议题，一定都在议论文二哥的伤情和今后的命运，文二嫂子的不贞和下场。

老二这下子伤了筋骨，下半辈子就得吃床上屙床上了。

好死不如赖活着嘛！他老婆在城里开馆子，挣钱养活他呗！

说得好听，那女人早就想和文老二蹬蛋，这下还不是找了个好借口。她能跟老二受罪，那真是山羊下生个小猴子，做梦！

要是这样，文大哥一家可就辛苦了，亲兄弟还是亲，反正不能让文二哥活活饿死。

还不如和这个媳妇糊弄下去。只要她给钱养活他，随她跟谁去，女人哪就那么回事罢了。什么绿帽子红帽子，只要戴着合适就戴呗。

哼，他文老二就是不成瘫子，又奈何他老婆一根汗毛？听人说，有一回文老二进城去找他老婆，亲眼看见他老婆和一个男人搂着抱着，那男人的手都伸到他老婆的裤裆里去了。老二怎么着，还不是干瞪眼。这回他老婆回来，他可是发誓不让她回去，怎么样，还不是照样丢下他就走。女人的心野了，管不住。

你小子就是胡说八道，老二什么时候看见她和别人胡摸不问事了。你这不是小看咱小文沃的男人了吗？文家可没有这种软皮蛋！

哎，你没听说不等于没有，不信你问问文老二去！

你小子再胡说，我把你扔女儿河里喂王八去！

哎哎，就算我没说。老爷们，你这是护的文老二呢还是护的老二的老婆？

我护的是文家祖代的德行！

我想着乡亲们的议论，心里很烦很乱。同时，我也在为文二嫂子忧虑：她回到家能有好果子吃吗？

六

过了十多天,我得到了关于文二哥伤情的确切信息:他已被截肢,永远站不起来了。

那天晚上,是小陈到学校来找的我和小刘。小陈说,文二嫂子回来了。整个人变了个模样。没有了往日的激情,也没有了往日的笑容。她在饭店门前贴了小广告,要将饭店转让出去。她对小陈说她要回去照顾自己的男人。小陈说到这里十分着急,你们说说,她咋就变化那么快那么大呢?

我也觉得不可思议。

到了大街上,我和小刘、小陈默默地走着,谁也没有先开口。夏夜的城市十分闷热。人在林立的高楼之间,不仅显得渺小,而且有一种被捆绑的感觉。街道两旁聚集着乘凉的人们。有些上年纪的男人女人赤着背,而且偎得非常近,聊得火热。他们已没有了羞怯,少了虚伪,多了真诚和热情。我突然想,假如这在乡村,又可能被视为大逆不道吧?

小刘和小陈已成为公开的恋人。因为小陈的姐姐从省城来,他们要去车站接人,到了公共汽车站就和我告别了。小陈上车后,从车窗探出头来,难过地对我说,你好好劝劝我们大姐,叫她千万千万别回头,不然会后悔一辈子。

独自去餐馆的路上,我走得很慢很慢。我在想,见了文二嫂子怎么开口?是劝她和文二哥离婚?还是劝她做一个"道德""高尚"的贞女?我感到十分惶恐,一时没有了主意。劝她离婚,那文二哥怎么办?他如今残疾了,往后的生活道路怎么走下去?他需要一个妻子，能够帮助他在人生的路上前行的人。可是她本人呢？往后的岁月不更艰难吗？人，不在于身体上有无缺陷，只要心心相通，同舟共济，也会到达人生的彼岸。他们心心相通吗？不，欺骗才是最不道德的。我决定保持缄默，让文二嫂子自己定夺。

文二嫂子独自坐在空荡荡的餐厅里。看上去她很冷静，好像早已胸有成竹。我相信她是个意志坚定的女人，可没有想到这个时候她还是那么从容不迫。

她招呼我坐下后，又给我倒了一杯咖啡。然后，她望着那杯咖啡自嘲地笑了，两年前如果有人问我这杯里装的是什么，我会红着脸答不上来，或者说句脏话是驴马尿。今天，唉，人的生活经过努力容易改变，但是人的命运却很难改变。

她长长的睫毛上挂着的两颗豆粒般大的泪珠，在灯光下显得那么凄凉。

你文二哥的事你听说了吧？沉默了一会后，她主动问我。不等我回答，她长叹一声说，你反正也都知道了，就是这个样子，就是这个结局。我该怎么办？连我自己也找不到答案。他嫂子骂我毁了他，我也不想分辩。现在的问题是，我必须做出选择。

可以听得出她是在让我说话。我没有说。

她又说，我担心我再犯错误。真的。墨西哥电视连续剧《坎坷》里有一句很动人心的话，意思是嫁给一个自己不爱的人"是犯错误"，这些年我认识到了。我不想再犯错误了。

我在心里一遍遍提醒自己：你该做出回答了？知道吗，她现在需要你的回答，需要你的安慰，需要你的真诚！你看她虽然很镇静，其实心里十分混乱，那颗心已经滴血了。即使你不能爱她，也应该帮助她选择一条洒满希望的道路。你的自私，你的虚伪将会使

我的文二嫂子　237

你失去很多你现在还很模糊的价值,别犹豫了!

文——我突然变得胆怯了,喉咙仿佛被什么东西堵塞住。

文二嫂用平静的目光望着我。但是,从她起伏变快的胸脯,我知道她现在很激动。

我的文二嫂!我该怎么对你说呢?如果我明确告诉你,我爱你!可是,可是我们不可能结合。那么,对你的心灵将是严重的创伤。如果我欺骗你,说我不爱你,也许你会很坚强地选择一条光明的前程。原谅我。

文二嫂子也许从我的神情窥视到我的内心世界。她宽容地笑了笑,说,人生是艰难的,没有一个人不承认这一点。我这个人总爱这样想:假若人人都能多一份真诚,多一份爱,人生的艰难也许会少一些。不过,我是愿意多想别人的艰难的。

你想变成女儿河边一块牌坊?我苦笑。那牌坊是石头做的。你是知道的。

文二嫂子沉默。一直到我起身告辞,她也没再说一句话。

走到拐弯处,我见四下没人,禁不住对着自己的脑袋狠狠揍了几拳头。

小刘先我一步回的宿舍。一见面,他就急不可耐地打听文二嫂子的情况。小陈说文二嫂子要把饭店转让出去,回家陪那个瘫痪的男人过一辈子。这是为什么呢?

我只能朝他摇头。

小刘说,我刚才和小陈讨论了这件事。可是,我们谁也找不到一个帮助文二嫂的好办法。

我说,我也没有办法。

大约过了半个月,我故意乘坐公交车经过文二嫂子的素汤馆,想看看是不是真正发生了变化。果然，门面已经换了，改成了一家饺子馆。文二嫂子终于还是坚持了自己的决定。

坐在我对面的是一对老年夫妇，看上去像是本地人。男人把正在看的报纸递给了女人，不无感叹地说，你瞧人家这个女的真了不起！在省城当了两年老板，生意正红火着，丈夫在老家农村摔伤了。她二话不说，赔钱把饭店转让出去，回家照顾丈夫了。

女人接过报纸看了几眼，不服气地说，如果你失去了双腿，我也不会和你离婚的，这没有什么值得大惊小怪的。

男人说，你看看报上写的。她不光照顾瘫痪的丈夫，还得起早贪黑收拾两亩责任田呢！

我赶忙向女人讨过报纸。还是当初登文二嫂子和餐饮协会会长合影的那张报纸，还是在显著的位置，还是登的文二嫂子的大照片，不过照片上是她在床前给文二哥喂饭。再看日期，是今天的报纸。我轻轻地读出了声：

……当她的丈夫主动提出，为了不连累她而要和她离婚时，她一头扑在丈夫的怀里，哽咽着说：不，我永远也不会离开你！她用实际行动表明，当代中国妇女不仅继承东方女性善良，温存，一往情深，坚韧不拔的传统美德，而且又将这些美德发扬光大。她是我省社会主义精神文明建设中出现的又一朵绚丽夺目的鲜花……

我的眼睛被泪水遮挡住了。我自己也说不清是感动还是感叹。

过一会，我的眼前扑朔迷离地闪过一个个镜头：女儿河和女儿河边上那座牌坊，素汤馆和灯光迷离的舞厅，充满青春活力、神采飞扬的文二嫂子，白发飘飘，满脸泪痕的苍老的文二嫂子。

这天夜里，我做了一个梦。梦中收到文二嫂子的一封信。她在信中开门见山地说：我要死了，所以才写信请你回来。我不希望你给

我的文二嫂子

予我什么。我一切都不需要了。我只是恳求你回答我,我做对了还是做错了。告诉你,我回来以后,曾多次到女儿河边的牌坊去看。我终于明白了,你说得对,那座牌坊就是块石头,冰冷的石头。

醒来,我长长地叹了口气。

两个月后的一天,小刘告诉我,省妇联要为文二嫂子开表彰会,要树她为典型。报社,电视台的记者还要现场采访她。他问我去不去。我沉默了一会,坚定地摇了摇头。

小刘说,小陈和素汤馆几个姐妹到下乡去看文二嫂子了。文二嫂子真不简单,两天的时间里就把新房子盖好了。据说,你们小文沃的男女劳力都去帮忙,而且不要一分钱的报酬。现在,文二嫂子在你们小文沃人眼里完完全全变成另一个人。她的形象高大了,影响也扩大了。你们村支书说,要爱护文二嫂子这个典型。

小刘说着说着突然沉默了,眼睛也变得暗淡无光。我发觉他还有话没向我说,就再三追问。他被我追急了,仰天一声长叹,女人!可悲!文二嫂子,可怜!

他说,还有一件事令人不可思议。文二嫂子自和文二哥结婚以来,一直未能怀孕。这回小陈她们去,却听说文二嫂子怀孕了。文大嫂子私下告诉小陈她们,文二哥在医院做了检查,得出的结果是他不能生育。文二哥就劝文二嫂子请人帮忙,也就是借"种"。他的条件是,文二嫂子可以随便找人,他不过问,但文二嫂子一旦怀孕,生下孩子,就不能再和那个男人往来,而且永远不得对孩子说出真相。文大嫂子说她自己是中间人。想不到文二嫂子哭了两天,最后答应了文二哥。这才有文二嫂子怀孕的事。

我听了恼羞成怒。我的文二嫂子,这是你的生活吗?不,这是欺骗人生,也是自欺欺人。我取出纸笔,想给文二嫂子写一封信,痛痛快快地骂她一场。我用的全是感叹号,是的,这种事情不应该发生在你的身上!你有知识有思想,又是经过风雨见过世面的人!你不应该这样苦了自己,糟蹋自己!你是我尊敬的人,我信任的人!你没有权利破坏你在我心中的形象!你的所作所为已经令我失望而不应该再让我失望下去!你如果不听我的劝告只能毁了你自己埋葬你自己!你现在应该冷静思考冷静生活冷静地对待一切事!你……

写好信,我穿好衣服下了床,拿着信匆匆走了出去。天空阴沉的好像要下大雨。校园来往的熟悉的同学都向我打招呼,可是我谁也没理。好像天下的人都得罪了我。

校门已经紧闭上。传达室的灯火也已闭了眼睛。我知道那里住着一个怪老头子,如果这时候敲门,他不仅会对我训斥一通还可能把我当作精神病患者送保卫部门。可是无论如何,我今晚也要把这封信发出去,否则我连觉也睡不着。

但是,我能不能翻墙而出呢?我望着那高大的院墙,陷入了深深的苦恼之中。

七

20年后的一个大年初一,已经当了大学教授、回老家过年的我又到了女儿河边。文家那块牌坊边上,我看到了文二嫂子的墓和墓碑。她的墓四周的青竹一棵棵长得亭亭玉立,十分俊俏,仿佛文二嫂子突然出现在我的面前。我的眼睛湿润了。

她的墓碑是她生的女儿立的。没有旁边那块贞节牌坊上的文字。

她是在女儿十八岁那年患病去世的。据说村里当时要给她开一个追悼会，被她刚考上大学的女儿制止了。她女儿什么原因也没说，只说了一句，我妈太累了，别折腾她了！

在她下葬的时候，文二哥哭得死去活来，但是一句话也说不出口。

其实，什么话对文二嫂子来说都是多余的。

我折了一节青竹放在文二嫂子的墓前……

村长秘书

一

杨东东到达民全村时已是晚上九点。

如果没有在半路遇上刘小芹,也许他今晚都到不了民全村。

他只知道这个村地处两省三县交界,是全县最偏远的村,离县城一百多里地,与乡政府所在地的镇子也有十多里。镇党委组织委员韩委员倒是劝他在镇上住一晚。韩委员说,咱这个镇就剩下民全那几个山村还没通柏油路,两省三县老是扯皮。今年雨水季节过后打算修了。明天可能会有蹦蹦车或者摩托车过去,你可以搭车去。

杨东东知道韩委员说的蹦蹦车就是燃油的三轮车,那种车在城里跑都不安全,遇上个坎坷容易颠覆,何况是崎岖不平的山路?他听了都感到心有余悸,更别说搭坐了。再说,全县这一批二十个大学生村官,大都到了所在村子,他也急着想尽快到达工作岗位。他笑了笑对韩委员说,十里二十里地小意思,我在大学参加军训时一口气都走过五十里,然后挺了挺胸脯说,我在学校还是足球队员呢。

韩委员说,那好,那好。说着,翻箱倒柜找出了个手电筒,摇一摇,又拍一拍,不见亮光,打开后盖取出电池,电已经跑冒滴漏光了。韩委员有点不好意思地说,你走街上自己买两节电池装上,还能用。

杨东东在一家小店铺里买电池时，向店主打听去民全的路。这时一个姑娘从店门前一闪而过。店主指着姑娘的背影说她就是民全人，你跟她走就能到民全。

杨东东紧追几步，想喊那个姑娘，嘴张了张，没敢喊出口。

刚出镇子的路还好走，是柏油路，路上来往的行人车辆也络绎不绝。杨东东和那个姑娘保持着四五米远的距离。不过，那姑娘步子快，杨东东跟了几里地就感到气喘吁吁，有些撑不住。他心想，山里姑娘走路都劲头十足！

到了一个山坡时，前边那个姑娘拐进了一条小路，杨东东还是跟着她。可能是她察觉到了身后有人跟踪，步子突然加快了。她的两条腿砰嚓砰嚓一直是一个节奏，让杨东东想起学校锣鼓队打鼓的鼓槌，禁不住轻轻笑了。

前边的姑娘忽然走到路边弯下腰。杨东东一愣，马上想到她可能是系鞋带。没料到那个姑娘直起腰后，突然猛地转过身来看着他。夜色中杨东东看见她那双眼睛仿佛雪亮的利刃。

你想干吗？姑娘问他。她的两只手倒背在身后，不像要攻击他。他才放了心，回答说去民全。

姑娘说，你别在那骗人了，你这样的男人我见得多了。告诉你，我老公在前边等我呢。他要看见你跟踪我，不打断你的腿也打得你满地找牙。

杨东东乐了，说凭什么？再说他打我，我就站着让他打？我也有双手，而且是有力的双手！

姑娘就说，凭你跟着我，想要流氓就该打！

杨东东急了，说我真是去民全。

姑娘冷冷一笑说，又骗，你去民全？你在民全认识谁？

杨东东回答不上来了，犹豫一会儿才说，我是去工作。

姑娘哼了一声，说民全又没有机关企业，你去那里当农民修理地球呀？

杨东东说，还真让你猜对了，我就是去那里当农民修地球的。

姑娘低声骂了一句，油嘴滑舌。

杨东东严肃地说，我是大学生村官，真到民全工作的。因为不熟悉路，才跟在你后边。对不起，我应当先谢谢你这个向导。

姑娘似信非信。她身后砰地响了一下，好像有什么东西掉在地上。然后，她的两只手又放回到原处，继续往前走了。杨东东以为她掉了什么东西，因为赶路没有发现，经过她刚才站的地方时故意低头弯腰看了看，发现是一块半截砖头大的石头。他恍然大悟，原来她刚才弯腰是捡石头，幸亏及时解释清楚，不然那石头砸在头上脑袋不得开花破个洞？他倒吸了一口冷气。

越往前走路越狭窄，一会儿上坡一会儿下坡，路面也坎坷不平。杨东东拿出韩委员给他的手电筒照路。他在后边，手电的光亮照不到那个姑娘前边，于是他把手电筒高高举起来，让光亮尽量照到姑娘的前边。这样，他只能跟着感觉走，脚下不时被绊一下滑一下，忽然一个趔趄，幸亏那姑娘机灵，一把扶住了他。他说谢谢！那姑娘说还是你走前边吧，要不把手电筒给我也成！说着，往旁边一闪，侧身让杨东东走到了前边。

姑娘说，我叫刘小芹，民全村的。在镇上打工，每天都回家。

杨东东惊奇地说，那你一天来回得走多少路呀？

刘小芹说，习惯了，一天不走这么远的路还觉得不舒服。说罢笑了，笑声在夜空里格外清脆。杨东东受了她的感染也笑了。

人熟悉了，话自然就多了。刘小芹先是介绍去民全的路况。她说有两条路通民全，一条是大路，七绕八绕，路面也不平整。一条是脚下这条小路，比走大路少走四五里。她介绍完路况，又问杨东东为什么要选民全村当村官。

杨东东不知道怎样回答，反问为什么不能到民全当村官。

刘小芹半天没回答，这让杨东东感到纳闷。山上的风还很凉。杨东东看刘小芹穿得有点单薄，忍不住问了一句，你冷吗？接着他放慢了脚步，想从背包里取出风衣给她披上。

刘小芹警惕性很高，一下站住了：你，你要干吗？

杨东东弄了个没趣，低着头又往前走了。又到了一个坡上，刘小芹主动与杨东东打招呼，大学生，你看见前边亮灯那个村子了吧？那就是民全村。你就顺着这条路走，过了一座桥，先向左拐，走一截地再往右拐……

杨东东打断她的话，怎么，你不去民全？

刘小芹说，我得先去地里一趟，看看我们家地里的麦苗是不是还待在我们家地里。

杨东东很惊讶，说我怎么听你这话像绕口令。你们家地里的麦苗不在你们家地里，难道还会长腿跑别人家地里去了？

刘小芹哼了一声，给你说你也听不明白。

杨东东说，你别瞧不起人，我虽然没在农村种过地，但是也知道庄稼是怎么长出来的。再说，我在大学读的是农村经济管理，农业上一些新科技新知识不一定比你知道的少。

刘小芹边听边鼓掌，好，好，我代表民全父老乡亲感谢上级派了个有知识的人。沉吟了片刻又说，希望你能在民全站得住脚，别屁股没焐热，凳子就让人给踹走了。

杨东东不解地问谁，谁敢？我是上级安排来当村官的，我看谁敢踹我!

刘小芹说了声拜拜,就向坡下走去。杨东东想追她,踌躇了片刻,却看不见她的人影了。他知道她并没走远,大声喊了一声:你们家的麦苗要真长腿上了宇宙,我请我的老师同学来做研究。

和刘小芹分手后,杨东东边走边琢磨刘小芹的话,越琢磨越觉得刘小芹话里藏着什么东西。这一琢磨倒让他忘了刘小芹告诉他的左拐右拐,过了桥就向右拐了。走了一会儿他又犯了难,刘小芹说的走一截地,他没学过这种计量方法,弄不清一截是多远,这样绕来绕去耽搁了二十多分钟。后来,他遇到一个骑自行车的中年男人,那个中年男人告诉他走错了方向,说你要去民全村往回还得走一小时,搭我的车,我送你两截地。杨东东十分高兴,连说谢谢。上了那个中年男人的自行车,他问那个中年男人,你们说的一截地是多远?中年男人没回答。杨东东看他的自行车车杠上绑着一根棍子,身上还背着一只喇叭状的铁皮话筒,觉得这人怪怪的,也没再多问。

快到民全村口时,那个中年男人让杨东东下了车。杨东东又一连说了几声谢谢。那个中年男人说,不用谢,要谢也得我谢你。给钱吧,五元! 一截地两元五。

你,你这人……杨东东下边的话没说出口。他掏出五元钱给了那个中年男人。那个中年男人翻身上车走了,嘴里竟然得意地吹着口哨。杨东东冲他的背影愤愤地骂了一句骗子。骂声刚落地,一个姑娘清脆的声音在身后响起。骂谁呢,谁骗你了?明明是你走错了路,还骂别人。说话的是刘小芹。

杨东东喜出望外:刘小芹你从哪儿过来的?你们家地里的麦苗搬家了吗?

刘小芹没接他的话茬。他们前边倒是传来一个苍老的声音,芹回来了，和谁说话呢？

　　杨东东用手电一照，面前站着的是个年过半百有点驼背的小老头。刘小芹厉声说了句，别照！然后三步并作两步走上前去，扶住那个老头，爸，不是不让您接吗，您怎么又来了？

　　刘小芹的爸爸已经看见了杨东东，问刘小芹这人是谁？刘小芹没回答，指着村里的最高建筑——一栋小楼说，那就是村主任刘光头家。走了几步，又哎了一声，叮嘱地说，你当面不能叫他主任，得叫村长。

　　杨东东问，为什么？他看不清刘小芹的表情，但能明显感觉出刘小芹很不耐烦。

二

　　给杨东东开门的是一个和刘小芹年龄相仿的姑娘。她打量了杨东东一眼，你找谁？

　　杨东东说，我不渴，不找水。我是来找村委会刘主任。

　　那个姑娘哈哈大笑，你这人挺逗，我问你找谁，你说你不渴。

　　杨东东这才想起，在村口时听刘小芹的父亲也是这样问的。看来，这个地方人把谁读成水，是一种方言。他冲那个姑娘不好意思地笑了笑。果然，楼上又有人大声喝问，谁？找谁？

　　开门的姑娘仰头回答，爸，找你的，一个男孩。说着，把杨东东朝楼上带。杨东东心里老大地不高兴，你说不定还没我年纪大，凭什么称呼我男孩？忽然，一条身材硕大的黄狗嗷嗷叫着向他扑来，他吓得赶忙躲到那个姑娘身后。那个姑娘冲黄狗扬扬手，二聋子老实点。黄狗老老实实地蹲在地上。她转过身用右手食指点了下杨东东的额头，又扬了扬左手的小拇指说，堂堂一男子汉，比老鼠胆还小。不就是只狗嘛，又不是老虎！说罢，嘿嘿笑了。

人没上楼，就闻到一股浓烈的烟味。杨东东皱了皱眉头，犹豫了一下。他从小就怕闻烟味，一闻烟味浑身不舒服。有一次参加一个聚会，一桌十个人有八个抽烟，他耐着性子参加完聚会，回到家就钻到卫生间里冲澡，光沐浴露就用了半瓶子。后来，他爸他妈再带他出去聚会，见到有人抽烟，他妈就开玩笑说你赶快别抽了，给我们家省点沐浴露钱吧！可是，现在这个时候，他不上楼又不行。村主任在楼上，你总不能等他下来见你吧？

二楼是个宽敞的大厅，中间摆着一张方桌，两男两女正在打麻将，旁边还有个三十岁出头的男子一边喝酒一边看光盘。一个光头男人头也没转地问，你找我啥事？怎么悄无声息地来了？

旁边那个看光盘的男子说，鬼子进村都是悄悄的！

于是屋子里的人一阵大笑。杨东东也笑了笑。

那个带杨东东的姑娘上楼后，就站到光头男人的身后给他捏肩，所以杨东东知道那个光头就是村委会刘主任。他小心地问，刘主任您接到韩委员的电话了吗？

光头男人冷淡地问了一句，哪个韩委员？

镇党委管组织的韩委员！杨东东突然想起刘小芹告诉他的话，又喊了一声，刘村长，我叫杨东东，大学生村官。

刘村长这才看了他一眼，你就是杨东东，挺帅气的小伙。然后对她女儿说，柯柯，给杨，杨……他皱了皱眉头，叫你杨村官吧，没这个职务，也不顺耳。

杨东东说，叫我小杨吧！

咱村哪还有位子，二叔，不是来争你的位子吧？那个看光盘的男人从中华烟盒子里抽出两支烟，夹在上下唇中间，一起点了火，拿着其中一支恭恭敬敬地放到刘村长嘴上。柯柯从刘村长嘴上把烟夺下来，狠狠地扔在地上说，三光叔你太恶心，我警告过你几次，你叼过的烟别朝我爸嘴里放，多不卫生。

坐在刘村长对面的妇女接上说，我闺女说得对。三光你一天到晚在县城和镇上找三陪女人亲嘴，嘴皮子都污染了，别把你二叔传染了。

于是屋子里的人都放肆地开怀大笑。有个和刘村长媳妇年龄相仿的妇女说，三光你二婶子不光怕你传染你二叔，怕的是你二叔再传染给村里的其他女人。说完，屋子里又是一片放荡的笑声。

刘村长的媳妇又说，三光真正想亲的，别说嘴了，连腔也没沾上。

刘三光冲杨东东不住地点头，笑容背后隐藏着不屑。他这回拿着烟盒，把烟弹出一支，送到刘村长嘴边。刘村长一张嘴含住了。等刘三光把烟点着，他抽了一口，才笑一笑说，我是村民选举的，县长也没权罢免我。等杨东东坐下后，又对杨东东说，小韩给我说了几次大学生村官怎么怎么重要，好像少了你们地球就不转了。他让安排你当支部书记助理或者村长助理，可这不是我说了算，支部那边是杨书记说了算。村委会成员得村民选举，村民外出打工的占一多半，开不成会。咱可没胆违反法律。他挠了挠头皮又说，这样吧小杨，你就当我的秘书吧！

那个看光盘的男子咧着大嘴笑，然后说，好，叔你真有思想。

村长秘书？杨东东心里一万个不高兴，但是表面上没表现出来。韩委员给他谈话时再三强调要和村干部搞好团结，他爸爸在送他去汽车站的路上，也反复交代他不能像在家里那样动不动耍脾气。他想明天给韩委员反映一下。

刘村长见杨东东不说话，就对看光盘的男子摆摆手说，三光，你把杨秘书送到大库去，我已交代他们给杨秘书把房子腾好了。

那个叫三光的男子有点儿不情愿，但又不敢违拗刘村长。他又从中华烟盒里抽出两支烟分别夹在两只耳朵根上，晃荡着脑袋在前边下了楼。杨东东走到楼下，柯柯追了下来说，杨东东，大库那边不能烧水，你带两瓶矿泉水留着喝吧。杨东东接过矿泉水，说谢谢你柯柯。柯柯又用右手食指点了下他的额头说，再来可别见了狗就跳啊！

出了刘村长家宽大的院子，紧挨着的房子大多是砖瓦房，还有一些是草房。村街上黑灯瞎火、空空荡荡，偶尔可以看见一两只狗垂头丧气地在路边逛荡。不知从哪间房子里传来一位老人剧烈的咳嗽声，惹得刘三光老大不高兴，嘟哝说老不死的还不死，等着医保给你治病呢。

杨东东对刘三光的话很反感，脱口而出道，医保是国家给的，他是中华人民共和国公民，有权享受。

刘三光推了杨东东一个趔趄：你真以为你是村官？告诉你，在民全村我叔是老大，我就是老二。

杨东东忍了又忍，没有发作。

到了住的地方杨东东才发现，被刘村长称为大库的地方，其实就是村两委办公的地方，总共有两间，安排他住的是村党支部的办公室。一面墙上挂着马恩列斯毛主席像，纸边已经发黄。另一面墙上贴着一排排锦旗奖状，落款的时间大都是十几年前，最近的也是五年前。屋的一角，堆放着小山似的书籍，有不少捆还没解开绳子。两张办公桌都是砖头垒起来，上边是水泥桌面，落了厚厚一层灰。屋子里摆了一张床，床上放了一件旧军大衣。刘三光进了屋首先去开窗户，然后站在窗子前抽着烟朝外看，一副全神贯注的样子。杨东东没去理会他，放下行李就开始收拾屋子。

突然，刘三光冲着窗外吹起了口哨。杨东东扭头看了他一眼，想说让他到外边去抽烟，话到嘴边又咽了回去。这时，他听见哗的一声响，外边有人向窗户泼水。他想走过去看，刘三光把他挡住了。刘三光头发全湿了，水珠顺着额头往下流，他说，杨秘书你是新来的更是外来户，我好心劝告你不要没事给自己找事。

刘三光说完，抹着脸向外走，到了门口又返回身，把窗户关上才又离开。杨东东觉得好奇，刘三光刚才在窗口看什么？又是什么人朝他身上泼水？依他的性格和脾气为什么没有发作？直到铺好床躺下，他还在想着这一个个问题。

爸您先上床歇吧，我洗完衣服就睡。窗外一个女孩的声音让杨东东觉得有些耳熟。突然想起来了，是刘小芹！他赶忙打开窗户向外看。这时月亮从云层里钻了出来，虽然天地间灰蒙蒙的，但可以看到窗外是个院子，院子里有棵树，由于叶子还没长浓密，能影影绰绰看见树下一个人在弯腰洗衣。那个人显然听见了他开窗户的声音，低声说你还想找骂是不？刚才泼你一头水，信不信我把我爹的尿盆子扣你头上？

杨东东笑着说，刘小芹，是我，杨东东。

刘小芹直起腰，看了他一眼，蹑手蹑脚地走到窗户前，用手指了指嘴，又指了指自家屋子。杨东东马上领会她的意思是别吵着她爸妈。他把头伸到窗外，房子不高，刘小芹个子高，站得又近，两人的头几乎挨到一起。刘小芹指了指屋子说，那个流氓走了吗？杨东东点点头。刘小芹笑着说，你要不说是你，我真把尿盆子扣你头上了。

杨东东问，你们家就住这儿？

刘小芹点点头，问他，让你住这儿啊？这屋子死过人，你不怕半夜鬼敲门？

杨东东说我又没做亏心事，为什么要怕？话是这么说，心里还真有点儿瘆得慌。

刘小芹说，你昨天没做亏心事，今天没做亏心事，明天后天就会做亏心事。

杨东东问，你这话什么意思，你说话能不能别掖着藏着？

刘小芹犹豫了一下说，你和刘光头那样的人一起共事，不做亏心事才怪呢。我还没见过出污泥而不染的，只是染了多少而已。

杨东东乐了，说你还而已而已的，像个大学究。他感到有点渴，转身拿来柯柯送的矿泉水，打开一瓶先递给刘小芹。刘小芹说不渴，就是渴也不喝刘光头送的水，怕中毒。

杨东东喝了两口水才说，我不想在你们民全待。

刘小芹一愣，盯着他的眼睛看了一会儿：怕艰苦？你是城里人吧？见杨东东点头，又说，我路上没说错吧，看看，你屁股别说没焐热凳子，连坐还没坐呢。

杨东东说，你们那个村主任欺负人，让我当他的秘书。我是上级派来的村官……

刘小芹没等他说完就火了：哟，我以为什么大事呢。你是来当官还是来给老百姓干事的？你要是当官根本就不该来农村，就是村长算多大的官？

刘小芹说完转身走了。她把盆里的衣服一件件捞出来搭在铁丝上，直到进屋也没再朝窗户这边看一眼。杨东东被刘小芹几句话说得脸上发烧，回到床上躺下后身子像翻贴饼子一样翻过来覆过去。

村长秘书　253

他真正感觉到了这个村官不好当。

这时候,杨东东的妈妈打过电话来。他妈说,你爸不让我给你打电话,怕影响你。可我想你呀儿子。你住的地方怎么样,能洗澡吗?

经妈一问,杨东东才感到身上不舒服。在刘村长那里沾了一屋子烟味,刚才刘三光在这屋里又留下还没散尽的烟味。如果不洗个澡,恐怕今夜都难以入睡了。他坐起来四下看了一眼,不要说水管子,连个脸盆也没有。他长长地叹了口气。他妈听他叹气,急了,说儿子你是不是不高兴?他不想让妈担心,也不想再听妈啰唆,就让妈把电话给他爸。他开门见山地对爸说了刘村长让他当秘书的事。他爸听了沉吟片刻,说,组织让你干什么你就先干着,不要让组织认为咱挑三拣四。

放下爸的电话,杨东东长长地叹息一声,什么组织?就他刘光头一个人说的……

三

第二天早上,杨东东六点半就起了床。其实,他一夜几乎就没睡着。好在屋子里有电灯,他凌晨一点爬起来一次,在堆积如山的书报堆里翻腾了一会儿,发现有一张五年前的县报,上边登载着民全村党支部书记杨进的事迹。报上说杨进十八岁高中毕业那年,为了改变家乡贫穷落后的面貌毅然回村,从团支部书记干起,到大队党支部书记,后来又改成村党支部书记,一直干了三十多年。他和村党支部带领民全百姓植树造林,把民全的荒山全部绿化了;兴修水利,实现了所有的田块都能浇灌……正当他雄心勃勃,打算带领村民调整种植结构、提高农业效益、增加农民收入之际,由于长期劳累，患了肝癌，住进了医院。在县城住院期间，村民们自发地为他筹措了两万元钱为他治病。县报记者在描写村民捐款的场面时动了感情，杨东东读着读着泪水不知不觉地流了下来，再回到床上躺下，心情好长时间不能平静。我明天就去拜望这位老支书，他想。

凌晨三点，他又醒了一次。这一次是被噩梦吓醒的：他和一个年轻漂亮的女孩在树下相遇，二人紧紧拥抱，正要接吻，突然从树后扑出一条凶猛的大黄狗，恶狠狠地向他们扑来。他睁大眼睛一看，那只大黄狗瞬间变成了一个陌生的男人……妈的，怎么做这样的梦？他不安地在地上走了几圈，再上床以后浑身真的痒痒起来。好不容易入睡，睡了一会儿鸡又叫了。他长这么大还是第一次听鸡叫，而且是几百只鸡一起引吭高歌般地叫，此伏彼起。鸡叫声又引发了狗叫声和牛驴骡马的叫声，不过这几种动物的叫声不同鸡叫那样团结，而是单调分散，无精打采，有的还仿佛受了惊吓。杨东东打开窗户，看见刘小芹手里攥着玉米粒，正在给鸡喂食。十几只鸡跷着细长的腿，围着她像跳芭蕾舞一样。她很开心，那些鸡也兴高采烈。杨东东忍俊不禁笑出了声，心想这也许是真正的农家乐吧！

刘小芹冲他腼腆一笑，起了？

杨东东点点头说，哎，向你借样东西。

刘小芹一愣，说，我们家一贫如洗，能有什么可借给你这个民全村高干的？

杨东东把屋子一角放着的旧铁皮桶递给刘小芹说，借桶水，我冲个澡。

刘小芹朝屋子里看了一眼，接过水桶，到院子里的手压井边去打水，几只鸡跟在她的后边，好像要保卫她。她提起水桶，无奈地摇摇头，把水桶丢在地上。杨东东看得非常清楚，那个铁皮桶破了几个洞。刘小芹回到屋里,取出一只红色塑料桶,打了一桶水递给杨东东,认真地说,你赶快把窗户关上,我爸要是看见你,不敲破你的头才怪呢。

杨东东正要关窗户,她又问了一句,你不掺点热水,不怕冷?杨东东拍了拍胸脯说,我在学校天天洗冷水澡,习惯了。

洗完澡,杨东东下了碗面条简单吃了,然后就等候刘村长来安排工作。一直等到十点钟,还不见刘村长的影子。他沉不住气,去了刘村长家,刘村长家的大门上了锁。他正要离开时,刘三光骑着摩托车过来说,大秘书,早请示晚汇报坚持得不错。

杨东东瞪了他一眼,尽管他已经接受了刘光头的安排,但秘书的称呼仍然让他心里觉得很别扭。

刘三光告诉他说,我叔一早就陪我婶去镇上了。今天镇上逢会,你不去看看,你没见过农村逢会吧?人山人海,周边村子里的美女都到了,保准你看得眼花缭乱。

杨东东摇摇头,他不想和刘三光多聊,就朝村里走。刘三光骑着摩托车在后边跟着他。到了路口,刘三光突然低声问他,杨秘书,你没开窗户吧?

杨东东没理刘三光。刘三光没趣地走了。杨东东下意识地回头看了一眼,见刘三光在村头追上了一个姑娘,再仔细一看是刘小芹。刘三光不知给刘小芹说了几句什么,刘小芹用手指了指他,他伸手去拉刘小芹,刘小芹一闪身子让他扑了个空,连人带车摔倒在地上。刘小芹哈哈大笑着一溜小跑下了坡。杨东东也高兴地笑了。

杨东东想去找老支书杨进,一打听才知道杨进住在后山上。他回屋里换了双旅游鞋才向后山走去。从村子里到后山有二里地的路程,沿途除了路不好走,风光却让他有点儿着迷。左边的山坡上是果园，果树已经开花，红的、黄的、粉红的、金黄的花儿在阳光下竞相开放，笑逐颜开。随着一阵阵硬朗的山风，浓浓的花香直往人的心肺里钻。右边是梯田，一层、两层、三层……整整齐齐，让他想起一位名人的油画。

到了杨进家门前，杨东东愣怔了好大会儿。一座小院落，围墙是用石块垒成。院子里有几十棵树，都长得高高大大、魁梧健壮。一排五间石墙的房子从树丛中闪现出来，其中两间房顶是红瓦，三间是猴戴帽，也就是上半截是瓦下半截是草，他在农村实习时听当地农民这样介绍过。可以看出房子已上了年纪，少说是二十年前盖的，房顶的红瓦被雨水冲刷得变了本色。杨东东想，村支书家和村长家房子的反差太大了吧？

也是狗先叫，狗叫声一落是脚步声，院子里走出一个年约五十岁的老妇人。杨东东想这位可能就是杨进的媳妇，于是喊了一声杨奶奶。老妇人扑哧笑出了声，你是找我爸的吧？我可不敢当你奶奶。我叫杨梅，是杨进的大女儿。

杨东东弄了个大红脸，不好意思地上前去握杨梅的手，心里却在想着，杨进今年六十岁出头，他女儿最多四十岁上下，怎么长得这么老成？再看看她身上的穿戴，和刘光头的女儿柯柯几乎就是一个天上一个地下。

杨梅没和杨东东握手。她说我刚给我爸换过褥子还没来得及洗手，咱就不客气了。然后把杨东东让进院子里，搬了把凳子让他坐：你先坐着，我去把我爸弄出来，他屋里的气味不好闻。

杨东东上前一步跟着杨梅进了屋，他说我来背老支书。杨梅想拦他，他已经跨进屋子里。屋子开了两扇窗户，光线从窗户透射进来，满屋都是清新的阳光。正如杨梅所说，就是空气有些混浊。

村长秘书　257

杨进虽然躺在床上，但精气神并不差，红光满面，说话声音也很洪亮。他说你是小杨吧？我听说了，新来的大学生村官，欢迎欢迎！

杨梅把杨进抱到一把截了腿的椅子上，和杨东东一起把杨进推到院子里。杨进好像不太适应外边强烈的光线，闭目会儿才慢慢睁开，拉着杨东东的手，让他在自己旁边的凳子上落座。杨东东刚要坐，他又拍了一下他的屁股，用手擦了擦凳子上的浮土才让他坐下。他的动作虽然很不经意，却让杨东东心头涌过一阵暖流。

杨进说话开门见山。他先向杨东东介绍了民全的基本情况。一边介绍，一边用断了半截的筷子在地上画着图。介绍到民全的生产情况时，他说民全四个自然村，一半的土地在一条朝阳的山沟里，雨水多，阳光足，长出的水果好，就是卖不上价钱。遇上光景不好的年月还卖不出去，很多人家把烂苹果当饭吃。

杨东东问，为什么不组织起来，搞成联合体？再整体包装一下，注册个品牌，增强市场的竞争力。你竞争力强了，群众的收入才会水涨船高。

杨梅说，都让刘光头个老丈人羔子给弄砸了！

杨进瞪了女儿一眼说，小杨是民全的村官，我和小杨在谈工作，你该忙啥忙啥去，这里没你插话的地方。

杨梅有点不高兴，转身进了锅屋，接着锅屋里传出锅碗的碰撞声，明显是杨梅在拿它们出气。杨进摆摆手说不理她，咱爷儿俩唠。他问杨东东见没见到刘主任？杨东东点点头，他没有把刘光头让他当村长秘书的事告诉杨进。杨进好像对他任什么职务，分管什么工作也没太大兴趣，还是给他讲民全的生产。他说，还有一半的土地在河边，就是你来咱村经过的那条沙河。那边靠水，地有劲。

杨东东说，土要是好，可以在调整种植结构上用点功夫。

杨进说，刘三光倒是成立了个农产品流通类的公司，在镇上办公。咱民全和周边几个村的水果、蔬菜、烟叶，包括粮食都是他运到外边去……

杨梅端着盆到猪圈倒刷锅水。农村养猪的人家，刷锅水是猪的好饮料。她听见了杨进的话，不高兴地说，爸您给杨村官也实事求是介绍。咱村和外村多少人反映他刘三光赚钱太黑，净骗老百姓，他的收购价格比镇上任何一家给得都低。

这回杨进没说话。

杨梅说，就说他收苹果吧，先不说好价格，收了放在仓库里，这一家那一家都写好名字。然后等，等到苹果大面积下来了，他才给你谈价格，那时候价格已经下来。其实呢，他在苹果还没下来时就和大城市的水果商签订了合同，就等着压自己父老乡亲的价，赚自己父老乡亲的钱。

杨进说，人家说了，那是搞市场经济！

杨梅哑了一声说，爸您就替刘光头他爷俩打圆场吧，您知道村里有人背后怎么损您吗？她可能看见了杨进的神情变化，赶忙打住话头，转身又进了锅屋。杨东东坐在杨进旁边，杨进的神情变化他看得清清楚楚。杨进听了杨梅的话，脸上的笑容瞬间消失，眉头也皱紧了，暗淡的目光望着远处的山顶，好大会儿也没说话。杨东东一时不知对杨进说什么，沉默不语地坐着。听见有人来了，他的脸上才恢复了平静。

来者是一位和杨进年纪相仿的老汉。他本来个子很高，但由于驼背显得矮了。他双手倒背着，身后横着一根棍子。杨东东想这里的村民怎么都喜欢拿棍子，是防身呢还是探路呢？那个老汉看见杨东东，一边转身朝外走，一边说你们家有客人，我下地转一圈再来。

杨进说，平安兄弟你别走。这不是客人，是咱民全人。

那个老汉转过身，看了杨东东一会儿，满眼都是惊讶：是咱民全人，我怎么没见过，谁家的小子。

杨进笑了说，我还能骗你？真是民全百姓的小子。他叫杨东东，大学生村官。

那个老汉似信非信，一边往回走一边端详着杨东东。杨东东在他进门时就已经站了起来，把凳子让给了他。杨梅又搬了一只凳子出来，放在杨东东脚下。那个老汉坐下后，挨着杨进的耳朵问，是不是要换刘光头？杨进拉着他的手说，这话可不能瞎说，传出去不好。大学生村官是来帮助咱致富的，不是替换村主任。那个老汉听了有些失望，又看了杨东东一眼，直言不讳地问，小伙子你真有本事让我们致富？

杨东东不好意思地笑了说，大爷，我得向你们学本事。

那个老汉摆了摆手，转头又去和杨进说话。他告诉杨进，刘光头叔侄俩跟催命鬼样，天天号叫种烟叶。刘光头在镇上的会上拍了胸脯，说民全今年要种八百亩。他问杨进知不知道。

杨梅此刻已经坐在院子里洗衣服。她接上说，我爸在刘光头眼里就是聋子的耳朵，摆设。他需要我爸帮他说话才来找我爸，整个拿我爸当枪使。

杨进生气了，脱下鞋子朝杨梅扔过去。鞋子落在洗衣盆里，溅了杨梅一脸一身洗衣粉沫。杨梅气得哭着跑屋里去了。那个刚来的老汉不乐意了，忽地一下站起来，用手中的棍子指着杨进说，你老杨哥也太不对了，闺女的话说含糊了吗？没有。你想听听咱那帮老哥们骂你的话吗？好，我说给你听！轻点儿的，说你大病缠身，行动不便，想管村里的事可无能为力；重点儿的，骂你让刘光头叔侄堵院子里骂两回骂怕了；还有的说你知道刘光头上边有人，你为了拿当村干部的那点补贴和补助，向刘光头低头……

哪个不吃人粮食的人说的？就不怕断了舌头根？杨梅从屋里风风火火跑出来，两手叉着腰，跺着脚大骂，我爸身子动不了，脑子比他们强。说我爸不管事，那是我爸的错吗？你们刘家是民全的大户，刘光头爷俩想做啥子事，和你们刘家的人先商量好，到村民会上走走过场就过了，让我爸怎么说？刘光头天天喊着叫着现在是村民自治，支部书记不能一手遮天你们听不见？你家小芹妹妹那天见我还替我爸喊冤呢！人叫平安叔你二聋子，我看，我看你真聋了！

杨东东这下子明白了，刚才来的老汉是刘小芹的父亲。他不明白的是为什么叫他二聋子。昨天晚上在刘村长家，刘村长的女儿柯柯称她家的狗也是二聋子，难道……

刘平安的脸涨得通红，他不停地用棍捣着地，好像在发泄心中的不满。杨进几次想阻止女儿，站又站不起来，手里也没了可扔的东西，只好用手指着杨梅。杨梅好像一肚子怨气没处发泄，接着说，刘光头刘三光经常偷着在西边岗上砍伐树，要不是我爸阻拦，又给县上和镇上反映，上边派人来查，西边岗上现在早变成秃顶了。她说完了，又回了屋里，不过她这次没有关门。杨东东觉得自己该说点什么，想了想说，杨书记、刘大爷你们也别着急。在农村党支部是领导核心，村民自治也得在党的领导下。他刘主任说别人不能一手遮天，那他也不能一手遮天。村民自治不是村主任自治，老百姓拥护的还是真正代表他们利益的。

杨进听了杨东东的话，拍了拍他的手说，好，好，小杨你说得好。

刘平安的眼珠子滚动几下，一边起身向外走一边念叨，骗，就骗吧！

村长秘书　261

杨东东等刘平安步履蹒跚的身影消失在门外，好奇地问，他怎么那么大的火气？

杨进笑笑没回答，杨梅在屋里说，他认为你骗人。

杨东东的脸唰地一下红了。他想，我怎么骗人了呢？

杨进拍了拍杨东东的手，意思是让他不要介意。接着，他又向杨东东谈了村里党员和党组织的基本情况。年轻力壮的党员大多数外出打工去了，剩下的党员年龄都大了，有的身体不好，有的不想多揽事，像刘平安这样还忧村忧民的不多。他自始至终没提村主任刘光头叔侄一个字，这让杨东东感到奇怪，同时也对杨进油然而生一种崇敬。

离开杨进家，杨东东一边走一边想着刘平安对杨进说的种烟叶的事，觉得这里边一定有文章。

该不是骗吧？他想。

四

从杨进家出来，杨东东到西山岗去了一趟。看见有农民在给苹果树施肥，他主动上前帮忙，借这个机会和他们聊天，了解民全的情况。可是，一谈到村务，那些人不是回避，就是说刚从外地打工回来。这让杨东东有些失望，心想，这地方穷也不怪，但是人的思想观念太保守太落后。

下午，杨东东又在村里转了转，临傍黑，刘光头派人把他找去，张口就问他，你到底是纪委派来的还是组织部门派来的？

刘光头的话让杨东东感到莫名其妙。他想起上楼时碰见柯柯，柯柯好像不认识他，他给她打招呼，她哼了一声把头扭到一边。他上了楼，刘光头连寒暄也没有，开门见山就扔给他这样一句话。他愣了愣，问刘村长您这话从何说起？

刘光头斜着身子坐在沙发上，左腿高高地搭在沙发扶手上，用右手搓着脚趾缝，显然是在搓脚气，沙发布上已落了一层白色的末儿，左手却夹着烟，换脚的同时夹烟的手也换了。杨东东觉得有点恶心，又不敢转脸。别人说话时，你最好看着人家，这是对人家的基本尊敬。他懂这些礼节。

刘光头说，年轻人你别骗我。我问你今天一天你都干了啥？

杨东东实事求是地说，我刚来想搞搞调查研究、摸摸底。

刘光头冷冷一笑说，我不是任命你做我的秘书了吗？这个秘书嘛……你懂不懂啥叫秘书？给领导写讲话稿、拿公文包、端茶扫地、开车门。

杨东东忍不住了：我是……

刘光头打断他的话，说我知道你来当村官。秘书就是官嘛！咱乡书记过去就是县委书记的秘书，咱县长过去就是市委书记的秘书。你当我的秘书，以后……刘光头找不到合适词了，又用搓过脚气的手去挠头皮。他说，你就是真要搞调查研究，也得经过我这个领导同意，让我安排一下吧？

杨东东理直气壮地说，我既然来民全当村官，就有搞调查研究的权利，谁也不能限制和剥夺我的权利。

刘光头一脸惊讶的表情：你，你小子刚来就想夺权？

杨东东严厉地瞪了他一眼。刘光头显然被杨东东的气势给惊住了，好大会儿没说出话。杨东东也不想再待下去，说，刘村长你要没事，我就先回去了！说完头也不回地下了楼。

柯柯正在一楼大厅里看电视，见他下楼，嘲讽地说，你还挺威风，这几年敢在我爸面前大声说话的你还是头一个。

杨东东没理她。出了刘光头家的大门，他直奔村外而去。他想，我是大学生村官，搞点调查研究都要受气，以后工作怎么做？杨东东边走边想，走了半里地又折回头。人们常说回头路难走。杨东东往回走时，两腿好像被一根松紧绳扯着，迈出一步都要使出比平时大得多的劲。你小子刚来一天，遇到点困难就退却，领导怎么看你？回到家又怎么向爸爸妈妈交代？弄不好你会成为一个反面典型……

杨东东快到村头时，刘小芹气喘吁吁一路小跑赶上了他。一开始他也不知道是刘小芹，刘小芹也没认出他。等到刘小芹从他面前跑过，他从背影认出是刘小芹。他喊她的名字，她站住了说，你，你怎么会在这儿？他说我在田野上走走，呼吸呼吸新鲜空气，欣赏一下山村的夜色。刘小芹掏出手绢擦了擦脸上的汗，又习惯地撩起衣襟想擦身上的汗，突然又不好意思了。杨东东开玩笑说是不是后边有人追你，你那样急忙？刘小芹说有人追我倒不怕，我是怕有人偷。

杨东东乐了，说你这么大个人，谁能把你偷了去？又不是小玩意儿偷了能掖能藏。

刘小芹长长地叹了口气，低着头朝前走了。杨东东紧走几步，几乎和她肩并肩，她又加快了步子，和他拉开了一步的距离。这样走了几十米，她突然站住了，弄得杨东东措手不及，差点儿撞到她身上。刘小芹问杨东东村里是不是开会了，杨东东实事求是地说不知道。刘小芹惊奇了，你怎么会不知道？你不是村官吗？刘光头的村长秘书吗？班子开会能不通知你参加？

杨东东想说没骗你，话到嘴边又改了口说，骗你是小狗。

刘小芹嘿嘿笑了，说，你这弯子转得倒挺快，到底是大学生，脑子好使。

杨东东说,我一天都在村里搞调查研究。不信你回家问问你爸,我在杨支书家见到他了。说完他问刘小芹出了什么事?刘小芹开始不答。他觉察出刘小芹不信任自己,心里有点不高兴,也没再问她。两人都沉默了,就像互不相识的陌生人,只是巧合了走在一条路上。就在离村口还有几十米远的时候,一道雪白的亮光突然向他俩射过来。杨东东明白那是摩托车灯光,但不知道开灯照他俩的人是谁,就呵斥了一声,干什么,讲点文明好不好?刘小芹却猜到了那个人,突然出其不意地从衣袋里掏出一个纸包,朝灯光亮的前方扔过去,边骂刘三光你个绝户头,早晚不得好死。

杨东东一愣,怎么会是刘三光?他看见刘小芹扔出去的纸包散开后,飞扬的是一片白色雾状的东西。

果然就是刘三光。他拍着巴掌,一边迎着杨东东和刘小芹,一边嘲讽地说,我叔就他妈的伟大。看看果真让我叔猜中了吧?杨村长秘书来民全一是镀金二是搞小妮。我怎么就没想起把数码相机带在身上,好给你们拍张照片。

杨东东气愤地说,你刘三光别血口喷人,我是刚刚迎到她。

刘三光已经走到离他只有二三步的距离,嘴里喷出的酒气熏得他皱了皱眉头。刘三光说,贼不打三年自招,这话好像对你杨村长秘书说的。你说你迎她,你为啥迎她?

刘小芹显然不想和刘三光纠缠,转身从路边的田埂上绕过了他。刘三光也没追她,故意用身子挡着杨东东说,姓杨的你给我听好了,刘小芹是我的女人,你千千万万、万万千千不要打她的主意。不然的话,别看你是站着进的民全,到时会躺着出去。

刘三光这话激怒了杨东东。杨东东冲他挥了挥拳头,气愤地

村长秘书 265

说，我就不信刘小芹那样的好姑娘会看上你这样的人。你越是不让我接近她，我还就偏偏接近她，我看你敢把我放倒了抬出民全！

刘三光一下子张口结舌。他冲着地上的一块小石头狠狠踢了一脚，小石头被踢飞了，他自己的脚趾也被小石头撞疼了，一手抱着脚哎哟哎哟叫，一只脚在地上跳着独舞。杨东东感到很解气，哈哈大笑。他正要从刘三光身边过去，刘三光一把拉住了他说，哎，我告诉你杨村长秘书，刘小芹可不是你说的好姑娘。她在镇子上的美容美发店当洗头妹，三陪小姐！

杨东东感觉好像一只苍蝇飞落嘴里，又无所阻挡地钻进肚子里，让他想呕吐。不过，他没在刘三光面前表现出自己感情的变化。

回到住处，杨东东急忙打开手提电脑，想上网与同学聊聊当村官第一天的感受。电脑打开了，才想起这民全村没有开通上网。他怏怏不乐地关上电脑，仰面躺在床上。他听见后窗外刘小芹家院子里有人说话，于是凝神听起来。

小芹，你真看见咱几家的地边撒了白灰？

一点没错。你看看我还特意抓了一把白灰。坏了，刚才在村口碰上刘三光，我想砸他，把那包白灰给扔了！

杨东东这才明白，刚才在村口刘小芹扔出的白色雾状的东西是白灰。

刘小芹的爸爸刘平安问，刘三光又上村头迎你了？我今儿个有点累，没去接你，这小鬼头钻了空子。

刘小芹说，爸您别为我担心，有好人帮我。

好人？咱民全有几个敢和刘光头刘三光作对的好人？这是一位妇女的声音。杨东东猜想刘小芹家院子里最少有四五个人，而且不光她一家人。他好奇地悄悄走到窗户前向刘小芹家院子里看了一眼。果然，院子里有七八个人，有蹲着的有坐着的也有站着的。其中一个手里拄着棍子站着的男人，杨东东觉得在哪儿见过，一时又想不起来。那个男人说，看这架势刘光头要对咱动硬的。咱咋办，跟他干到底？我今晚就在地里搭个窝棚睡在那……他的话没说完，坐在小凳子上的一个妇女猛地站起来，推了他一下：刘福你就不怕刘三光那个缺心眼的，趁你睡得像死猪时把你用席子卷了扔沟里？你要有三长两短，我们娘儿几个咋过？

那个叫刘福的男人双手挥着棍，朝地上狠狠地砸了一下。

刘平安等几个人静下来以后，慢条斯理地说，这事，我还得找杨支书反映反映。

刘福的媳妇说，找他反映顶个屁用？他又得说我了解了解。他爬都爬不到咱地里，向谁了解去？就是了解了，他又能拿刘光头怎么样？

刘福也说，找杨进真不顶用。咱村党支部三个支委，一个让刘光头安排在县城带小工，还给他说党员干部要带百姓致富。一个就因为苹果收购价格与刘三光争吵了几句，让刘三光赶跑了，半年多没回来。老支书想开支委会都开不起来。

院子里重又沉寂了。杨东东隐约听见有两个人在叹息，他忽然感到胸口有些发闷。一个贫穷落后的山村，竟然如此复杂。怪只能怪自己信息不对称，没有事前弄清民全的村情。知己知彼百战不殆，自己既不知己又不知彼，往后要在这儿工作不被碰得头破血流？不过，他马上又想起杨进对他说过的话，民全村有一千多村民，有不信邪的传统，只要你掏心窝子对他们，他们恨不得撕开胸膛回报你。无论如何得往下走着看。

院子里的人又开始议论了。刘福的媳妇说，咱村来新干部了，是驻村干部，上边派来的。他不能一屁股坐刘光头那边吧？咱找他说说去。

刘小芹嘘了一声，好像示意人就在屋子里。刘福没理会，不屑一顾地哼了一声说，我见到了，一毛头小伙子，嘴上没毛办事不牢，他更不敢当刘光头的家。

杨东东明白刘福在说他。他不服气地想，你凭什么说我办事不牢？我不能当刘光头的家，他刘光头就能当我的家了？

刘平安突然大声咳嗽起来。杨东东听见他的咳嗽声还没落地，门前响起一阵急促的脚步声。他赶忙打开门朝外看，黑沉沉的村街上只有脚步远去的声音。他马上明白了，有人在刘小芹家院子外偷听，刘平安觉察了，故意咳嗽把偷听的人吓跑了。他不由得对刘平安生出几分敬佩，转念又迷糊了，这个刘平安耳朵很机灵，怎么刘光头和村里人称他二聋子呢？

刘小芹家的大门响了，先是开门声响，接着是关门声响，再下来是由近及远的脚步声，引得附近一个人家的狗叫了。一只狗一叫，竟然比任何疾病传播得都快，村里的狗竟然你追我赶地都叫起来，有汪汪汪的嚎叫，有嗷嗷嗷的猛叫，有嗯嗯嗯的滥竽充数……山村的寂静瞬间被击碎。杨东东还没来得及想，村街上有个粗大的嗓门响了：开黑会的人你们听清楚了，别以为你们偷鸡摸狗、人不知鬼不觉。刘村长早就心知肚明，你们那针眼大点心眼，斗不过我们！我二叔让我警告你们……

杨东东实在听不下去，心想这都是什么理论什么逻辑？他一下来了精神，打开手提电脑，一气写了两千多字的感想。写到最后，他又犯了难，因为他目前还无法给刘光头的印象下结论……

五

一连七八天过去了，刘光头没给杨东东安排工作。杨东东几乎跑遍了民全的所有人家和地块。他隐约感到，民全村好像要有什么事情发生。

这天，他睡到七点多才醒来，下了床向窗户上扫了一眼，发现窗户外边的玻璃上贴着一张十六开的纸。他犹豫了一下，过去揭了下来。

这是一封打印的信。信上说的就是昨天晚上刘小芹家院子里那些人议论的内容：村委会主任和他侄子串通一气，逼着村民把地里的小麦和其他农作物填埋改种烟叶，而且不给一分钱的补偿。村委会主任美其名曰开村民大会，却只叫了平时和他走得近的十几户村民，就这十几户村民里还有一半不同意改种烟叶。但是，村委会刘主任硬是说村民大会讨论通过了，这是强奸民意。信的最后呼吁上级领导派人调查处理，号召村民抵制村委会主任的行为，保护村民的正当权益和利益……杨东东读完，感到一股热血直往胸口涌，仿佛天降大任到了自己肩头，拿着信就要向外走。

他正要关窗户时，看见窗台上放着一只白瓷碗，里边装着半碗炒熟了的豆子。他想，也许是刘小芹家早上喂鸡，放在窗台上忘记拿了吧！

到了门口，他忽然又站住了。他想，如果拿着信去找杨进杨支书，等于是去告刘主任，再说杨支书问起信的来由，自己也说不清楚。他如果拿着信去找刘主任，那无疑是给他通风报信。刘主任要知道他是从和刘小芹家挨着的窗户玻璃上揭下的信，第一个怀疑写信的对象就是刘小芹，那他就是害了刘小芹。可是信放在自己手里，自己又无权处理。他回到屋里，捧着信，竟有些不知所措。

门忽然开了，柯柯出现在门前。她穿着一件红色风衣，脖子上系了条白色纱巾，显得青春靓丽、英姿焕发。杨东东明显感到自己的心怦然一动，他为了掩饰自己的情绪，同时不让柯柯看见那封信，赶忙转过身装作找东西。他把信掖到被子下边，又让情绪稳定下来，才摆出一副欢迎的架势：柯柯你怎么来了？

柯柯反问我怎么就不能来？你这儿不就是民全村的办公室吗，你以为是哪里？说罢，柯柯咯咯地笑了。她的笑声很响亮，一窗之隔的刘小芹家里人听得非常清楚。不知是谁故意把门撞得咣当咣当响了两下，杨东东见柯柯听到后脸上的笑容瞬间即逝。怕柯柯发脾气，他忙搬了把凳子让她坐。她人倚着门框，说我是来请你的。

杨东东问，请我去哪里？

柯柯说，你锁好门跟我走，别那么多废话行不？

杨东东只好依着她。柯柯一转身，嚓嚓两声响，她的风衣被门上的钉子划了条大口子。杨东东赶忙说这钉子真该死，说着就要找工具拔钉子。柯柯不以为然，说旧的不去新的不来，这件风衣我已经穿过两年，正准备换新的，这不是给我爸妈有理说了吗？杨东东说，是在我门上划破的我给你赔。柯柯多看了他一眼说，说话算话，我这件风衣可两千多元钱呢。

出门一看，门口停着一辆红色摩托车。他奇怪了，柯柯你要请我去哪儿？柯柯已经翻身上了车，一边发动一边说你这人真啰唆，到你上班的地方去！杨东东说这就是我的卧室兼办公室，柯柯说你得了吧，你是我爸的秘书，我爸在哪儿上班你得跟着。这句话又让杨东东老大不高兴，可是又没反驳她的理由，就讥讽她说就这三两步路你还骑车？柯柯一踩油门，车子箭一般冲出几米远，她说我喜欢这种感觉。感觉，你懂吗？

到了刘光头家门前，柯柯才告诉杨东东，今天是二月二，是个节，我爸让你到我家吃饭。又说，你看我爸对你好吧？

杨东东忽然明白了，那个放在他窗台上的白瓷碗里的炒豆子是糖豆。这一带人包括他家所在的县城里的人，在旧历二月二那天必吃的食物。他心里直后悔，怎么就把这日子给忘了呢？日子忘了不打紧，屈了放糖豆的人的一片好心却不应该。

小杨，这两晚睡得怎样？肯定不习惯吧？我给他们下了死命令，在小学那边给你腾出一间教室。咱村小是去年上级拨款新建的房子，再装修装修，住了保准舒服。刘光头一见杨东东就紧紧握着他的手，说了一大堆好像情真意切的话。还有我那个不争气的侄子三光，让我骂了，还让我盖了一鞋底。我说人家小杨是大学生村官，不算公务员也算村班子成员，你得敬重人家。三光知道错了，说从镇上回来请你喝酒，正式给你接风……

杨东东耐心地等刘光头说完，诚恳地说我现在住得就很好，睡得踏实。我不能住学校，你千万不要让村小给我腾房子。

刘光头一瞪眼说，咋的，你怕校长老师不同意？

柯柯端来了饭菜。刘光头的媳妇也拿着碗筷跟着过来了，她对刘光头也是对杨东东说，咱家柯柯长这么大是第一次进锅屋帮我盛饭盛菜。

柯柯看了看杨东东，又白了她一眼说，妈，教你八百遍了，那叫厨房。什么锅屋锅屋的，东东听不懂。

杨东东心里咯噔一下。柯柯的称呼太亲切，让他一时不适应。

上桌的饭菜分成两种，就是米粥也分两样，一样是纯大米，一样是大米里放了红皮山芋。柯柯见杨东东好奇地看，指着纯大米粥说这是我爸吃的，他说吃了大半辈子山芋，隔着肚皮还能看见山芋皮，不愿吃山芋了。可我就喜欢大米粥里放山芋。我在你们省城上学时知道，山芋在城里很受欢迎呢！

刘光头说，我这肚子怕山芋，吃一小块，一天之中屁响个不停。去年有一次在县里开会，早上吃饭时咱邻村的村长在我碗里放了块手指头粗的山芋，说是什么铁棍山药，能治百病。我就吃了那么一小块，结果开会时腚门子怎么也关不紧，砰砰地响……

气氛一下子活跃了。杨东东高高兴兴地陪着刘光头一家吃了顿早饭。

饭后，刘光头没等杨东东问，就主动提出带他到村里和地里走走。小杨，虽然我是村长你是秘书，咱爷们也算是一个班子的，我带你走走看看。他嘴里含着一根用鱼刺制成的牙签，脚上穿着一双布鞋，不知是故意还是无意，鞋跟没提起来，把布鞋当成拖鞋穿。出门时，柯柯在大黄狗头上拴了个套，把绳子给了刘光头。刘光头并不用手牵，而是把绳子拴在腰带上。他拍了拍大黄狗的头说，二聋子，带爷爷去东坡头。大黄狗好像很得意，摇头摆尾地在前边走了。

出了村子向东是爬坡路，有几处很陡，大黄狗走在前边，用力地拉着绳子，刘光头上坡时就省了好些力气。杨东东想这位村主任还挺会享受。

过第二个下坡时，有一辆自行车追上了他们。本来自行车顺坡而下速度较快，骑自行车的男人从杨东东和刘光头身边已经擦肩而过。刘光头突然大喊一声，刘福！刘福这才赶忙刹车。他的自行车是辆旧车，刹车不灵，加上又是下坡速度快，他伸出右脚帮忙，车轮和鞋底摩擦着发出一阵撕裂般的响声。杨东东第一次看见这种手脚并用的刹车法,既觉得刺激又觉得好笑。他见自行车摇摇晃晃地要倒,赶忙跑了两步,上前拉住了车后座。

刘福停下车,站在路边等着刘光头。他说,我这破车除了铃不响,到处都响。

杨东东听他的声音有些熟悉,又见他车上绑着根棍子,才想起他就是自己第一天来民全迷路时遇上的收了他五元钱的男人。刘福显然也认出了他,冲他不好意思地笑笑。刘光头很敏感,看看杨东东,又看看刘福说,你俩认识?

杨东东摇摇头说,不认识。

刘光头把鱼刺牙签从嘴上拿下来,又用它去掏耳朵。他的这个动作让杨东东有些反感,脱口而出道,刘主任你这样不卫生。刘光头嘿嘿一笑,不干不净吃了没病,你往后慢慢地也会不讲究这些了。

刘光头问刘福去哪里?刘福回答说去镇上买点化肥,小麦得上肥了。它也和人一样,吃不饱不长,吃不好长得慢。

刘光头好像很惊奇,哼了一哼说,你那小麦还没铲啊,是不是非得我替你帮忙?话说好了,我找人帮忙可以,你得管吃管喝还要给工钱。

杨东东明白重头戏就要开始了,目不转睛地看着刘福。刘福眼睛里先是有火苗般的光点跳了一下,接着变成了乞求。他说,四叔你不能让我不好做人。我家的地和二聋子大爷、三大爷、张大滨他们五家的地挨着。他们不种烟叶,我也没法儿种。小麦施肥会影响烟叶,你没法统一管理对不?

刘光头说,我这都是为民造福。咱这一片的地适合种烟,过去多少年都种不说，种烟的收入也比种小麦高得多，我粗略地给你算算你就清楚了。这一亩地如果种小麦，收入也就四五百块，多了能过五百块。收完小麦你再种玉米，一亩又能收个几百块。两季子加起来，满打满算也不到千块。种烟叶呢，好赖一亩地也能收入两千多块，刨去上化肥农药等杂七杂八的费用，一亩地能净赚一千七八到两千。算算种哪个合适？

刘福听着刘光头这一笔账，一直不吭声。杨东东却被刘光头这一番话说得直点头。他说，这账很清楚嘛，你给村民算算，他们不就明白了？

刘光头从杨东东的话中好像听出了什么，抬头看了他一眼。不过他没有追问他听到了什么反映，而是痛苦地摇摇头说，爷们儿，这农村工作难呢！

杨东东说，这有什么难的。现在不是搞村务公开吗？咱们把你刚才说的比较数字朝公开栏上一贴，跟着再做做宣传。村民们明白了，事情就成了。

刘光头看了他一会儿，拍了拍他的肩膀说，到底是大学生，有思路。这样吧，公开栏、宣传、动员这些事都交给你。咱现在就回去，说干就干！

杨东东高兴得就差没跳起来。他既为自己的建议受到村主任的赞扬而得意，又为自己能展示一下才华而信心倍增。他说，村长你放心，你造福百姓的目标一定会实现。

刘光头的眼里闪过一丝不易察觉的微笑。

杨东东回到村里就忙活开了。从上午十点一直干到下午三点，中午就着白开水啃了个馒头。他写好了村务公开栏的文章，又抄在两张红纸上。村委会里笔墨纸砚都没有，是刘光头专门打电话让刘三光安排人从镇上送来的。他还从堆积如山的杂物里翻出两条红布横幅。那两条横幅上还残留着过去的标语，由于是用面打的糨糊粘贴上的，被老鼠啃了一个个洞。没办法，也只好凑合着用。这两条横幅一条挂在村口醒目处，一条挂在村街中间。挂横幅时他想找个帮手，第一个想到刘小芹。一是他和刘小芹认识了，二是他想先给刘小芹说说种烟叶的好处。他故意打开窗户，窗台上那个盛糖豆的白瓷碗已经不见了，不知谁家的小狗什么时候爬到窗台上拉了一摊屎，他看了直想吐。等了一会儿，刘小芹家里没动静，他想刘小芹可能去镇上上班了。没办法，他只好去找柯柯。柯柯很高兴，要用摩托车带他。他说不用，就几步路你张扬啥？柯柯说你不懂，这摩托车一会儿就能派上用场。果然，挂横幅的时候，柯柯让他站在摩托车上，说这样能够站得高一些。他说，柯柯你真聪明，冲你这聪明劲你爸当初该让你学中文。柯柯说，中文学得再好，出国能派多大用场？杨东东这才明白，柯柯原来是在家等着出国留学通知。

在村街上挂第二条横幅时，他刚爬到摩托车上，柯柯的手机来了电话。柯柯接电话时很兴奋，忘了帮他看着，他下来时一脚踩了个空，摔在地上。刘平安正巧经过，用棍指着他，一语双关地说，年轻人别蹦得太高，蹦得高摔得重，身子是你爹娘给的，是自己的，摔坏了可没人赔。你爹娘还指望你养老呢。

杨东东说，谢谢您了刘大爷。这种活我没干过，不熟练。

刘平安看着在一旁活蹦乱跳接电话的柯柯，摇摇头说，你不熟练不要紧，可别跟着一瓶子不满半瓶子晃荡的人学。他看了一眼横幅又问，你这上边的词是吃柳条屙筐，编出来的吧？

横幅上的词的确是杨东东编的，而且是他非常满意非常自豪的词。一共十八个字，押韵合辙、朗朗上口：要想富，找准路；种烟叶，高收入；建小康，奔幸福。

杨东东不明白刘平安对横幅上的词有什么意见，诚恳地对他说，您老人家指正。

刘平安眯缝着眼上上下下打量了他一会儿说，编，编吧。转过身慢慢腾腾地走了。杨东东的心里很不是滋味，一直看着刘平安驼背的身影消失在一条小巷里。这时，柯柯也打完电话了，她显然刚才背着身子打电话，没看见刘平安。她问，你刚才好像给我说啥子来？杨东东摇摇头。柯柯仰着看了一遍横幅，嘴里念着横幅上的词，眉飞色舞地拍着巴掌说，好，好，杨秘书你还有写诗的天赋呢。我给你拍张照片，发到网上。说着就掏出手机，对着横幅要拍照。杨东东赶忙用身子挡住了她：别，别闹笑话。再说，种烟叶到底怎么样还没见效果。

柯柯一愣，怎么你杨秘书也反对种烟叶？

杨东东紧张地摆着手。还没等他回答，柯柯生气地嚷道，我想起来了，你住的地方和刘小芹家一墙之隔。三光说从窗户就能跳到她家去，你是不是和那个洗头妹⋯⋯

杨东东没等她说完，火了。请你尊重我好不好？刘三光是个什么东西，你要和他想一样说一样，那你把自己放在什么位置上了？

柯柯骑上摩托车扬长而去。

六

杨东东没想到刘小芹也生他的气了。

他住的屋子里没有下水道，每天都得隔着窗户向刘小芹家借一桶水。尽管他节约着用，到了晚上桶也会见底。回到屋子里，他想烧水喝，打开窗户朝刘小芹家院子里看，巴望着她家有个人出来再给他打桶水。过了十多分钟，刘小芹家没有丝毫动静。就在他失望地准备关窗户时，一个十一二岁的男孩子进了刘小芹家的院子。那个男孩子虎头虎脑，长得很结实。杨东东从他的面相看，他长得有点像刘福，心里琢磨着是不是刘福家的孩子。这时那个男孩子也看见了他，瞪了他一眼，你干吗呢？想偷我二爷爷家的东西？说着放下书包，拿起靠在树上的一把三股叉子，虎视眈眈地看着杨东东。杨东东和蔼地笑了笑说，小朋友，你叫什么名字？

那个男孩子听杨东东说一口普通话，好像放心了，把铁叉子重又靠在树上问，你就是那个刚来的大学生村官吧？我知道你。

杨东东问，你怎么知道的我啊？

那个男孩子噘起嘴，朝杨东东翻了翻白眼说，哼，我们同学都知道你。

杨东东马上明白了他话中的意思，刚想解释，那男孩子又往下说，你把俺们校长的宿舍给霸占了，害得校长回家住，每天来回多跑十里地。我们同学都骂你。

杨东东哭笑不得。他说，这事与我没关系，我在这里住得好好的，干吗要霸占你们校长的房子？

那男孩子似信非信，一边看着他一边大着胆子走到窗户前，伸头朝里看了一眼，突然转身就跑，抱住院子里的树，浑身颤抖。杨东东不知发生了什么事情，回头看了一眼，惊得目瞪口呆。原来柯柯牵着大黄狗来了，大黄狗悄无声息地将两只前腿搭上来趴在他的肩膀上。他浑身颤抖：你，你要干什么？

你是问我呢，还是问二聋子？柯柯一副玩世不恭的样子，倒背着双手在屋子里迈着碎步。

你先让二聋子滚开！杨东东着急了，大吼一声，声音变得又尖又细，连他都不相信是从自己嗓子里发出来的。

谁在叫？院子里一个嘶哑的声音问道。杨东东听出是刘小芹的爸爸刘平安，暗想这下子惹麻烦了。没有人愿意别人叫其不雅的外号，尤其是带有贬低或者侮辱性的外号。你一个外来人、一个晚辈，这样大呼小叫不是明显不尊重他？柯柯却得意地放声大笑，笑罢冲大黄狗吹了声口哨。大黄狗这才从杨东东身上下来，摇着尾巴溜到柯柯身后去了。杨东东瞪了柯柯一眼问，有什么事？柯柯严肃地板起面孔说，没出我所料，你又趴窗户往后看了吧，是不是在给那个洗头妹发暗号？

杨东东说，我听不明白你在说什么。

柯柯给刘三光打了个电话，让他马上过来一趟。然后，她抱着大黄狗趴在窗台上，对着刘小芹家院子连喊几声二聋子。她每喊一句，大黄狗就叫一声，仿佛是在应答。她得意忘形地咯咯咯笑。杨东东想制止她，又找不到合适的理由。突然，大黄狗嗷嗷尖叫两声，像射出的箭，飞一般从杨东东屋里窜了出去，撞到刚要进门的刘三光身上。刘三光一个踉跄往后退了两步，进了屋气势汹汹地问，谁打了二聋子？柯柯说，我正纳闷呢。我没招它惹它，它怎么就发了疯？杨东东没说话，他意识到可能是刘福的儿子对大黄狗下了手。

刘三光走到窗台前，先把手里的一卷塑料管子扔进院子里，然后一个纵身跳了进去。

这时，刘平安从屋里出来了。刘福的儿子尾随在他身后。刘福的儿子冲杨东东挤吧挤吧眼睛，得意的眼神好像在说，瞧见我的厉害了吧？

刘平安冲低头捡塑料管子的刘三光屁股上踢了一脚：刘三光你出息了，翻墙越脊偷鸡摸狗的事都做得出来，要是你爹早生你几十年，燕子李三也得管你叫师傅。

刘二儿直起腰，理直气壮地说，二叔，我这是为公家办事，怎么叫偷？

刘平安围着刘三光转了一圈，一边转一边斜视着他说，俺家又不是村委会，你办公事跑俺家干吗？

刘三光指着杨东东说，我是给这位大村官办事不算公事啊？他是民全新来的大学生村官，我二叔的大秘书，大小也算村干部。他的屋子里不通水，我叔让从你家接条水管子……他的话没说完，刘平安和杨东东同时叫了起来。

刘平安说，你叔净出歪点子，把水管子接俺家谁掏水钱？

杨东东说，这不合适，我吃水可以自己去挑。

刘三光对刘平安说，这事你得听我叔的。我叔说了，这是村委会的决定。大学生村官是上级派来的，谁跟大学生村官过不去那问题就严重了。你考虑考虑吧！

刘平安气得脸色发青，转身进了屋。进屋之前，他回头看了杨东东一眼，目光中含着埋怨和不解。刘福的儿子也要跟着刘平安进屋，刘三光上前一步拦住了他，小祥子，你爸呢？

小祥子推了刘三光一把。刘三光一手拧着他的耳朵，一手指着他的额头说，你回家告诉刘福，你们家再不铲麦子，村里就不客气了。

小祥子挣脱了刘三光，回过头恶狠狠地瞪了杨东东一眼。杨东东觉得心像被刀子扎了一下。

果然，刘小芹后来骂他和刘光头、刘三光穿一条裤子，说你

村长秘书　279

就明睁大眼地看着他们欺负村民还无动于衷，不是存心吗？这是后话。

刘三光接好水管子，回到屋子里又叮当叮当地用木板和钉子把窗广钉上了。他说，这也是村委会的决定，怕杨秘书被别人袭击。杨东东十分生气，几次想和刘三光理论，想想又忍住了。

刘小芹和往常一样，还是晚上九点半回到家。杨东东不知为什么，一听见刘小芹的声音心就跳。不过他这次心跳和前几次不同，是属于那种紧张、不安甚至有些惶恐而又有些莫名其妙的跳。他想起刘平安埋怨和不解的眼神、小祥子恶狠狠的目光，头就有点儿疼，蒙上被子就睡了。第二天一早起床后他想洗脸，解开水管子头上的绳子，水流了不到半茶杯就停了。他马上意识到水管子连接院子里水龙头的那头被拔掉了。显然这是刘小芹回来后干的，因为在她昨晚回来之前，他还接水烧过开水。他犹豫了一会儿走到窗前。刘三光不知是出于马虎还是有意，只用了横竖两块木板钉成了十字架，从上边和下边都可以看到院子里。刘小芹在院子里喂鸡，明明看见他却装作没看见。他站了一会儿，终于忍不住拍了拍窗户的玻璃。刘小芹四下看了看，好像没有看见他，嘴上却不住地念叨，你才来几天，不学好偏学坏，就不怕吃饭噎着喝水呛着？

刘小芹！杨东东低声喊了一声。

刘小芹没回头。

他接着又喊了两声。

刘小芹猛地回过头瞪了他一眼说，叫魂呢？

杨东东直言不讳地说，我想和你谈谈。刘小芹没搭理他。他又说，你对我有误会，你爸对我有误会，你们村里的人都对我有误会。我杨东东不是你们想象中的那种人。

刘小芹这才回答说，你是啥样的人你自己背着，给我说干吗？杨东东见她的目光和口气比刚才缓和了，恳切地说我求你个事，你能不能先给我放点水，我刷了牙洗了脸再给你说话。

刘小芹嘿嘿一笑，马上又板起脸来说，凭啥？你交水费了，还是我们家欠你的？话是这么说，人已经弯腰把水管子和水龙头接上。杨东东感激地想，山里人对人就是实在。他刷了牙洗罢脸又走到窗前，见院子里多了一个人，刘福的儿子小祥子。小祥子不知在对刘小芹低声说些什么。刘小芹边听边朝他这边看，目光充满了困惑。他猜想小祥子给刘小芹说的大概是种烟叶的事。他不明白这样让村民致富的好事，为什么刘小芹父女以及刘福和一些村民都强烈反对。

杨东东正在想着，刘小芹朝窗前走过来了：我说杨村官杨大秘书，你到我们民全来做过调查没有？谁给你说种烟叶高收入？

杨东东没有隐瞒这话是听刘光头讲的。他说我计算了一下，按照刘村长说的，一亩烟叶比种其他粮食作物多收入七八百元，好了可以多收上千元。

刘小芹没等他说完就打断了他的话，又是听刘光头骗你是吧，他还不给你净朝好里说？你怎么不问问民全的老百姓，他刘光头说的是不是实话。刘光头刚当村主任那年，我爸听他的话种过烟叶，结果呢让他骗了，没收入不说还赔了钱。

杨东东一愣，这，这不会吧？刘主任说得明明白白……

刘小芹说，我爸种了一辈子的地，哪个收成好哪个收成不好还不清楚？种烟投资大，收成低，扣除各种费用，一年忙下来挣不到什么钱。前年我刘福哥家种了两亩烟，说是收入近四千，刨去化肥农药二百多、煤五百多，加上劳动力投入，再加上分级扎把、炕烟这一道道加工工序，每个月也就百十块钱的收入。刘福哥说还不如到城里捡破烂！我爸多了个心眼，种了一半烟叶，留了四分地种红芋，结果还是我爸算计对了，红芋卖了一元多一斤，四分地就收入一千好几百。

杨东东咂咂嘴，想说什么，没说出口。

刘小芹又说，烟叶也分三六九等，一级二级三级，一个级一个价。最可气的是刘三光叔侄俩老是骗人。他们先把村民的烟叶收走，等级由他们和烟站的捣鼓着说了算，村民也不知道。他们叔侄俩说你家的烟叶几级就是几级，说多少钱就是多少钱。我有个同学说，就这级差，他们叔侄俩每年就能赚好几万。

杨东东对刘小芹的话半信半疑，其实连一半也没信。他觉得刘小芹太悲观，说的这些事也不太可靠。刘小芹大概从他的沉默中看出了这一点，难过地说，拉倒吧，给你说这些是嘴唇上抹石灰，白说。你还以为我骗你是不？反正到时候你别说我没提醒过你。

正在这时，杨东东的手机响了。电话是杨进的女儿杨梅打来的，说杨进有事找他。他正琢磨着向杨进请教，连饭也没吃就赶了过去。

杨进正躺在院子里的椅子上看书。杨东东一坐下，他就拉着杨东东的手摇了几下：小杨，我是正式通知你，你已经补选为民全村党支部委员了。上面我们支部不是已经开会讨论了吗？作为一名年轻的党员，你就好好工作吧。

杨东东激动地握紧了杨进的手。杨进没等他说话，又接着告诉他说，我自打生病下肢不能动，就向支部和乡党委提出退下来。但是上面不同意。

杨梅端着饭菜过来了。她说我爸猜到你还没吃早饭，特意让我给你饭里加了铁棍山药。你尝尝，可好吃了，听说这铁棍山药在省城和北京一些城市都当营养品卖，当礼品送。

杨东东吃了几口，称赞说的确不错，咱这里为啥不种铁棍山药，是土壤不适合还是不懂技术？

杨进想了想说，要说西岗的山地是不太适合，可东片河边的沙地应该没问题，朝东阳光也好，日照充足……杨梅在一旁打断说，那地是刘光头爷俩的钱袋子，他们想种烟叶发财，能让种铁棍山药？

杨梅的话引出了杨东东的话。他把这几天的见闻向杨进讲了一遍，末了说我正要向您请教。杨进拍拍他的手说，小杨，你现在是村党支部委员，可以行使支部交给你的职权。上面不是一再强调要尊重农民意愿，不能搞强迫命令吗？是种烟叶好还是种铁棍山药好，得听农民的意见。农民是土地的主人！

杨东东郑重地点点头，说我明白了。

杨东东走到门外，杨进又冲他说，你是学农业的，把你学的知识拿出来。杨梅接上说别烂在自己肚子里，变成大粪屙出来……

说罢，爷俩都开怀大笑。

七

杨东东一大早就到了河边。河边的麦地里有几个农民正在挑水浇麦。还没等杨东东看见小祥子，小祥子先看见他，喊着他的名字：杨东东，你来了？

杨东东见小祥子也挑着两只水桶，上前抢了过去，你怎么不去上学？

小祥子说，我们这里学校上课晚，我每天吃饭前都得帮家里干点活。

　　杨东东说，你挑那么大的桶，就不怕压着不长个？

　　小祥子皱了皱眉头，像个小老头儿一样，长长地叹了一口气。

　　杨东东没挑过担子，两桶水压在肩头仿佛两座沉重的大山，刚走了几步就上气不接下气。最可气的是那挑子在他肩头上不听话，一会儿朝前滑一会儿往后溜，他用两只手紧紧地抱着扁担往下压，想让水桶平衡，脚下却一个趔趄，人和水桶一齐摔在地上，水全都泼在了地上。他手忙脚乱地爬起来，身上还是沾上了泥水。小祥子拍着巴掌笑话他：泥猴子，泥猴子！

　　刘光头上上下下打量了杨东东一眼说，和贫下中农打成一片了？

　　杨东东笑了笑。

　　刘光头说，你是看电影电视看多了。你就是天天变成泥猴子，老百姓也不会说你好。现在的农民比过去实惠，你得让他见了大把的票子，他才会觉得你好。

　　杨东东把杨进的话，以及自己想去看看河边土质的想法给刘光头说了。刘光头说，他要真有本事，当了二十多年支书也没让民全老百姓腰包鼓起来，自己还住猴戴帽的破房子？

　　杨东东皱了皱眉头。

　　刘光头说，杨秘书我做梦都想着怎样改变民全面貌。可是你说就民全这地方，不是山就是石头。

　　杨东东说，那咱可以调整种植结构，种些效益高的作物，比如杨支书说的铁棍山药。

　　刘光头问，你吃过铁棍山药？

　　杨东东没说在杨进家吃过，想了想说，我见过礼品盒包装的铁棍山药。他用手比画着，又细又长对吧？

刘光头好像来了兴趣：你爸是干啥的？

杨东东说，做点小生意。他爸爸是事业有成的老板，资产过亿，可他从来不像一些富二代那样张扬。上大学几年，他和其他同学一样节俭。他爸爸也支持他，他下乡当村官，就是他爸爸主张的。

刘光头显然不信：你爸要有钱，可以来咱这投资。我可以直接把烟叶交给你爸收购。他看了看杨东东的反应，又说，有钱大家赚，你大学生村官那点补助够干啥？

杨东东没接刘光头的话茬，他告诉刘光头，他上网查了一下种植铁棍山药的资料，又和两位在省农科院从事农业科技研究的同学网上交流了一下，觉得在民全坡东沿河边沙土地种铁棍山药是可行的。

刘光头抽完了烟，又掏出鱼刺牙签剔牙，突然说，小杨，咱民全啥时候能上网了？他以为杨东东在骗他，所以突如其来地问了一句。他自信这话能让杨东东露馅，闹个大红脸。没想到杨东东非常从容地回答，我是用柯柯借给我的无线上网卡上的网。

刘光头挠着头皮想了一会儿说，小杨你做得对做得好，我选你当秘书没选错。你刚来几天就积极为民全老百姓着想，真是民全老百姓的福气。

杨东东有些不好意思，说这是我应该做的。

刘光头在地上走了几圈，又突然回过头看着杨东东，咄咄逼人地问：万一铁棍山药种下去收成不好或者说根本就不长，那农民的损失谁包赔？毕竟咱没种过这玩意儿，咱民全的地上没长过这玩意儿。

杨东东这下愣住了。

刘光头说，你来当村官能干几年？一年，两年，撑死了说三年。这民全的老百姓可陪不起你，一年的损失得几年才能补回来。真到了那时，你想走，门也没有。

这一刻，杨东东的心里排山倒海般地翻腾。刘光头说的确是事实。土地为啥是农民的命根子，还不是因为土地上的庄稼能变成粮食供他们填饱肚子、养育儿女、积累财富。你让他们赔了夫人又折兵，他肯定和你拼命。自己是来这里锻炼的，也就刘光头说的一二年的时间，循规蹈矩地跟着刘光头这些村干部做点事，不求有功但求无过，何必铤而走险、惹火烧身？刘光头又接着说了他如何放弃在县城的生意，回到民全来改变家乡面貌。末了，他说民全要想富，只有一条路：种烟叶。

杨东东犹豫了一下说，就算种烟叶也得村民自觉自愿。

刘光头说，爷们你太天真。

和刘光头分手后，杨东东打算再去找杨进，向他反映刘光头的意见，也汇报自己的想法。刚才和刘光头谈话时，他一直在考虑回省城一趟，向老师和农科院的技术人员咨询、求证一下，民全这样的土壤究竟是否适合种植铁棍山药？快到杨进家时，顶头遇上了刘三光。刘三光的摩托车后座上坐了两个陌生的男子，好像刚从镇子上回来。他本来不想停车，大概看出杨东东是去杨进家，才停下车来和杨东东打招呼。刘三光介绍那两个陌生男子是烟叶收购站的，哪个烟叶收购站没说清。杨东东也没问。他向那两个人介绍杨东东时说，这是我叔的秘书。他指了指脑袋瓜子，对杨东东说，你脑子别犯晕，咱村是村委会主任当家。就算我叔不是村委会主任，我们老刘家占了一多半，姓杨的也翻不了身。

刘三光说完，不等杨东东表态就扬长而去。杨东东恨不得摸块石头砸他，想想又忍住了。不过，刘三光的话的确给他了提醒：这时候去找杨进反映刘光头的意见，刘光头会不会误认为在告状，或者说挑拨村里领导之间的关系，再朝深了说是搬弄是非，影响民全的稳定？他站在那儿想了好大一会儿也没想出个结论。杨东东忽然有一种无助和无力的感觉。

杨东东报名当村官时，他妈妈就坚决反对：你别以为村官就那么好当，虽说你大学是学农的，但你一没在农村生活过，二没有农村工作经验，再说如今的农民也不是过去那样淳朴憨厚、老实巴交，只懂得撅着屁股在黄土里刨食的农民。我听人家说这农民一旦懂了市场经济，比城里人还厉害。老辈子说穷折腾，越穷的地方越会折腾。你去了不出三个月就让人家把你折腾趴下，像《朝阳沟》里的银环一样哭着滚蛋。你要是不想考公务员，跟你爸做生意也行。此时，杨东东真正体会到了农村工作的复杂，理解了妈妈的一片苦心。这样一想，他回到住地拿了行李就朝村外走。

杨村官你这是弄啥去？刘福突然出现在他面前。刘福仍旧骑着那辆破自行车，车上仍旧绑着一根棍子，嘴里仍旧叼着半根香烟，目光仍旧含着嘲讽。杨东东看了他一眼就觉得浑身上下不舒服。刘福见杨东东不理他，又说你咋还背着包包，该不是这三天就镀完金又上调（diào）了？他故意把上调说成上吊，还用手比画了个绳套。杨东东本来就窝了一肚子火，哪里能吞下刘福的挑衅，咣当一脚把刘福的自行车踹倒在地上。

刘福火了，你狗日的算什么鸟村官，整个刘光头的黑打手。他扶起自行车，向前推了几下没推动，然后重重地蹾了一下。自行车没有后支架，他把车靠在旁边的树上，过来抓住杨东东的衣襟说，你今个要不赔我辆新车，我打得你满地找牙。

就在杨东东和刘福之间的争斗即将开始之际，突然传来一声尖叫，东南湖地头出事了！刘福一下子着了急，撒开抓着杨东东衣襟的手去推自行车，推了几下自行车的轮子还是不转。他拔腿就跑，一边回过头对杨东东说，你走到天涯海角，我也得找你赔车！

杨东东也撒腿朝那里跑去。两个人一前一后，仿佛在展开一场马拉松竞赛。刘福一边跑，嘴里一边嘟哝着，不一会儿就气喘吁吁，被杨东东远远地扔在了身后。

八

被民全老百姓称为东南湖的地头已乱成一团。

两台大型推土机和一台挖掘机停在地头，小祥子昂首挺胸地站在一辆推土机前边，一副大义凛然、视死如归的样子。和他同来的两个孩子则分别躺在轮子下边，随时准备牺牲。一个戴着白帽子的中年人，气急败坏地挥着拳头，命令推土机和挖掘机司机开机。那几个司机却无动于衷。车轮前有人，而且是孩子，谁敢对他们的生命熟视无睹？那个白帽子想去拉小祥子，小祥子挥着手里的棍子对着他乱舞，让他不敢近身。白帽子叫着骂着，才有一个司机从驾驶室跳下来，出其不意地从小祥子身后抱住了他。小祥子手中的棍子发挥不了作用，一急之下，狠狠地咬了那人一口……

一些在附近地里忙活的人见状围了过来，有民全的，也有邻村的。杨东东赶到时，双方正吵得不可开交。他一眼就看见地里的小麦已经被推土机推平了几块。他算了一算，从小祥子他们发现推土机进了地到赶过来，时间上差不多。这时，小祥子已经被白帽子摁在了地上。白帽子扬起巴掌重重地打了小祥子一个耳光。小祥子一边挣扎一边高声叫骂，看我爸来了不活剥你。

你们民全人都是狗娘养的会咬人！白帽子拧着小祥子的耳朵，把他从地上拎了起来。他的话激怒了刚围过来的民全人，有个小伙子上前就要揍他,被刚刚赶到的杨东东拉开了。

杨东东问白帽子,你们是哪里的?

白帽子拍了拍手上的土,瞪了他一眼说,你是哪里的?

杨东东四下看了一眼,周围的人都看看他。他又严厉地问白帽子,谁让你们铲民全的麦地?

白帽子从驾驶室里取出一只黑皮包,从黑皮包里取出一份协议书在手中扬了扬:看见没,这是民全村委会和我们公司签订的土地流转协议。这里的麦地归我们公司了,我们要种烟叶,不铲麦子怎么种,麦地里能生烟叶?

刘福这时也赶到了。小祥子一见刘福,哇的一声哭了,指着白帽子说,他个坏种打我。刘福也看见了被铲的麦地,正是他家的,又听儿子说白帽子打了他,火就不打一处来,夺过儿子手中的棍子就朝白帽子头上打去,骂着哪来的野种,敢到民全撒野?杨东东眼明手快,抬起胳膊挡了一下,棍子落在他的胳膊上,疼得他咧了咧嘴,眼泪一下子掉了下来。他想这一棍要是落在白帽子头上,脑袋瓜子不开花也得咧开嘴流出血。他劝刘福不要冲动,有理讲理,千万不能动武。

刘福说,我没理给你们讲。这狗日的不是说村委会签了协议吗?你是村官,签这协议也有一份。

白帽子听刘福说杨东东是村官,也冲杨东东来了劲:你们村委会说话算不算数?白纸黑字的协议不是擦屁股的卫生纸。你们要毁约,得赔我们公司的损失,先把我们前期的经费退了。白帽子这一吵吵,仿佛朝周围的人群中扔了颗手榴弹,引起了爆炸。这些年中央对农村的政策越来越好,越来越透明,农民们知道他们承包的土地,没经他们同意,谁也没有权利随意流转和占用。白帽子的话等于告诉他们，民全村村委会没经他们同意，已经把他们承包的土地流转给了白帽子代表的公司，而且收了人家的补偿款，却没有让他们见一分一文，这明摆着是侵占他们的合法利益。不用人带头，他们就嚷嚷开了。眼前只有杨东东一个是村官，于是愤怒的人们把怨气撒到他身上，纷纷指着他骂，还有的朝他身上扔坷垃。小祥子说杨东东不是坏人，说着站到了杨东东身前，想用自己的身子护卫杨东东。

白帽子趁人们视线转移的片刻工夫，给刘三光打了个电话。刘三光陪着烟草收购站的两个人正在刘光头家喝茶。他挂断电话，简单地给刘光头说了一遍就向外走。刘光头喊住了他，说别遇事就手忙脚乱。他指了指自己的头，得用脑子。

刘三光骑着摩托车，一袋烟的工夫就到了东南湖。地头已经围了上百号人，吵吵得很凶。他没看见杨东东，只见刘福和刘小芹的父亲刘二聋子一左一右拉着白帽子，让白帽子还他们家的小麦。白帽子看见他来了，一边拼命挣脱一边高声喊，三光大哥你他妈的说话不算数，让我来整地却让我人身不能自由。

白帽子这一喊，让刘三光十分恼怒。他就像被人重重打了一记耳光，早把刘光头的话抛到九霄云外。他一踩油门，加大车速向刘福冲了过去。眼看就要撞到刘福身上，一场车祸就要发生，杨东东突然从人群中跳了出来，一跃而起扑向刘三光，连人和摩托车一起倒在地上。刘三光刚爬起来，刘福又一脚把他踢倒，狗日的你不光谋财还想害命啊？说着挥着棍子就要打刘三光。杨东东也爬起来了，他拦住了刘福说，你有话说话有理讲理，不能打人。

刘三光爬起来，一边指着刘福骂，一边去打电话。

杨东东虽然听不见刘三光在说什么，但是从他杀气腾腾的神情、有力摆动的手势，猜测他的电话可能会给民全村招来一场更大的骚乱甚至是灾难。一时间他觉得脑海里一片空白，不知应该怎么收拾眼前的局面。劝刘福等村民回去显然行不通，相反会加深村民对自己的误解。有几个年轻的村民在刚才争吵混乱时，已经骑着自行车回到村里驮来了行李，打算在地里住下，日夜守卫自家的承包地。有一些村民开始在地头上挖沟，意图阻挡推土机和挖掘机。阻拦白帽子也不可能，因为白帽子手里的的确确有和民全村委会签订的土地流转协议，而且他们公司向民全村付了款。从刘三光的态度，结合他的为人，也不会对村民尤其是刘福这些人善罢甘休。眼下的情况，他唯一的选择是向杨进或刘光头汇报。但是，这种局势又让他不敢离开。他掏出手机，想给杨进或刘光头打电话，没想到手机没电了。他把小祥子叫到一边说，小祥子，你赶快去杨支书家，把这边发生的事给他汇报，让他拿个主意。

小祥子刚走，刘三光过来了。他一脸得意之色，说，杨秘书你就等着看好戏吧。他指了指地头和地里的村民说，过一会儿这些人就会滚蛋，我不光要把他们地里的小麦给铲平，还得挖地三尺，把穷根给拔了。

杨东东非常生气。他说，刘三光你没有这个权利！我警告你，如果你强行毁坏老百姓的麦田，引起的一切后果由你负责。

刘三光冷冷一笑，说我刘三光还没有不敢负责的事。

杨东东说，你叔是村委会主任，你也是村委会成员，你做事要对得起民全的百姓！

刘三光点了一支烟，狠狠地抽了几口说，你是老板的儿子，从小在蜜罐里长大，不知道穷是什么滋味。我给你说吧，卖地的那二十万，是我叔给柯柯出国留学用的。你说怎么办吧？要是不让我哥们的公司种烟叶，这钱你还？

杨东东的脑袋一下子又涨大了，刘光头刘主任啊，你怎么能做出这种糊涂事？你难道不知道强征农民的承包地、贪污土地流转费是犯罪？

刘三光见杨东东面色苍白，又接着告诉杨东东，我妹妹柯柯喜欢上你了。

杨东东惊慌失措地连连摆着手，我没有，我没有，我不喜欢她。

刘三光这一手的确厉害。他的话还没落音，多少眼睛齐刷刷地投到杨东东脸上。杨东东感觉到那目光都长着刺，扎得他浑身极不自在。他必须当机立断，向大伙做出解释，否则就是跳进黄河也洗不清。可是，刘三光根本不容他说话，连推带搡把他拉到离地头几十米远的地方。

杨东东说，不管你用什么手段，我不会和你们同流合污。

两台推土机又开动了，顷刻间又有几块麦地被铲平。

杨东东的泪水掉了下来。他不知从哪里来的力量，大吼一声，乘机挣脱了刘三光的手，像一支离了弦的箭，直冲推土机飞去，伸开双臂朝推土机前一站：有种你从我身上碾过去！

推土机吭哧吭哧地停了下来。

地头上的人和地里的人都冲着杨东东欢呼。那一刻杨东东也觉得自己挺高大的。后来，他在QQ里和大学同学聊天时聊到这一情节，坦白地说其实自己当时两腿都在哆嗦，心也像跳出了胸腔，脑海里一片空白……

现场一时陷入了僵局。

这时，杨进被女儿杨梅用平板车拉着来了。刘光头刘主任也来了。刘光头是骑着摩托车来的，杨东东一眼就认出那是刘光头的女儿柯柯每天骑的摩托车。

刘光头笑容可掬地对杨进点着头说，老哥你身体有残疾，组织上明确要求你在家休息，怎么又跑山来了？就这点风吹草动的事用不着你亲自过问。再说，行政上的事有我这个村委会主任负责。他的话是说给村民听的，响鼓不用重槌，民全村的百姓都听得懂他话中的含义。说完，他没给杨进留出时间，黑着脸冲刘三光吼道，怎么搞得乱哄哄的？限这三天把烟叶种下去，这才第一天开工就搞不动，到时候怪罪下来，责任是杨书记承担还是我承担？然后又指着杨东东说，你是村长秘书，是怎么维护村委会的权威的？

杨东东一下子愣了，刘主任，他们铲村民的小麦……

刘光头冷冷一笑，说你年纪不大心眼不小，出了点事挺会给自己开脱。我问你，民全村子里的大红标语是谁写的？"要想富，种烟叶"，是谁写的？到村民家做工作的村委会干部又是谁？

杨东东张口结舌说不出话，脸上沁出了冷汗，脖后根也有点儿发凉。他看了一眼杨进。杨进的目光还是像过去那样温热，不像刘福那些人对他的目光充满敌意，心里才稍微踏实一些，安全一些。他又看了刘光头一眼，刘光头的目光虽然有些捉摸不定，但对他似乎并没有恶意，还朝他挤吧挤吧眼，好像在给他暗示什么。他刚想开口说话，刘福在一边抢了先：让杨书记给我们一个说法。

刘光头哼了一声，刘福你想把责任推给杨书记啊？这是村委会的事，杨书记不知道来龙去脉。

杨东东抢着问，土地流转这样的大事，不给党支部汇报？

一直没开口的白帽子这时沉不住气了。他说刘主任你给我们个痛快话，这地还整不整？协议还履行不履行？我回去好给董事长汇报。

杨进问，什么协议？在哪里？拿来我看看。

刘光头板着脸，果断地对白帽子挥了挥手说，你们先回吧，回吧。等处理好了，我让三光通知你们。他说着向刘三光递了个眼色，示意刘三光把白帽子拉走。刘三光没让白帽子往下再说，拉着他上了摩托车，一溜烟地走了。

刘三光一走，推土机和挖掘机司机也快快地走了。刘福一下子跳到推土机上，张着双臂呼喊，他们不赔我们小麦的损失，这机器就别想开走。

老杨哥，有事回村里处理吧！刘光头说完翻身上了摩托车，不等杨进说话就扬长而去。

地头上和地里的村民这时一拥而上，把杨进围了个水泄不通，争先恐后地向杨进叙说事情发生的经过，也有不少人问杨进这样那样的问题。杨进招招手让大伙安静下来，问有没有人受伤？二聋子说腰疼，刘福说肋骨疼，还有的人说头上被打破了口子出了血。杨进见没有人受重伤，长长地出了一口气说，大家伙该看病的去镇医院，该回家的回家，该干啥就干啥去吧，这事我老杨一定会给你们个交代！

众人散去了，只有刘福迟迟不动，一副愁眉不展的样子。杨进让杨东东和刘福把他抬到被铲平的小麦地里，太可惜了，这些人是造孽啊！杨进眼角挂着泪珠儿。

刘福说，我估算了一下，他们铲了有二十多亩地的小麦。我们这些人家的损失找谁赔？

杨进看了杨东东一眼。杨东东从杨进的目光里看到一种期待，一种信任。杨东东于是说，我建议这些地用来试验种铁棍山药。刘福一瞪眼，你小子想往深里害我们。种那玩意儿要是不成，你一拍屁股走人，我们的损失不更大？

杨进白了刘福一眼说，你让小杨把话说完。

杨东东说，我已经和城里一家公司电话联系过，他们答应在咱这儿搞订单农业，试验期间由他们投资引进种苗和技术。如果试种成功，大规模生产了，他们就把咱东片适应种这个品种的地全都包下来，再投入资金搞水利、修路，以后还帮咱搞新农村建设……

刘福显然不信，你说得比唱得好听。他们把我们的地都包了，不还是流转给他们，我们干啥子去？

杨东东说，咱们的人搞田间管理嘛！他们按月给工资，年底给咱分红。

那我们不成了给他们打工的？刘福嘟哝道。

杨进笑了说，咱给他打工种地，他也给咱打工搞运销，只是分工不同。

刘福这才不说话了，蹲在地上扒拉着土坷垃，好像他土里埋着的黄金被人扒走了，心疼得掉眼泪。

回村的路上，杨东东从杨梅手里抢过平板车拉着杨进。他对杨进说，我打算把今天发生的事向镇里如实汇报，绝不能姑息迁就。他说完，想等杨进表态，听到的却是杨进一声接一声的咳嗽。还没等他回头看，杨梅一声尖叫，我爸吐血了……

九

杨东东和杨梅把杨进送到镇医院，经过抢救，人是醒了，医生却坚持让他住院治疗。杨进对杨东东说，小杨，你快点回村里去，千万别让村里再闹出事情来。

　　杨东东想去找韩委员汇报一下,走到半路又改变了主意,决定还是等报告写出来再去。回到村里,他就开始写报告,还没写完,村里又发生了一件事。镇派出所来了两个民警,把刘福给带走了。理由是刘福不仅带头破坏生产,还暴力侵占人家的推土机、挖掘机等价值几百万的生产工具。

　　民全村又乱了。

　　杨东东是听刘小芹告诉他的。刘小芹说,刘秃子叔侄俩恶人先告状,搞秋后算账。

　　原来,刘小芹人在镇子里的美容美发店上班,心思却惦念着自己家的承包地。刘三光带着白帽子一到镇里就去找刘小芹,说你爹跟着刘福带头起哄,这回非摔大跟头不成。刘三光的目的是吓唬一下刘小芹,让她一家不要和刘福搅在一起。因为二聋子的辈分大,他一退出,会带动他近房的几户人家。刘小芹一听就明白发生了什么事,请了假就朝民全赶。她到了东南湖,看见刘平安还蹲在被铲平的小麦地里吧嗒吧嗒地掉眼泪。她连着叫了几声爸,刘平安头也没抬。她看着东一棵西一棵东倒西歪的麦苗,埋进土里露着尖尖的绿芽,心头一酸,泪水也模糊了眼睛:爸您放心,这回就是拼了命也得向刘光头讨个说法!

　　刘平安这才抬起头,抹了把脸上的泪水,眯缝着眼睛看着她,你就别逞能了,我们斗不过刘秃子。你刚才没看见那架势,要不是那个小杨村官在,你老杨大爷也赶到,说不定这地里……

　　刘小芹一听杨东东在场,脸上露出了微笑。

　　刘小芹搀扶着刘平安慢慢腾腾地回村,在村头遇见了开三轮摩托车的民警,等摩托车过去了,她才看清坐在车斗里的是刘福。接着小祥子就追了过来，一边跑一边哭喊着爸。刘小芹拦住小祥子，问明了情况后，就来找杨东东。

杨东东感到十分震惊：这种事情怎么可以不分青红皂白呢？

刘小芹说，刘福哥家里人到刘光头家去了，还不知会闹出啥事！

刘小芹走后，杨东东急得在屋子里转着圈，两手不知朝哪儿放，端起茶杯，杯子里空空的。过了一会儿他才清醒过来，拔腿就往外跑，像在大学参加百米短跑竞赛的速度一样，一口气跑到刘光头家门前。

刘光头家门前果然围了很多人。这些人分成两个阵营，支持刘光头种烟叶的站在一边，反对刘光头种烟叶的站在另一边。刘小芹站在反对者一边的前排，和刘光头的女儿柯柯面对面瞪着眼。在刘小芹这边，地上还坐着一个披头散发的妇女。

杨东东从没见过这种情景，一时不知所措。有人说，刘福家的，杨村官来了。

披头散发的刘福媳妇大概也觉得不好意思，一骨碌爬起来，躲到人后去了。

杨东东生怕对峙的双方争斗起来，那样局面就更不好收拾。现在，杨进不在现场，刘秃子不在现场，他必须当机立断做出平息事态的决定。他的脑子飞快地旋转着，或者说绞尽脑汁地思考着，就在他感到手足无措时，手机响了。他从裤袋里朝外掏手机时，一个点子形成了：骗就骗一回吧！于是，他问也没问一声来电话的是什么人，就大声喊道，我就是小杨，杨村官啊。报告镇长，民全毁麦苗的事我正在调查。放心吧镇长，没有人寻衅滋事……

挂断电话，杨东东已经汗流满面，四下看了一眼，村民已经走了大半，还剩下几个人也在犹豫不决。他对那几个人招招手，说，回吧，都回吧。刚才镇长的电话你们也听见了。镇长说上级一定会严肃处理，给大家一个交代。

等人都走光了，杨东东一屁股坐在地上。他觉得心像受了惊吓的兔子，仿佛要跑出他的胸膛。你小子敢冒充镇长，就凭这一条给你个处分也绰绰有余。

镇政府倒是雷厉风行，工作组当天晚上就到了民全村，带队的就是镇长，镇党委组织委员韩委员是工作组副组长。

杨东东被叫到工作组临时办公地点——村小学校长室。镇长看了他一眼，他的心跳就又加快了。

镇长说，我怎么称呼你，镇长？

杨东东扭过脸，看见韩委员在偷笑，心里有了底。他说，在那种情况下，我，我只能随机应变。镇长哈哈笑了，说我是得好好谢谢你。你不光平息了一起事件，还给我这个镇长做了一次宣传。

韩委员说，要不是有人给镇长打电话告你，镇长还不知道有人冒充他呢！

接下来，镇长仔细询问了事情发生的经过，末了让杨东东谈谈看法和意见。镇长非常坦诚地说，我和韩委员都不在现场，情况不太熟悉。我们想听听你的意见。

杨东东犹豫了一会儿，说，是不是把刘主任找来……

镇长说，该找他时我们会找。

杨东东见镇长和韩委员都用期待的目光看着他，想了想后认真地说，我觉得镇长应当首先在村民会上作检讨。

镇长笑了笑，说说你的理由。

杨东东说，据我了解，镇政府的确给村里下达过种烟叶的任务。刘主任再三对村民讲，如果反对村委会就是反对镇政府，反对镇政府就是反对县政府……

镇长问，他没说镇政府首先强调要尊重农民的意愿，不能搞强迫命令？

杨东东摇摇头，实事求是地回答说，我开始也以为种烟叶比种小麦和红芋的效益好。

还有什么意见？镇长问。

杨东东说，刘福并没有把推土机拖回家。他就说了一句，用推土机赔偿被铲的小麦损失。我认为抓刘福是个错误，应当把刘福放回来。

韩委员说，这件事不是派出所干的，那两个警察是刘三光一伙假扮的。他们是想用这个办法威胁村民。刘三光已经被派出所控制，刘福现在也应该到家了。

杨东东长长地松了一口气。

镇长看了看表说，你还有什么想法？

杨东东说，当务之急是把农民被铲的麦田补种上其他作物，不然撂了荒农民的损失更大。

镇长点点头说，你和杨进同志商量过补种什么作物吗？镇长没提刘光头，这让杨东东有点意外。他把和杨进讨论过的补种铁棍山药、自己向农学院老师和同学征求意见的结果等，向镇长和韩委员说了。镇长和韩委员边听边点头。等他说完，镇长又问，销路呢，你们考虑了吗？

杨东东说，如果村民同意，市里有家公司打算过来签订单，从供应秧苗开始，一直到收到销全都由他们负责。如果收成好，质量好，他们往后还会加大投资，在农民同意的情况下扩大种植面积。

镇长问，肯定吗？

村长秘书 299

杨东东郑重其事地点点头。

镇长又问，那家公司信用怎么样？

杨东东迟疑了片刻才老老实实地回答说，是我爸爸的公司。

镇长和韩委员都笑了。

镇长、韩委员和工作组的其他同志要分头去村民家。镇长对杨东东说，小杨你帮我列个提纲，看看我从哪几个方面向村民检讨，才能不让村民说我骗他们。镇长和韩委员临出门时，杨东东凑到韩委员耳边，低声问了一句：刘村长现在在哪儿？

韩委员没有正面回答他，拍了拍他的肩膀说，抓紧完成镇长交给你的光荣任务！

尾声

春节期间，杨东东回城待了几天。他同爸妈在一家酒店吃年夜饭时，看到一个长得酷似柯柯的女孩，陪着一个也是光头但年龄显然比刘光头还要大的男人喝酒，后来上了一辆大奔。他的心一下子就乱了，整整一夜翻来覆去睡不着觉。第二天一大早，他就回了民全村。

一到民全村，刘小芹告诉杨东东一件让他非常不安的事：杨进和刘福之间发生了矛盾。刘小芹说，我刘福哥组织一些村民，春节这两天偷偷地在西边岗上砍伐了几十棵大树。我老杨大爷听说后批评了他，他还振振有词，说是为民全百姓谋福利。

杨东东虽然火冒三丈，但是没有表现出来。刘小芹看出他虽然生气了却表现得很沉着，笑了笑说，你还成熟得挺快。

接着，刘小芹又告诉杨东东，我刘福哥说了，明年咱北边有条高速路需要绿化，得用不少大树，咱村西边岗上的大树正合适。我老杨大爷听说后，也发了狠话说，谁要动那些大树，就先把我埋了。

杨东东就去了杨进家。他和杨进谈了一个下午，临出门时，杨梅听见杨东东说，困难会有的，矛盾会有的，问题会有的，咱就认准一个理：凡事要看老百姓支持不支持⋯⋯

杨梅后来给刘小芹说，我听着杨村官走路的声音咚咚咚响，真带劲！

原载《朔方》2011年第5期

《北京文学·中篇小说月报》2011年第12期选载

椽笔总系苍生梦

——写在王昕朋《寸土寸金》出版之际

古耜

在我的记忆里，王兄昕朋的文学创作发轫于改革开放之初。20世纪七八十年代之交，他就有若干小说、散文、诗歌作品发表于《人民日报》《工人日报》以及多种地方报刊，是徐淮地区异军突起，引人注目的青年作家。此后40多年里，伴随着时光迁流和时代嬗递，昕朋兄的生命足迹不断展，工作岗位和社会责任亦一再发生变化，只是他对文学创作的那份热爱、执着和投入，始终不曾改变。还记得多年前的一个夏夜，时间已经很晚，电话里突然响起昕朋沉稳中不乏兴奋的声音：请老兄来星海广场的茶座一叙！原来他陪同一位领导同志到我所在的城市搞调研，在结束了全部工作之后，最让他念念不忘的，竟然是和文学同道朋友来一番神侃闲聊。

王昕朋献给文学创作的一腔热忱，赢得了缪斯的青睐。自20世纪90年代迄今，他除了在国内报刊不断推出各类文学作品外，先后出版长篇小说《红月亮》《团支部书记》《天下苍生》（合著）《漂二代》等7部，中短篇小说集《姑娘那年十八岁》《北京户口》《红夹克》《是非人生》等7部，长篇报告文学和纪实文学作品集《雄性的太阳》《境界》等3部，另有散文集《冰雪之旅》《我们新三届》《金色莱茵》等。如此这般的创作成果即使放在专业作家身上，亦算得上丰沛、超卓，可喜可贺；而一旦同王昕朋这样长期担负实际工作乃至领导责任的"业余"作家联系起来，恐怕只能用天道酬勤来形容和褒奖了。而这一个"勤"字里，又包含了作家多少深夜无眠和假日伏案，以及几乎是如影随形、无处不在的精神操劳。

同为数不少的文坛50后一样，王昕朋作为作家的精神质地是同其生命实践和生活经验紧密相连的——长期供职国家机关以及挂职参与一座城市的管理，赋予他立足宏观，注重大势，把握本质的观念和思路；主持媒体和出版社，则砥砺了他观察社会的敏锐独到和思考问题的新颖深入；而早年曾有的作知青和当工人的经历，又使他一向拥有一种无法切割的底层意识，一种挥之不去的悲悯情怀。所有这些集合于一身，于无形中奠定了王昕朋文学创作的基本姿态与稳定取向。这就是：置身生活和时代的前沿，放出清醒冷峻而又不乏温情暖意的现实主义目光与笔力，直面当下社会的变革与转型，勇敢触及这一过程的热点、焦点、难点、痛点，就中描绘属于不同阶层、群体的各色人物，尤其是底层普通劳动者的哀乐悲喜与命运沉浮，努力为历经阵痛、蝉蜕，从而走向崛起、复兴的中国，留下真实的画卷和生动的面影。

唯其如此，在王昕朋的文学世界里，我们看到一系列打上了时代印记的故事、场景和人物：中篇小说《北京户口》透过生在北京的农民工子女，因为没有北京户口而无法继续升学，其父母为给女儿买户口而受骗上当的情节，揭示了农民工真正融入城市的巨大难度，以及长期以来城乡二元结构给中国都市化进程带来的历史性、悖论性困局。系列中篇《红宝石》《红宝马》《红夹克》聚焦五光十色的都市生态。其笔墨所至，不仅鞭挞了金钱对人性的腐蚀和扭曲，同时亦展现了美好人生与人格在物质挤压和诱惑下的健康成长。中篇小说《风水宝地》和《方向》属于农村题材，其人物和故事明显植根于当下，但精神根脉却连接着遥远的昨天。于是，作品在描绘现实景观的同时，反思了民族的历史与文化，进而传递出中国农民要实现命运改观和精神蝉蜕所无法回避的负重感与艰难性。大中篇《消逝的绿洲》的主人公，原本是在逆境中仍坚持治沙护绿的有为青年，然而在踏上顺遂的仕途后，却由于金钱的诱惑和权利的纵容，最终陷入贪腐堕落的泥淖，其潜移默化的轨迹，足以让人扼腕长叹且掩卷深思。长篇小说《漂二代》环绕二代"京漂"展开叙事，既勾画了这一群体的辛勤劳作，奋力打拼，以及他们经此获得身份认同的遥不可期，又状写了社会各方对该群体的态度，其中不乏欺骗、歧视，但更多的是理解、同情、呵护与扶持，这使得作品具备了多维度透视当下都市生活的性质。显然，诸如此类的作品所显示的，不仅是作家的艺术才情，更有其发现、认识和驾驭生活的超强能力。韩昌黎《答李翊书》有言："根之茂者其实遂，膏之沃者其光晔。"诚哉斯言！

王昕朋的文学创作始终坚持现实主义的大向度和主旋律，但不曾因此而导致艺术表达的一成不变，陈陈相因。事实上，在不断加深对现实主义精神和方法的理解与认识的前提下，积极调整视线，努力转换思维，切实做到有所扬弃，推陈出新，才是王昕朋的一贯心性与不懈追求。在这方面，作家新近推出的中篇小说集《寸土寸金》，有着充分而出色的体现。

这部小说集由《寸土寸金》《金融街郊路》《十九层楼》《北京上午九点钟》等六部中篇构成。其中《寸土寸金》触动的是近年来广受关注的环保主题，而《金融街郊路》等三部作品，则属于作家一向熟稔的底层书写。值得瞩目和称赏的是，这些新作无论揭示环保主题还是讲述底层生存，既没有重蹈作家以往的成功路径，也不曾复制当下文坛的流行意趣，而是坚持同中求异，旧中出新，颇下了一番"画到生时是熟时"（郑板桥诗）的功夫。譬如，被用作书名的《寸土寸金》，尽管也出现了常见于一些环保和官场小说的构思与情节，如北州市党政领导围绕大龙湖开发产生分歧与矛盾之类，不过这并不是作品的全部，除此之外，作家还以较大的篇幅，写到了房地产开发商、新闻记者、退休教师、湖边居民，以及少数投机炒房者等各种人物，对湖区开发的不同意愿、不同期待和不同行为。这种色彩不一的散点透视，不仅折射出商品经济条件下斑驳多元的社会心态，更重要的是呈现了广大人民群众呼唤和向往绿色生活的大潮流、大趋势。而后者正是北州市领导班子在湖区开发上，能够消除龃龉，获得共识的根本动力和最终依据。这时，整部作品有了新的认识价值。

《金融街郊路》《十九层楼》《北京上午九点钟》，依次将主要人物设定为街头看车员、大公司保洁工、高档小区废品收购者。对于这些属于弱势群体的小人物，作家一如既往，予以妙笔点染，精致描画，只是其人物形象已发生了自然而微妙的变化，即他们不再更多以勤劳、善良、质朴为基调，而是在此之外平添了一些狭隘、自私、狡黠等负面的东西。如看车人的钩心斗角，投机敛财，保洁工的以怨报德，鸠占鹊巢，收废品者的苟且懵懂，想入非非……诸如此类的人物勾勒，显然承载着作家的忧患之思，慨叹之情，其中包含的那份"哀其不幸，怒其不争"，直接衔接着鲁迅当年的国民性解剖与批判。应当承认，这样一种创作取向，对于昕朋而言，无疑是自觉的探索与深刻的变法。

冯友兰先生曾为女儿冯宗璞的小说散文集写过一篇很重要也很精彩的序言。其中有这样一段文字："自然、社会、人生这三部大书，是一切知识的根据，一切智慧的源泉。真是浩如烟海，无边无际。一个人如果能够读懂其中的三卷五卷或三页五页，就可以写出'光芒万丈长'的文章。古今中外的真正伟大的作家，都是能读懂一点这样的书的人。这三部大书虽然好，可惜它们都不是用文字写的,故可称为'无字天书'。除了凭借聪明,还要有至精至诚的心劲才能把'无字天书'酿造为文字,让我们肉眼凡胎的人多少也能阅读。"在我看来,冯先生这段话,并非仅仅是写给女儿的,而是对所有文学耕耘者的激励、鞭策和期许。值此《寸土寸金》出版之际,我权且抄下这段文字借花献佛,预祝昕朋兄在未来的文学旅途上,多读无字之书,多有济世之文,以更加丰硕的成果,为新时代的百花园增绿添彩!

王昕朋主要作品目录

长篇小说

《红月亮》　　　　　　　　　1992年中国文联出版社出版

《天下苍生》(合著)　　　　　2006年作家出版社出版

《天理难容》　　　　　　　　2002年中国广播电视出版社出版

《团支部书记》　　　　　　　2008年中国画报出版社出版

《漂二代》　　　　　　　　　2012年人民文学出版社出版

《花开岁月》　　　　　　　　2016年中国言实出版社出版

《非常囚徒》　　　　　　　　2016年中国言实出版社出版

《文工团员》　　　　　　　　2018年《中国作家》杂志发表

《无官在身》　　　　　　　　2017年《大风》杂志发表

中短篇小说集

《是非人生》　　　　　　　　1991年陕西人民出版社出版

《姑娘那年十八岁》　　　　　1992年百花文艺出版社出版

《红宝石》　　　　　　　　　2016年中国言实出版社出版

《金骏马》　　　　　　　　　2016年中国言实出版社出版

《风水宝地》	2016年中国言实出版社出版
《北京户口》	2016年中国言实出版社出版
《消逝的绿洲》	2016年中国言实出版社出版

散文集

《冰雪之旅》	2003年作家出版社出版
《我们新三届》	2004年作家出版社出版
《宁夏景象》	2008年中国画报出版社出版
《金色莱茵》	2008年中国画报出版社
《会唱歌的沙漠》	2016年中国言实出版社出版

长篇报告文学

《雄性的太阳》	1992年红旗出版社出版
《雄壮地崛起》	1993年红旗出版社出版

电视连续剧

《绿水青山红日子》（45集），已拍摄完成。

外文版

《漂二代》（英文）2014年由美国全球按需出版集团公司在美国纽约出版

在《人民日报》《光明日报》《工人日报》《农民日报》《文艺报》《人民文学》《小说月报原创版》《小说月报大字版》《十月》《北京文学》《作品》《芙蓉》《清明》《特区文学》《莽原》《红豆》等报刊发表中短篇小说、散文、诗歌百余篇,多次被《小说选刊》《小说月报》《北京文学中篇小说月报》《中华文学选刊》《新华文摘》等刊物选载。

本书具有让您"时间花得少,阅读体验好"的方法

获取专属于您的《寸土寸金》阅读服务方案

▶ 建议配合二维码一起使用本书 ◀

本书配有三大个性化阅读服务方案,
您可根据自己的阅读需求,选择适合您的阅读服务方案:

阅读服务方案	阅读时长指数	为您提供的资源类型	帮助您达到以下阅读目的
1. 高效阅读	阅读频次 较低　每次时长 较短 总共耗费时长 ■■	技巧类、总结类	帮您快速掌握《寸土寸金》故事梗概。
2. 轻松阅读	阅读频次 较高　每次时长 适中 总共耗费时长 ■■■■	基础类	享受时光,让您轻松了解《寸土寸金》。
3. 深度阅读	阅读频次 较高　每次时长 较长 总共耗费时长 ■■■■■	拓展类、拔高类	阅读更多同类延伸作品。

针对您选择的阅读服务方案,您会获得以下权益:

立刻获得的主要权益

专享本书社群服务
提供创造价值与私密的深度共读服务
群内分享阅读干货,发起话题探讨

1套本书配套资料包
由出版社独家提供
辅助您阅读本书内容

1套阅读工具
辅助您高效阅读本书
终身拥有

每周获得的主要权益

配套线上读书活动
16周群内分享阅读干货,发起话题探讨
每周1~3次

精选书单推荐
16周精选文学社科热门书单推荐
每周1次

长期获得的主要权益

▶ **线下读书活动推荐**　精选活动,扩充知识开拓视野　不少于1次(不定期)
▶ **抢兑礼品**　不定期 免费抽取实物大礼
▶ **专属热点资讯**　16周社科文学类资讯推送

微信扫码

首次添加智能阅读助手的步骤

第一步:扫描本页二维码
第二步:点击 点击雇佣我 ,长按识别二维码,添加智能学习助手。
或者,您也可以点击 点击 ,然后点击 点我加好友 ,长按识别二维码,添加智能学习助手。
第三步:点击 雇佣我吧 ,根据页面提示填写【本书完整书名】,即可获取本书的配套服务。
(您也可以选择页面下方【跳过步骤】直接进入首页)
第四步:点左上角 🏠 进入首页,点击【1V1定制读书计划】,可为您定制本书阅读服务方案。

再次使用智能阅读助手的方法

方法一:微信再次扫描本页二维码,按照步骤指引使用;
方法二:打开手机微信,在【微信】界面下拉(如图一所示),找到智能阅读助手的图标 ●,点击即可;
方法三:打开手机微信,在【发现】界面点击【小程序】(如图二所示),找到智能阅读助手的图标 ●,点击即可。

图一　图二

❶ 基于版本更新,部分文字和界面可能会有细微调整,敬请包涵。